民國文化與文學_{研究}

民國文化與文學研究文叢

十 五 編

李 怡 主編

第 21 冊

古典理想的現代重構
——徐志摩與中國傳統文化（下）

寧 飛 翔 著

國家圖書館出版品預行編目資料

古典理想的現代重構——徐志摩與中國傳統文化（下）／寧飛翔
著 -- 初版 -- 新北市：花木蘭文化事業有限公司，2022〔民
111〕
目 4+184 面；19×26 公分
（民國文化與文學研究文叢 十五編；第 21 冊）
ISBN 978-986-518-979-2（精裝）
1.CST：徐志摩 2.CST：學術思想 3.CST：文學評論
4.CST：傳記 5.CST：中國
820.9   111009891

特邀編委（以姓氏筆畫為序）：

ISBN-978-986-518-979-2

丁 帆	王德威	宋如珊
岩佐昌暲	奚 密	張中良
張堂錡	張福貴	須文蔚
馮 鐵	劉秀美	

9 789865 189792

民國文化與文學研究文叢
十五編　第二一冊　　　　　　　ISBN：978-986-518-979-2

古典理想的現代重構
——徐志摩與中國傳統文化（下）

作　　者　寧飛翔
主　　編　李 怡
企　　劃　四川大學中國詩歌研究院
總 編 輯　杜潔祥
副總編輯　楊嘉樂
編輯主任　許郁翎
編　　輯　張雅淋、潘玟靜、劉子瑄　美術編輯　陳逸婷
出　　版　花木蘭文化事業有限公司
發 行 人　高小娟
聯絡地址　235 新北市中和區中安街七二號十三樓
　　　　　電話：02-2923-1455／傳真：02-2923-1452
網　　址　http://www.huamulan.tw 信箱 service@huamulans.com
印　　刷　普羅文化出版廣告事業
初　　版　2022 年 9 月
定　　價　十五編 21 冊（精裝）新台幣 55,000 元

古典理想的現代重構
——徐志摩與中國傳統文化（下）

寧飛翔　著

目次

上 冊

序——現代人所需要的古典　李怡

例 言

緒論——「真生命只是個追憶不全的夢境」………… 1

　一、問題與緣起 ………………………………………… 1

　二、方法與展開 ………………………………………… 3

　三、意義與限度 ………………………………………… 7

第一章　離異與回歸——徐志摩與儒家文化（上）
　………………………………………………………… 15

　一、從傳統到現代：徐志摩「援儒入西」的
　　　求學歷程 ………………………………………… 16

　二、迸發與節制：儒家傳統調適下浪漫主義
　　　文學的生命軌跡 ………………………………… 23

　三、離異與回歸：個性解放的新道德與紳士
　　　風度背後的秩序理性 …………………………… 30

　四、君子人格：調和的「中庸」姿態與道德的
　　　理想主義 ………………………………………… 43

第二章　中庸與中和——徐志摩與儒家文化（下）
　………………………………………………………… 61

　一、在「鄉土」與「革命」之間：略論徐志摩
　　　與現代新儒家 …………………………………… 61

　二、「詩教」傳統燭照下的詩學嬗變 ……………… 74

　三、「溫柔敦厚」的「中和」之美：古典審美觀
　　　下的節奏重構 …………………………………… 81

　結語：「只有深厚的文化才能產生偉大的詩人」…… 86

第三章　童真與自然——徐志摩的單純信仰與
　　　　老子「復歸於嬰兒」理想的比較解讀…… 89

　引論：詩意的信仰與童真的復歸 …………………… 89

　一、中西文化交孕的「自然之子」 ………………… 92

　二、「嬰兒」意象：回歸本真與自然的人格
　　　情結 ……………………………………………… 97

　三、詩意信仰背後的道家哲學內涵 ………………… 101

　四、生命本體的現代重構：徐志摩與老子相似
　　　的生態審美維度 ………………………………… 104

結語：讓「童心」不再只是一個人性的烏托邦 … 118

第四章　浪漫與逍遙——徐志摩與莊子………… 121

引論：一種理想人格的嚮往 ………………… 122

一、莊子藝術精神的現代傳承 ……………… 123

二、浪漫與逍遙：徐志摩文藝美學思想中的
　　莊子元素 ……………………………… 127

三、自由與反抗：對文明異化的質疑與審美
　　現代性批判 …………………………… 144

四、超脫與救贖：「逍遙遊」的心靈歷程
　　及其歸宿 ……………………………… 149

結語 ……………………………………………… 158

中　冊

第五章　才性與玄理——徐志摩與郭象個體主義
　　　　哲學比較略論 …………………………… 161

引論：「哲學的詩化」與「詩化的哲學」——
　　徐志摩與郭象哲學的隱秘關聯 ………… 161

一、郭象其人其學及其思想史意義 ………… 166

二、「物各盡其性」與「物任其性」：徐志摩與
　　郭象哲學觀念的相似 ………………… 170

三、獨立個體的自生與自然秩序的重建：
　　徐志摩與郭象政治思想的契通 ………… 177

四、才性與玄理：徐志摩與郭象審美觀
　　比較略論 ……………………………… 199

結語：從「玄覽」到「妙悟」的東方美學神韻 … 208

附錄：在「美」與「真」之間——「科玄論戰」
　　視域下徐志摩與魯迅關於「音樂」的論爭
　　及其餘響 ……………………………… 211

第六章　性靈深處的妙悟——徐志摩的佛禪思想
　　　　與文學實踐 …………………………… 241

引言：重訪詩人真實的心靈歷程 …………… 241

一、「莊禪互融」的歷史回溯與現代重構 …… 242

二、救心與救世：徐志摩佛禪思想的緣起 …… 250

三、淨心與覺悟：徐志摩詩歌禪宗意識的發生
　　………………………………………… 258

　　　四、空靈與頓悟：徐志摩詩歌的禪宗境界……… 265

　　　五、因心造境：徐志摩散文的幽幻之境……… 270

　　　六、情感的禪化與遊世的生命體驗………… 275

　　餘論：莊禪之外──激蕩的自由意志………… 279

　　附錄：萬古長空，一朝風月──《再別康橋》的
　　　禪宗境界 ……………………………………… 283

第七章　魏晉風度開顯的生命情調──徐志摩的
　　　「魏晉風度」與「六朝散文」………… 287

　　引言：個性主義與名士風流──徐志摩的「魏晉
　　　風度」 ………………………………………… 288

　　　一、「新文學中的六朝體」 ………………… 289

　　　二、「契機者入巧，浮假者無功」：駢散之爭的
　　　歷史回溯 …………………………………… 292

　　　三、「文學的自覺」：傳統文體的創造性轉化… 297

　　　四、「鋪排」與「繁彩」的結合──繁複風格的
　　　形成 ………………………………………… 300

　　　五、「麗句與深采並流，偶意共逸韻俱發」：
　　　嘗試的闡釋 ………………………………… 305

　　結語：「詩的散文的奇蹟」 …………………… 310

第八章　江南才子的性情本色──略論徐志摩與
　　　晚唐五代花間詞 ……………………… 313

　　引言：隱秘的縱承──新詩與舊詩割不斷的
　　　血脈 ………………………………………… 314

　　　一、審美典範的現代轉移：徐志摩與晚唐五代
　　　花間詞之淵源 ……………………………… 316

　　　二、「前現代」與「後古典」的詩學構圖……… 321

　　　三、江南才子的性情本色：徐志摩詩歌的
　　　「花間」餘韻 ……………………………… 326

　　餘論：純詩的命運與歷史的公正 …………… 329

下　冊
第九章　詩性生命的音聲律動──徐志摩詩歌
　　　音樂性探源 ……………………………… 331

　　　一、生命律動的音樂化追求：徐志摩詩歌音樂
　　　美學思想的發生與起源 ………………… 332

二、「字的音樂」：徐志摩詩歌的音樂性與
　　外在韻律 ………………………………… 341
三、音節的重構與「曲式」的變奏：徐志摩
　　詩歌的音樂性與內在旋律 ……………… 358
結語：「詩的音樂性與音樂的詩性之本質回歸」‥ 398

第十章　性靈與審美──略論徐志摩性靈文學
　　　　思想的傳統淵源 ……………………… 401
一、從情到性──情本體下的性靈追求 ……… 401
二、性靈抒情傳統在中西融匯中的新飛躍 …… 403
三、明清性靈詩學的現代延伸 ………………… 407
四、老莊玄禪美學的浸潤 ……………………… 410

第十一章　詩性風月──徐志摩情愛悲劇的
　　　　　《紅樓夢》意蘊 …………………… 415
一、一個精神史問題的索引：「木石前盟」的
　　現代重演 …………………………………… 415
二、詩性風月：「詩史互證」下的情感密碼 …… 422
三、尾聲：悠遠的餘韻 ………………………… 431

第十二章　歷史遺落的藝術風韻──略論徐志摩
　　　　　的美術觀及其藝術實踐 …………… 437
一、借鏡後的傳統回歸：從「二徐之爭」說起
　　………………………………………………… 438
二、藝術融通視域下的「徐陸」書畫 ………… 443
三、徐志摩詩文中的構繪元素與圖像化修辭 … 462
餘論：天才的鱗爪與未竟的文藝復興 ………… 469
附錄：戀愛‧啟蒙‧救贖──《傷逝》的現代
　　　鏡像：徐陸情感歷程的人文透視 ……… 471
結語：愛是人間不死的光芒 …………………… 481

參考文獻 …………………………………………… 483

跋──「拓荒的碑，或引玉的磚」 …………… 511

第九章　詩性生命的音聲律動——
徐志摩詩歌音樂性探源

　　（徐志摩詩歌）「最大的藝術特色，是富於音樂性（節奏感以至旋律感），而又不同於音樂（歌）而基於活的語言，主要是口語（不一定靠土白）」。
　　　　　　　　　　　　　　　　——卞之琳：《〈徐志摩選集〉序》

　　正如一個人身的秘密是它的血脈的流通，一首詩的秘密也就是它的內含的音節的勻稱與流通……，一首詩的字句是身體的外形，音節是血脈，「詩感」或原動的詩意是心臟的跳動，有它才有血脈的流轉。
　　　　　　　　　　　　　　　　　　——徐志摩：《詩刊放假》

　　你投一塊石子到湖心裏去，一圈圈的水紋漾了開去。韻是波紋。
　　　　　　　　　　　　　　——徐志摩：《謁見哈代的一個下午》

　　我們信詩是表現人類的創造力的一個工具，與音樂與美術是同等性質的；我們信我們這民族這時期的精神解放或精神革命沒有一部像樣的詩式的表現是不完全的；我們信我們自身靈性裏以及周遭空氣裏多的是要求投胎的思想的靈魂，我們的責任是替它們搏造適當的軀殼，這就是詩文與各種美術的新格式與新音節的發現；我們信完美的形體是完美的精神唯一的表現；我們信文藝的生命是無形的靈感加上有意識的耐心與勤力的成績；最後我們信我們的新文藝，正如我們的民族本體，是有一個偉大美麗的將來的。
　　　　　　　　　　　　　　　　　　——徐志摩：《詩刊弁言》

一、生命律動的音樂化追求：徐志摩詩歌音樂美學思想的 發生與起源

　　作為中國新詩史上音樂成就最高的詩人之一，徐志摩的詩歌被譜成歌曲得到了廣泛的傳唱，其清雅醇和的優美風格和勻整流動的旋律音樂美感為世所稱道。〔註1〕現當代學人在評論徐志摩詩歌的音樂成就時，多認為出於天賦才情，而詩人也從來沒有對自身的藝術實踐做過系統的闡釋（僅有過一些零星的敘述），相反還閃爍其詞地表示過「我唯一的靠傍是剎那間的靈通」（徐志摩：《愛眉小札・日記》，1925 年 8 月 9 日），這也為論證其音樂成就帶來了一定的難度，以至於這一研究領域進展不大──缺乏堅實文本論證的印象式片感，走馬觀花式的浮光掠影，以及盲人摸象式的局部鳥瞰，總予人以見樹不見林的缺憾。但我們可以看到，在徐志摩的筆下，山水是他的創作元素，萬千風物激發著他的意緒，大自然的意象賦予他的詩歌以超凡脫俗的韻致和高遠，他的心靈「從自然與生活本體接受直接的靈感，像小鹿似的活潑，野鳥似的歡欣」；他的聯想「特別容易受著萬物的感應，一縷風吹來，剎那間就會在心之湖上激起文采飛閃的珠漣」〔註2〕。可見，中國傳統文化中虛以待物、「應物斯感」的物感傳統，是最能對應於徐志摩藝術創作實踐中「剎那間

〔註1〕據當代學人統計，從 20 世紀 20 年代迄今，以徐志摩的詩歌譜寫的歌曲約有 40 餘首，根據歌曲體裁形式依次可分為：一、獨唱作品：《山中》陳田鶴曲、《偶然》李惟寧曲、《歌》羅大佑曲、《難得》周鑫泉曲、《偶然》陳秋霞曲、《海韻》由莊奴和古月根據徐志摩和趙元任原作改編、《再別康橋》李達濤曲、《再別康橋》西樓曲、《再別康橋》黃山曲、《梅雪爭春》張志亞曲、《別擰我，疼》李泰祥曲、《渺小》黃麗星｜李泰祥曲、《月下雷峰》鄭華娟曲、《雪花的快樂》金福載曲、《雪花的快樂》金平曲、《雪花的快樂》曲文中曲、《月下待杜鵑不來》曾籥曲、《輕輕的我走了──再別康橋》劉學嚴曲、《沙揚娜拉》小島洪海曲；男中音聲樂套曲《志摩詩三首》徐紀星曲，包括《雪花的快樂》、《去罷》、《沙揚娜拉》；歌劇《再別康橋》周學石曲，包括《再別康橋》、《你去》、《偶然》、《這是一個怯懦的世界》、《生活》，《雪花的快樂 張瑞藝術歌曲集》張瑞曲，包括：《諫詞》、《半夜深巷琵琶》、《雪花的快樂》、《悼逝去的愛》、《歌》、《落葉小唱》、《蘇蘇》。二、重唱作品：《雪花的快樂 張瑞藝術歌曲集》張瑞曲，包括：《別擰我，疼》、《偶然》、周學石《再別康橋》。三、合唱作品：《海韻》趙元任曲、《去罷》周鑫泉曲、《偶然》周鑫泉曲、《雪花的快樂》周鑫泉曲、《再別康橋》周鑫泉曲、《我有一個戀愛》冉天豪曲、《為要尋一顆明星》冉天豪曲、《雪花的快樂》冉天豪曲。（參閱曹夜景：《徐志摩詩歌藝術歌曲的藝術特徵及演唱研究》，蘭州大學 2018 年碩士論文。）

〔註2〕馬力：《中國現代風景散文史》（上），北京：中國社會科學出版社，2011 年，第 120 頁。

的靈通」狀態的：在心物的交感與主客體的雙向交流中，「凡物色之感於外，與喜怒哀樂之感動中者，兩相薄而發為歌詠，如風水相遭，自然成文；如泉石相舂，自然成響」（紀昀：《清豔堂詩序》）──自然的天籟孕育了徐志摩優美和諧的精神，賦予了他一顆音樂的靈魂。

1.「『數大』便是美」：一種先驗性存在的節奏模式

作為一種生物性存在的詩人，同時又是一種節奏韻律的存在物。其詩行結構的「先驗」動力，包括其心靈中蘊蓄的具有特定規範的律動與詩性的本體衝動，歸根結底源於長期詩性生活經驗的積澱，也源於外部節奏活動在其大腦結構中內化定型為「內部節奏感」後的外化。奧爾德里奇說得好：「詩人──常常是首先感覺到一種節奏樣式，在詩人物色到詩句之前，就奇妙地富有意義，並且，只有在滿足它的要求的詩句中，它才充分地得到表達，詩人自己的滿足從屬於節奏樣式的滿足。」〔註3〕「『節奏樣式』的『先驗』（預成）存在，往往是區別成熟詩人與未成熟詩人、偉大詩人與一般詩匠的重要標誌。未成熟詩人、一般詩匠的詩行是『擠』出來和『湊』出來的，它不是一個天然的詩性結構體；而成熟詩人、偉大詩人的詩行，不管詩行的『內容』如何，但詩性本體，卻是統一的、獨特的，它是一個完善的詩性結構（一種定型的詩性存在）。」〔註4〕──以此先驗性存在的節奏模式為角度去觀照詩人徐志摩，會發現他是一個絕妙的例證。

──「『數大』便是美，碧綠的山坡前幾千個綿羊，挨成一片的雪絨，是美；一天的繁星，千萬隻閃亮的神眼，從無極的藍空中下窺大地，是美；泰山頂上的雲海，鉅萬的雲峰在晨光裏靜定著，是美；絕海萬頃的波浪，戴著各式的白帽，在日光裏動盪著，起落著，是美；愛爾蘭附近的那個『羽毛島』上棲息著幾千萬的飛禽，夕陽西沉時只見一個『羽化』的大空，只是萬鳥齊鳴的大聲，是美……數大便是美，數大了，似乎按照著一種自然律，自然的會有一種特殊的排列，一種特別的節奏，一種特殊的式樣，激動我們審美的本能，激發我們審美的情緒。所以西湖的蘆荻，與花塢的竹林，也無非是一種數大的美……」（徐志摩：《西湖記》）──徐志摩這一「『數大』便是美」的審美觀念，無疑受到過他素所崇仰的古希臘審美觀的觸發：「宇宙（Cosmos）這

〔註3〕奧爾德里奇：《藝術哲學》，程孟輝譯，中國社會科學出版社，1984年，第107～108頁。

〔註4〕勞承萬：《中國詩學道器論》，安徽教育出版社，2010年，第282頁。

個名詞在希臘就包含著『和諧、數量、秩序』等意義。畢達哥拉斯（Pythagoras希臘大哲）以『數』為宇宙的原理。當他發現音之高度與弦之長度成為整齊的比例時，他將何等地驚奇感動，覺得宇宙的秘密已在面前呈露：一面是『數』的永久定律，一面即是至美和諧的音樂。弦上的節奏即是那橫貫全部宇宙之和諧的象徵！數即是美，數即是宇宙的中心結構，藝術家是探乎於宇宙的秘密的！」〔註5〕——古希臘詩哲這種源於宇宙和諧論的看似神秘的音律起源論，與中國傳統《易經》中以八卦（數的神秘定量組合）來探究宇宙萬象的變化節奏具異曲同工之妙。《易經》陰陽二氣的宇宙觀，不但是先秦老莊「靜觀寂照」心靈節奏的來源，也是後世一切氣韻生動的藝術包括節奏、韻律、音樂的總根源。從陰陽剖分到三生萬物，由此類推遍及自然萬物的生態律動，所謂「山有三遠」，「墨分五色」，「四聲八病」等等——其從形到象到數的流轉正體現了中國藝術的泛音樂傾向，也是作為中國藝術典型形態——詩歌音樂性的動態展開過程。

「東海西海，心理攸同；南學北學，道術未裂」（錢鍾書語），徐志摩那看似受啟發於古希臘詩哲的「『數大』便是美」的審美觀，根柢上仍源於一種詩性本體論意義上的「節奏樣式」的「先驗」體驗。——「試圖從人類社會的歷史和自然科學史聽出一種節奏，看出一種結構、一種格局和一種形式的人，那必定是哲學家」〔註6〕，同樣，只有心胸海涵、總覽萬物的詩人，才能對宇宙節律意識與時空體驗進行物我情趣雙向交流的融會貫通，這既是「自然向人生成」的饋贈，也是詩人捕捉意義生成的永恆瞬間的呈現。

2.「一種單純『字的音樂』的可能性」：中西融通的傳統回歸

中西美學觀在後世雖因側重點不同而具有不同的情味，但引申到藝術觀念上卻具有內在的融通。譬如後世以虛靜說上接老莊詩性智慧的劉勰，在其《文心雕龍·附會》篇中就曾指出，在文學藝術創作過程中要善於「以裁厥中」：「夫才量學文，宜正體制，必以情志為神明，事義為骨髓，辭采為肌膚，宮商為聲氣，然後品藻玄黃，摛振金玉，獻可替否，以裁厥中。斯綴思之恒數也。」這裡所說的「恒數」，不全指技巧上把握的審美標準，劉勰在《總術》篇對此「恒數」概念又有補述：「若夫善弈之文，則術有恒數，按部整伍，以

〔註5〕宗白華：《希臘哲學家的藝術理論》，《美學散步》。
〔註6〕趙鑫珊：《哲學與當代世界》，人民出版社，1990年，第384頁。

待情會，因時順機，動不失正。數逢其極，機入其巧，則義味騰躍而生，辭氣叢雜而至。視之則錦繪，聽之則絲簧，味之則甘腴，佩之則芬芳，斷章之功，於斯盛矣！」由此可見，其所說的「綴思之恒數」，可理解為一種藝術整體平衡上需要把握的自然元素，包括邏輯的理順和情緒醞釀的成熟，這樣才能順應時機把握一個最佳的時機，創作出使視、聽、味、嗅覺整體呈現為和諧美感的作品。其理念與古希臘詩哲所謂「美包含在體積和有秩序的安排中」、「美的主要形式是比例和秩序的明確」等審美觀無疑有著內在的融通。

　　這種內在的融通，賦予了徐志摩置身於中西文化交流互匯格局中「持智守禮，放眼世界」的廣闊視野，使他在返回中國傳統詩歌語境時，從英詩輕重音迂迴動盪的節奏中汲取靈感來參與構造新詩和諧的節奏，從而敏銳地歸結出：「正如一個人身的秘密是它的血脈的流通，一首詩的秘密也就是它的內含的音節的勻稱與流通。」（徐志摩：《詩刊放假》）作為一個中國詩人，他自覺地以東方「天人合一」的和諧觀化解了西方邏各斯中心主義的「二元對立」觀。其對自然物象呈「一種特殊的排列，一種特別的節奏，一種特殊的式樣」的「節奏樣式」的悉心體味，無疑與其傳統藝術審美氣質是契合的。自幼飽讀詩書的他從中不難揣摩到中國傳統詩詞的藝術審美特質，從而在實踐中以傳統詩歌獨有的音頓、意頓方式，替代了英詩抑揚四部格和抑揚三部格的機械交替，以傳統詩歌音韻必協、聲調務諧的平衡相濟，化解了英詩詩律中輕重音於奇偶位置上的固定與呆滯。當古老的歌謠躍上現代新鮮的唇舌，其詩歌情境往往無意識中上接關關雎鳩的嚶鳴雅聲，也無意識中復現唐風宋韻的飄逸風神。在以翻譯為媒介對西方詩歌進行「體制的輸入與實驗」的過程中，他更苛刻地對待自己筆下的每一段表述，每一個字，以審視自己是否在努力探檢、嘗試、創新這幾千年來形成的文化表意符號系統的性質與功能，他說：「現在所謂新文學是一個混沌的現象，因為沒有標準，所以無從評論起，少數的嘗試者只是在黑暗中摸索，有想移植歐西文學的準繩，有的只憑著不完全不純粹的意境做他們下筆的嚮導。到現在為止，我們應得承認失敗……但這失敗的嘗試中我們已發現了不少新的字完全受解放（從類似的單音文字到分明的複音文字）以後純粹的字的音樂（Word-music）。」〔註7〕所以，他「要

〔註7〕徐志摩：《〈文字的均齊〉編後語》，轉引自陳學勇：《徐志摩的一段佚文》，《中國現代文學研究叢刊》1998 年第 2 期。

從認真的翻譯，研究中國文字解放後，表現緻密的思想與有法度的聲調與音節之可能；研究這新發現的達意的工具究竟有什麼程度的彈力性與柔韌性與一般的應變性」（徐志摩：《徵譯詩啟》）；在對西方詩歌不同性質形式包括十四行體的拿來主義的嘗試實踐中，他希望能從中找到「鉤尋中國語言的柔韌性乃至探檢語體文的渾成，緻密，以及別一種單純『字的音樂』（Word-music）的可能性的較為方便的一條路。」（徐志摩：《詩刊前言》）這幾段話非常重要，它明確了徐志摩詩學的一個最基本立場：在深層認識西方詩學價值的基礎上肯定並立足於中國文字和白話的特殊性，在新詩寫作中維護和確立現代漢語的本位意識。可以說，在摒棄「傳統韻律中心主義」的基礎上，徹底認識漢語特殊音樂性並試圖找到「一種單純『字的音樂』（Word-music）的可能性的較為方便的一條路」，正是其藉以推動新詩進一步發展創新與重建格律形式的重要方法。〔註8〕

3. 詩是自然界微妙的消息：生命氣機的自然流轉

「詩言志，歌永言，聲依永，律和聲。八音克諧，無相奪倫，神人以和。」──自從《尚書·舜典》首倡「詩、樂、律」一體論後，關於「詩」與「樂」幽微隱秘的關聯就綿綿喧響於中華民族詩性精神的絃索上。諸如「詩，言其志也；歌，詠其聲也；舞，動其容也；三者本於心，然後樂氣從之」（《禮記·樂記》）；諸如「夫五色相宣，八音協暢，由乎玄黃律呂，各適物宜。欲使宮羽相變，低昂互節，若前有浮聲，則後須切響。一簡之內，音韻盡殊；兩句之中，輕重悉異。妙達此旨，始可言文」（沈約：《宋書：謝靈運傳論》）；諸如「夫文章之興，與自然起；宮商之律，共二儀生。是故奎星主其文書，日月煥乎其章，天籟自諧，地籟冥韻。……五音妙其調，六律精其響，銓輕重於毫忽，韻清濁於錙銖；故能九夏奏而陰陽和，六樂陳而天地順」（遍照金剛：《文鏡秘府論》）；諸如「天地之氣，默運於空虛莽渺之中，蘊積之久，不能自抑遏，而發之為聲，雷乃出地而奮。至於風雨之拂草木，水之激石，其次焉者也。氣之精者，託於人以為言，而言有清濁、剛柔、短長、高下、進退、疾徐之節，於是詩成而樂作焉」〔註9〕，如此等等。然而，「天機啟，則律呂自調，六情滯，則音律頓舛」（沈約：《答陸厥書》），如何在藝術創作中如庖丁解牛

〔註8〕參閱張潔宇：《歷史的詩意──中國現代文學與詩學論稿》，第187～188頁。
〔註9〕劉大櫆：《劉大櫆集》，上海：上海古籍出版社，1990年，第88頁。

般貫通「道」與「技」，在節奏性的勞動中享受到韻律的詩意，從而回歸「神人以和」、「天人合一」的生命律動，始終是一個藝術上的千古難題。所謂「響在彼弦，乃得克諧，聲萌我心，更失和律，其何故哉？」換句話說：詩人在感物聯類不窮而「沉吟視聽之區」時，又如何「寫氣圖貌，既隨物以宛轉；屬採附聲，亦與心而徘徊」？《文心雕龍》給出的答案是：「良由外聽易為巧，而內聽難於聰也」──主要由於世事紛紜，人心浮躁，使人們聽不到內心固有的深微節奏。

　　「四時的運行，生育萬物，對我們展示著天地創造性的旋律的秘密。一切在此中生長流動，具有節奏與和諧。」〔註10〕徐志摩似乎對這一切有著異乎尋常的敏感，「他所反映的生命現象之不可思議是大自然之奧秘。詩心是一種神往。」〔註11〕在哲思散文《「話」》中他說：「但憑科學的常識，便可以知道這整個的宇宙，只是一團活潑的呼吸，一體普遍的生命，一個奧妙靈動的整體」，「這無窮性便是生命與宇宙的通性」，「自然界的種種事物，不論其細如澗石，黑如碳，明如秋月，皆孕有甚深之意義，皆含有不可理解之神秘，皆成為神秘之象徵」（徐志摩：《「話」》），由此，「星光的閃動，草葉上露珠的顫動，花鬚在微風中的搖動，雷雨中雲空的變動，大海中波濤的洶湧」……皆成為觸動他感性的情景，「瀑吼、松濤、鳥語、雷聲」是他感官的「教師」（徐志摩：《雨後虹》），他詩心的靈苗「隨春草怒生，沐日月光輝」，他和諧的靈魂「聽自然音樂，啜古今不朽」，「精魂騰躍，滿想化入音波」（徐志摩：《康橋再會吧》）；他仰望天際的每一朵星光，「飲咽它們的美如同音樂，奇妙的韻味通流到內臟與百骸」（徐志摩：《愛的靈感──奉適之》）；他漫步在康河靜穆的晚景裏，「在星光下聽水聲，聽近村晚鐘聲，聽河畔倦牛芻草聲」，而水草間「輕挑靜寞」的「魚躍蟲嘶」，亦成為詩人神異性感覺中的一種。大自然的優美、寧靜，調諧往往在星光與波光的默契中不期然地淹入了他的性靈（徐志摩：《我所知道的康橋》），使他經常於「無聲之中獨聞和」，感覺到「本來萬籟靜定後聲音感動的力量就特強」：「在這靜溫中，聽出宇宙進行的聲息，黑夜的脈搏與呼吸，聽出無數的夢魂的匆忙蹤跡；｜也聽出我自己的幻想，感受了神秘的衝動，在豁動他久斂的習翮，準備飛出他沉悶的巢居，飛出這沈寂

〔註10〕宗白華：《中國文化的美麗精神》，《美學散步》。
〔註11〕穆木天：《徐志摩論：他的思想與藝術》，韓石山、朵漁編：《徐志摩評說八十年》，第225頁。

的環境，去尋訪黑夜的奇觀，去尋訪更玄奧的秘密——｜聽呀，他已經沙沙的飛出雲外去了！」（徐志摩：《夜》）而秋月淒清的光輝，不但「是秋思的泉源」，而且「是悲哀幽騷悱怨沉鬱的象徵，是季候運轉的偉劇中最神秘亦最自然的一幕，詩藝界最淒涼亦最微妙的一個消息」（徐志摩：《印度洋上的秋思》），使他「感覺血液中突起冰流之冰流，嗅神經難禁之酸辛，內藏洶湧之跳動，淚腺之驟熱與潤濕」；當晚風吹拂他獨自漫步的身影，他靈海裏竟會「嘯響著偉大的波濤，｜應和更偉大的脈搏，更偉大的靈潮！」（徐志摩：《天國的消息》）可見，「天籟的啟示」所激發的靈感是徐志摩音樂美學思想觀念的核心所在：在「仰觀宇宙之大，俯察品類之盛」的「遊目聘懷」中「極視聽之娛」，徐志摩對於「大自然的時間流轉、空間變換、萬物生氣的普適同流，在內心確有一份深切感應，由衷認同。它們久儲於詩人心靈，化作難以抑制的音樂感。」〔註12〕所以，梁宗岱曾對他發出由衷的讚歎：「深信你對於詩的認識，是超過『中外』『新舊』和『大小』底短見的；深信你是能夠瞭解和感到『剎那底永恆』的人。」〔註13〕

4.「我深信宇宙的底質只是音樂」：生命律動的音樂化追求

「人與天調，然後天地之美生。」（《管子・五行》）——徐志摩這種奇異的藝術稟賦和音樂感應，可謂與中國「天人合一」的文化傳統一脈相承：由老子發其端、莊子續其緒的陰陽兩氣化生萬物的思想，曾認為天地萬物與人類是一個有著內在和諧統一關係的生命整體，哲人們似乎在天地動靜、晝夜往復、四時輪迴、生死綿延這些宇宙裏最深微的結構形式中領悟出天地運行的大道，在「四時迭起，萬物循生……一清一濁，陰陽調和，流光其聲」（《莊子・外篇・天運》）中聆聽出一種和諧的節律和美妙的宇宙樂章。故老子曰：「大音希聲」；而莊子更進一步說：「視乎冥冥，聽乎無聲。冥冥之中，獨見曉焉；無聲之中，獨聞和焉。」這種天人合一之論，經過魏晉玄學的洗禮，從哲人們超凡脫俗的神秘感應裏下落為士人的性靈、藝術的氣韻，積澱為中華民族傳統文化深層心理模式中具有發生學前提意義的「物感」傳統，所謂「氣之動人，物之感人。故搖盪性情，形諸歌舞」，傳統士人從自然風物感悟天地間生機鬱勃的生命流蕩而舒展自己的情性時，其藝術靈感正取決於「主客體

〔註12〕汪裕雄：《意象探源》，第 288 頁。
〔註13〕梁宗岱：《論詩》，1931 年《詩刊》第 2 期。

生命之氣的同頻共振，物我經由雙向的往復交流，而獲無聲的節奏韻律感」〔註14〕。徐志摩也是如此。受到雪萊名作《為詩辯護》的啟發，徐志摩曾多次就詩人們創作中的審美狀態打過一個「風吹弦琴」的譬喻：活潑無礙的心靈境界就像一張繃緊的弦琴，掛在松林的中間，感受大氣小大塊慢的動盪，發出高低緩急同情的音調。所以當代學人曾指出：「他的詩的發生學，往往歸因於玄秘的不可究詰的靈感上，這正是雪萊所秉承的西方詩學一個源遠流長的觀念系列的餘緒。」〔註15〕但於「玄秘的不可究詰的靈感上」，傳統文化對他的影響正不容忽視。對於自然的「無聲之樂」，他不但「聽之以心」，而且「聽之以氣」，他宣稱：「我深信宇宙的底質，人生的底質，一切有形的事物與無形的思想的底質──只是音樂，絕妙的音樂。天上的星，水裏泅的白乳鴨，樹林裏冒的煙，朋友的信，戰場上的炮，墳堆裏的鬼，巷口那只石子，我昨夜的夢，⋯⋯無一不是音樂。⋯⋯是的，都是音樂──莊周說的天籟地籟人籟；全是的。」（徐志摩：《譯〈死屍「Une charogne」〉序》）──徐志摩似乎正是奉莊子的「聽乎無聲」的提示為宗旨，聞「人籟」，聞「地籟」，聞「天籟」，在「群籟雖參差」中「適我莫非新」；那一股「風霆流形而神化運行於上，河嶽融峙而物變滋殖於下，千態萬狀，沉冥發抒，皆一氣貫通使然」（宋濂：《林伯恭詩集序》）而隱秘運行於天地萬物間的文脈氣機，似乎為他所敏銳地捕捉，由此，他在詩中為我們營造了一個靈動美妙的音樂世界：那裡有葉底黃鸝婉轉的清音，也有大海上天風刮來的翻湧的濤聲；那裡有月夜聽琴時松風的低吟，也有半夜深巷琵琶彈奏的宮商角徵；那裡有遠村的鐘聲在夢裏吐復收，也有火車上小女孩美妙的歌喉；那裡有春歸的燕兒呢喃不休，也有臥在春郊草叢裏情侶的情話啾啾⋯⋯

　　「夫音律所始，本於人聲者也。聲含宮商，肇自血氣」，在《文心雕龍》這段話中，劉勰將詩性生命律動在音聲結構上的表現（外在的聲律現象），歸源於情志的充實與才力的發揚（內在的「血氣」）──這既是古今才人進行藝術創造的原動力，也可以解釋上述徐志摩「應物斯感」心理感應的藝術發生學前提。當代學人曾指出：作為處於急劇變遷的現實漩渦中的現代詩人，徐志摩在處理均齊的詩行與自由的現代意識之間的深刻矛盾時，「以自己天賦

〔註14〕汪裕雄：《意象探源》，第 291～292 頁。
〔註15〕江弱水：《一種天教歌唱的鳥──徐志摩片論》，《文本的肉身》。

的感覺能力，十分妥當地調整了自由與均齊之間微妙的關係（就像他調整自由意識與大自然的關係一樣），他基本上拋棄了種種外在的整齊，而在一種不太整齊的參差錯落中構織著內在的和諧」；「徐志摩的許多創作都採取了這樣一種方式，即把自我的感念與自然的物象相穿插、焊接在一起，相互纏繞，相互闡釋，相互映襯。個人的感念獲取了某些自由性、流動性，但這些自由的、流動的感念又最終繞在了自成一統的抽象上，自由中有約束，變化中有穩定，於是，一種既照顧現代人複雜感受又符合傳統美學思想的詩歌樣式就形成了。」〔註16〕這樣的論說無疑是符合徐志摩詩歌創作的實際的，筆者想補充的只是：徐志摩詩歌語言的聲韻節奏，在本質上既是其內在生命情感和情緒湧動的外化形態，又是其詩性生命的節律在音聲中的內在流動。他的藝術偏好，無論是對雙聲疊韻詞語的擇取，還是對複沓迴環句式的運用以及對均齊音節的追求，無不是他內在音樂理念的外化。他說：「詩歌的靈魂是音樂的，所以詩最重音節。這個並不是要我們去講平仄，押韻腳，我們步伐的移動，實在也是一種音節啊」，「行數的長短，字句的整齊或不整齊的決定，全得憑你體會到的音節的波動性」，「正如一個人身的秘密是它的血脈的流通，一首詩的秘密也就是它的內含的音節的勻稱與流通」，「一首詩的字句是身體的外形，音節是血脈，『詩感』或原動的詩意是心臟的跳動，有它才有血脈的流轉」（徐志摩：《詩刊放假》），「詩的真妙處不在它的字義裏，卻在它的不可捉摸的音節裏」（徐志摩：《譯〈死屍「Une charogne」〉序》）。從這些零碎的表述中，不難看出徐志摩自成體系的詩學理念：追求內在的詩感與外在音節的和諧統一（也即古人「言之短長與聲之高下者皆宜」的現代說法）。

詩歌言志抒情的本質與根源，在於生命氣機的流轉與動盪——在此一過程中，情感跌宕起伏處的音節與氣機轉換處節奏的同奏合拍，構成詩歌整體氣韻生動的一體兩面。當徐志摩將其詩學核心理念「音節」形象化為人身上「血脈的流通」時，實則打通了詩的節奏與生命本體間天然的對應關係，也與中國傳統的音樂理論一脈相承：「凡音之起，由人心生也，人心之動，物之使然也」（《樂論·樂本篇》），而「音樂者，所以動盪血脈，通流精神而和正心也。」（《史記·樂書》）這也啟發了詩樂分離後人們之於詩歌語言聲律的思索

〔註16〕李怡：《徐志摩：古典理想的現代重構》，《中國現代新詩與古典詩歌傳統》（增訂本），第200頁。

——「歌吟詠歎流通動盪之用則存乎聲，而高下長短之節亦截乎不可亂」，「人聲和則樂聲和，又取其聲之和者以陶寫性情，感發志意，動盪血脈，流通精神，有至於手舞足蹈而不自覺者。」〔註17〕——略去徐志摩求學西方的經歷，便可知其看似神秘的音樂詩學理念的胎息實淵源有自。秉承了這種傳統音樂思想的醇和，徐志摩在他那中西融匯的詩歌道路上，將西方巴那斯派的理性克制與傳統詩詞的自覺形態銜接起來，將西方「為藝術而藝術」的赤忱同中國「哀而不傷」的傳統融合起來，在與現代口語之自然流瀉相吻合的自由詩歌形態面前，自覺地追求一份節奏和諧的古典理想。其詩學內涵延續了傳統詩學聲律觀的一個基本理念：聲與律的根本「在於宇宙生命的律動，由宇宙生命傳遞給人的生命活動，再由人的詩性生命的發動而顯現於詩歌樂曲的音聲節奏」〔註18〕。所以，當代學人曾得出如下結論：徐志摩詩學思想的核心，「是把詩的本體界定為內在情感的抒發，但是其抒情論詩學強調的不是個人情感或情緒的宣洩，而是一種對宇宙自然中生命律動的音樂化表達。這種以生命體驗為中介，聯結社會心理與形而上學精神的詩學思想是徐志摩對中國現代詩學的一項重要貢獻。」〔註19〕

　　以上，粗略追摹了徐志摩參悟天地自然之道而堪稱「斯芬克斯之謎」的現代詩學心靈圖式，大致釐清了其詩性思維與宇宙萬物同頻共振的發端以及其生命律動的音樂化追求之起源，下面，筆者將嘗試勾索其詩性生命音聲律動的具體展開過程。

二、「字的音樂」：徐志摩詩歌的音樂性與外在韻律

　　今天的讀者已經很難理解五四新文學運動開創時期中國新詩人的窘境。「白話詩剛剛從初生時對自然、青春、愛等等新奇的感覺和直露的告白中醒來，發現自己仍處於傳統文本的巨大壓力之下，重新落入由文本衍生文本的文學遊戲。而且，現在的情況已經不是在一個單純而穩定的符號系統中參酌變化就可以的了，新詩必須做『中西藝術結婚的寧馨兒』，於是詩人不得不周旋在古典和西方兩大傳統之間，不求與兩者合而不能不合，不求與兩者異而

〔註17〕〔明〕李東陽：《春雨堂稿序》，清嘉慶刻本《懷麓堂全集・文後稿》（卷三）。
〔註18〕陳伯海：《中國詩學之現代觀》，第295頁。
〔註19〕李勇、孫思邈：《徐志摩詩學思想的中國底蘊——兼論中西文論跨文化融合的基本方式》，《蘇州大學學報（哲學社會科學版）》2017年第6期。

不能不異，這種調和，煞費周章。」〔註20〕徐志摩同樣煞費苦心。他說：「詩的難處不單是他的形式，也不單是他的神韻，你得把神韻化進形式去，像顏色化入水，又得把形式表現神韻，像玲瓏的香水瓶子盛香水。」（徐志摩：《一個譯詩問題》）但徐志摩的優長又恰恰在於，能夠在中西不同的文化背景裏靈活地移步換形，在「援西入中」與「援古入今」之間自如地遊走，一方面致力於結句的「良性的西化」，一方面又致力於用語上「恰到好處的古典風味」。此種「恰到好處的古典風味」的實現，首先體現在對傳統韻式的繼承與創造性轉換上。

1. 韻式的創造：徐志摩詩歌聲韻美的建構

人類感知心理結構對宇宙萬物節奏的共鳴，是原始時期詩樂舞合一的起源，而「韻」作為「詩的原始的惟一的愉悅感官的芬芳氣息」〔註21〕，是語音轉換為音樂性聲音的一個重要手段。從字形上看，「韻」由「音」和「勻」組成，其「特定的發音方式以及對一定時間長度的分割」，使得「具有一定音高和音質的聲音在一定的時間間隔內重複出現」，形成「每一次停頓之前的聲音震動頻率相同」的「韻腳」〔註22〕。此種間隔重複的押韻形成的語言韻律美，形成了唐詩宋詞元曲等輝映古今的文學奇觀，誕生了浩浩蕩蕩的經典作品。它在借鑒外國詩歌實現形式突破的「五四新詩革命」中同樣有著繼承與創造性的轉化。而在「體制的輸入與試驗」中「嘗試最多」（朱自清語）的徐志摩的新詩實踐，則是這一過程中一個足資析解的經典範例。

蘇雪林曾讚美說：「徐志摩的詩變化多且速。他今日發表一首詩是這種格式，明日是另一種，後日又是另一種。想模仿都模仿不了，他人是用兩隻腳走路，他卻是長著翅膀飛的。」〔註23〕這主要是針對他靈活多變的押韻形式而言。徐志摩的詩歌對西方詩歌形式多有模仿，但更多的是結合傳統的創造，並沒有因機械套用而陷入刻意經營的削足適履，這是他的圓通之處。他創造的韻式可謂繁複，常見有——

AABB 隨韻式，如《獻詞》：

那天你翩翩的在空際雲遊，

〔註20〕江弱水：《一種天教歌唱的鳥——徐志摩片論》，《文本的肉身》，第 99 頁。
〔註21〕黑格爾：《美學》（第 3 卷下冊），朱光潛譯，商務印書館，1981 年，第 68 頁。
〔註22〕沈亞丹：《寂靜之音——漢語詩歌的音樂形式及其歷史變遷》，第 55～57 頁。
〔註23〕蘇雪林：《徐志摩的詩》，韓石山、伍漁編：《徐志摩評說八十年》，第 237 頁。

自在，輕盈，你本不想停留

在天的那方或地的那角，

你的愉快是無攔阻的逍遙。

ABAB 交韻式，如《山中》：

庭院是一片靜，

聽市謠圍抱；

織成一地松影

看當頭月好！

ABBA（包括 ABBBA）抱韻式，ABBA 式如《客中》：

今晚天上有半輪的下弦月；

我想攜著她的手，

往明月多處走──

一樣是清光，我說，圓滿或殘缺。

ABBBA 式如《為誰》：

這幾天秋風來得格外的尖厲：

我怕看我們的庭院，

樹葉傷鳥似的猛旋，

中著了無形的利箭──

沒了，全沒了：生命，顏色，美麗！

AAAA 排韻式，如《月下待杜鵑不來》：

水粼粼，夜冥冥，思悠悠，

何處是我戀的多情友？

風颼颼，柳飄飄，榆錢斗斗，

令人長憶傷春的歌喉。

ABCB 偶韻式，如《再別康橋》：

那河畔的金柳，

是夕陽中的新娘；

波光裏的艷影，

在我的心頭蕩漾。

其他大多為複合韻（即以上五種韻式的複合形式），如：ABBABB（《半夜深巷琵琶》）；AABBA（《那一天》、《呻吟語》）；AABBB（《雪花的快樂》）；

AAABA（《青年曲》）；ABCDC（《望月》、《黃鸝》）；ABCBC（《為的是》）；ABBAB（《雁兒們》）；ABCCBA（《俘虜頌》）；ABABCC（《在不知名的道旁》）；ABBCDCC（《殘破》）；AABBCC（無題）；ABBACC＋ABBABB（《三月十二深夜大沽口外》）；AABBCDCD（《誰知道》）；AABBCCA（《杜鵑》）；ABBACDD（《殘破》）；ABBACCCAC（《海韻》）；AABBCCCCDD（《不再是我的乖乖》）；AABBCCDDEE（《拜獻》、《起造一座牆》）〔註24〕⋯⋯種種韻式姿態迥異，花樣紛呈，豐富了五四新詩壇的園囿，也踐行了聞一多所謂「新詩的格式可以由我們自己的意匠來隨時構造」的理想。

當然，其用韻的範圍並不僅僅限於尾韻。對於曾「在志願奢大的期間，夢想過一種詩」的「奇蹟」的徐志摩來說，「震動頻率相同」的語音間隔重複帶來的韻腳的「敏銳」與「脆響」，往往在其詩意的運轉中迎來「性靈的抒情的動盪」與「沉思的迂迴的輪廓」（徐志摩：《波特萊的散文詩》），從而形成流動於其詩歌音節中獨特的「蟬聯韻」與「間韻」。試讀其《雪花的快樂》：

> 假如我是一朵雪花，
> 翩翩的在半空裏瀟灑，
> 我一定認清我的方向
> ──飛揚，飛揚，飛揚，
> 這地面上有我的方向。
>
> 不去那冷寞的幽谷，
> 不去那淒清的山麓，
> 也不上荒街去惆悵
> ──飛揚，飛揚，飛揚，
> ──你看，我有我的方向！
>
> 在半空裏娟娟的飛舞，
> 認明了那清幽的住處，
> 等著她來花園裏探望
> ──飛揚，飛揚，飛揚，
> ──啊，她身上有朱砂梅的清香！

〔註24〕此處格式統計參閱黃曆明：《新詩的生成──作為翻譯的現代性》，北京：商務印書館，2014年，第227頁。

那時我憑藉我的身輕，

盈盈的，沾住了她的衣襟，

貼近她柔波似的心胸

——消溶，消溶，消溶

——溶入了她柔波似的心胸。

　　第一句中的「假」與「花」押 a 韻；第二句中的「翩」與「半」押 an 韻；第三句中的「定」與「清」押 ing 韻，均運用了間韻與蟬聯韻；而第一、二、三節第三句中的「方向」、「惆悵」、「探望」，與重複出現於每節第四句的「飛揚，飛揚，飛揚」之間均構成蟬聯韻。最後一節更繁複：第一、二句與第二、三句首尾間構成的蟬聯，好比一雙翻飛的翅膀，在「身輕」「盈盈」與「衣襟」「貼近」間自然流蕩出相呼應的「間韻」；而第三句末的「心胸」與第四句開頭的「消溶」，第四句末的「消溶」與第五句開頭的「溶入」，無一例外構成了音韻上的「蟬聯」〔註25〕，整體詩意由此在一種平均距離所標誌著的時間的重新回轉中形成往復迴環的旋律節奏，在層層疊疊的牽挽中一波波地飄漾開來。

　　此種方式在其詩中還有很多，如《多謝天！我的心又一度的跳蕩》：「多謝天！我的心又一度的跳蕩！｜這天藍與海青與明潔的陽光」；《蘇蘇》：「你說這應分是她的平安？｜但運命又叫無情的手來攀，｜攀，攀盡了青條上的燦爛，——｜可憐呵，蘇蘇她又遭一度的摧殘！」《月下待杜鵑不來》：「我倚暖了石欄的青苔，｜青苔涼透了我的心坎；」「水粼粼，夜冥冥，思悠悠，｜何處是我戀的多情友，｜風颼颼，柳飄飄，榆錢斗斗，｜令人長憶傷春的歌喉。」《威尼市》：「歌聲，遊艇，｜燈燭的輝瑩，｜夢寐似生，｜——絪縕——｜幻景似消泯，｜在流水的胸前——｜鮮妍，綣繾——｜流，流，｜流入沉沉的黃昏。」《卑微》：「枯槁它的形容，｜心已空，｜音調如何吹弄？｜它在向風祈禱：｜『忍心好，將我一拳推倒；』｜『也是一宗解化——｜本無家，任漂泊到天涯！』」……其《廬山石工歌》更典型：

唉浩！唉浩！唉浩！

唉浩！唉浩！

〔註25〕參閱廖玉萍：《徐志摩詩歌語言藝術》，北京：語文出版社，2010 年，第 113～114 頁。

　　　　我們起早，唉浩，

　　　　看東方曉，唉浩，東方曉！

　　　　唉浩！唉浩！

　　　　鄱陽湖低！唉浩，盧山高！

　　　　唉浩，盧山高；唉浩，盧山高！

　　　　唉浩，盧山高！

　　　　唉浩，唉浩！唉浩！

　　　　唉浩！唉浩！

　　據徐氏自己交代，這首詩創作的動機，源於他在盧山時「每天都聽著那石工的喊聲，一時緩，一時急，一時斷，一時續，一時高，一時低，……悠揚的聲調在山谷裏震盪著，格外使人感動」（徐志摩：《〈盧山石工歌〉附錄：致劉勉己函》）。雖然他是從俄國的《鄂爾加河上的舟人歌》中獲取了靈感，但表現手法仍是間韻與蟬聯韻並用，以「唉浩」貫串，間以「起早」、「東方曉」與「盧山高」，抑揚起伏，基本上達到了試圖用回返重複的音調譜寫出那「唉浩」的號聲在其靈府裏動盪的聲情效果。

　　其代表作《再別康橋》也是此種手法運用純熟的典範：第二節中的「新娘」與「波光」、第三節中的「招搖」與「康橋」、第五節中的「長篙」與「青草」以及兩個「星輝」、第六節中的兩個「沉默」、第七節中的「衣袖」與「帶走」，均構成蟬聯而下的頂真勾連。隨著詩意的遞進，它更進一步擴展到節與節間：第四節末的「夢」與第五節開頭的「尋夢」、第五節末的「放歌」與第六節開頭的「但我」、第六節末的「康橋」與第七節開頭的「悄悄」，均構成「連環體」蟬聯韻。〔註26〕全詩由此形成一條被韻律包裹的河流，內外勾連，前後呼應，處處是韻律的閃光。試讀其中第四節：「那榆蔭下的一潭，｜不是清泉，是天上虹，｜揉碎在浮藻間，｜沉澱著彩虹似的夢。」——「虹」與「夢」的尾韻之外，「一潭」與「清泉」、「浮藻間」與「沉澱」形成蟬聯韻；「彩虹」與「夢」則形成間韻。「並且這一節還交叉使用了兩個韻：『虹』、『彩虹』、『夢』等詞語押舌根音——『ng』，給人以迷蒙、深沉之感；而『一潭』、『清泉』、『浮藻間』、『沉澱』等詞語押前鼻音韻母——『an』，又給人以安詳、悠閒之感，兩者巧妙交織，以其醇厚的音樂韻味把讀者帶進了那具有

〔註26〕廖玉萍：《徐志摩詩歌語言藝術》，第110～111頁。

夢幻色調的迷人境界。」〔註 27〕此種從生命本真情感體驗出發所達成的音韻（形式）與意境（內容）的極致和諧，完美地踐行了其「一首詩應分是一個有生機的整體」（徐志摩：《詩刊放假》）的音樂詩學理念。

　　「間韻」、「蟬聯韻」在徐志摩詩歌中的大量出現，體現了「五四」時期詩歌形式鬆綁下語言自然音節的復活。在傳統文言單音節所形塑的近體詩的整齊句式中，蟬聯韻與間韻是罕見的，但在之前的樂府民歌中卻不乏其例，譬如「子夜歌」中的「始欲識郎時，兩心望如一。理絲入殘機，何悟不成匹！」「春風動春心，流目矚山林。山林多奇采，陽鳥吐清音。」又譬如以蟬聯而下的接字法頂真勾連而著稱的《西洲曲》（節錄）：

> 西洲在何處？兩槳橋頭渡。
> 日暮伯勞飛，風吹烏白樹。
> 樹下即門前，門中露翠鈿。
> 開門郎不至，出門採紅蓮。
> 採蓮南塘秋，蓮花過人頭。
> 低頭弄蓮子，蓮子青如水。
> 置蓮懷袖中，蓮心徹底紅。
> 憶郎郎不至，仰首望飛鴻。
> 鴻飛滿西洲，望郎上青樓。
> 樓高望不見，盡日欄杆頭。
> 欄杆十二曲，垂手明如玉。

在環環相扣的接字成篇中所造成的貫通全篇的優美節奏，可謂「續續相生，連跗接萼，搖曳無窮，情味愈出」（沈德潛：《古詩源》）。此種繼承了《詩經》的清純纏綿而愈加深情搖曳的接續手法，在後世的歌行體中同樣有著自然的流露，如李白的《白雲歌送劉十六歸山》：「楚山秦山皆白雲。白雲處處長隨君。長隨君，君入楚山裏，雲亦隨君渡湘水。湘水上，女蘿衣，白雲堪臥君早歸」；白居易的《長恨歌》：「忽聞海上有仙山，山在虛無縹緲間」，如此等等。前後蟬聯的雙音節易於捉雙湊對形成的疊句重唱，助長了詞體音節上迂迴動盪的音樂美，其易於造成婉轉迴環聲韻的特殊「黏連」效用，特別契合屬於詞體審美特性的那種搖曳參差之美、綢繆婉轉之態、清幽宛媚之姿，由

〔註27〕廖玉萍：《徐志摩詩歌語言藝術》，第 111 頁。

此也形成了宋詞中一系列要求疊韻的詞牌體例，典型的如李清照的《添字醜奴兒‧窗前誰種芭蕉樹》：「窗前誰種芭蕉樹，陰滿中庭。陰滿中庭。葉葉心心，舒卷有餘情。傷心枕上三更雨，點滴霖霪。點滴霖霪。愁損北人，不慣起來聽。」蔣捷的《一翦梅‧舟過吳江》：「一片春愁待酒澆，江上舟搖，樓上簾招。秋娘渡與泰娘橋，風又飄飄，雨又瀟瀟。何日歸家洗客袍？銀字笙調，心字香燒。流光容易把人拋，紅了櫻桃，綠了芭蕉。」如此等等。

近現代發源於明初的西北「花兒」體民歌中，也有大量通過陽陰韻的交錯來形成行中複韻以及間韻與蟬聯韻並用的形式：

> 千層｜牡丹｜石榴｜花，
> 刺玫花｜把我的｜手扎；
> 千思｜萬想｜丟不｜下，
> 硬上個｜心腸了｜走吧。

單四雙三的音節安排，顯得大體勻稱，單字尾韻形成陽韻，雙字尾韻形成陰韻，句中自然出現了複韻，同時，第一二句也出現了蟬聯韻與間韻──徐志摩的《雪花的快樂》、《再別康橋》與之相比，無論在音節還是韻式上，均具有結構上的契通。應該說，此種契通也是引發「五四」新詩勃興的契機。在「五四」「歌謠運動」中，常惠、鍾敬文等人就曾通過對村歌俚謠中「聯響」、「雙關」、諧音等音韻常見技巧的發現與討論，悟出歌謠結構中諧音的「聯響」（即上述「間韻」與「蟬聯韻」）能夠形成「一種巧妙的形象的修辭」，從而為當時的新詩借鑒其「自然調和的音韻」形式作了有益的探索。〔註28〕這些充分說明，民間歌謠富於直覺、情感、想像等詩性口語特質的活潑生動的自然音節，始終是人為製造的嚴酷形式所「縛不住」的一股清流，不斷為中國詩人輸送新鮮的血液，幫助他們在自我革新中突破那僵死的陳舊的軌道。

2. 連綿的婉轉：雙聲疊韻疊字的充分運用

漢字本身涵義淵復，由聲定音、由音定字，互相關聯，連類諧韻，極盡變化多姿之能事與無窮妙趣，這其中極為精微的細緻組合，被人們自覺地用來「窮形寫物」、「指事造形」，從而誕生了體現漢語文化特殊審美魅力的一系列修辭奇觀，「雙聲疊韻」即是其中之一。所謂「雙聲疊韻」，顧名思義，兩個

〔註28〕參閱曹成竹：《歌謠與中國文學的審美革新：以20世紀早期「歌謠運動」為中心》，北京：人民出版社，2019年，第198～200頁。

音節連綴成義而聲母相同，為雙聲；韻母相同，為疊韻。《文心雕龍‧聲律》篇形容它的聲情效果曰：「聲轉於吻，玲玲如振玉；辭靡於耳，累累如貫珠」；李重華《貞一齋詩說》亦云：「疊韻如兩玉相扣，取其鏗鏘；雙聲如貫珠相連，取其婉轉」。在現代，朱光潛先生則強調指出：「雙聲疊韻都是要在文字本身見出和諧。詩人用這些技巧，有時除聲音和諧之外便別無所求，有時不僅要聲音和諧，還要它與意義調協。在詩中每個字的音和義如果都互相調協，那是最高的理想。音律的研究就是對於這最高理想的追求，至於能做到什麼地步，則全憑作者的天資高低和修養深淺。每國文字中都有些諧聲字（onomatopoetic）。諧聲字在音中見義，是音義調協的極端例子。例如江、河、噓、嘯、嗚咽、炸、爆、鍾、拍、砍、唧唧、蕭蕭、破、裂、貓、釘……隨手一寫，就是一大串的例子。諧聲字多，音義調協就容易，所以對於做詩是一種大便利。」〔註29〕徐志摩在這方面顯示了驚人的敏感。曾有學者對其詩歌進行過統計，「發現雙聲聯綿詞共有 23 個；疊韻聯綿詞共 65 個；無雙聲疊韻詞有 49 個；或同音重複，如『津津』、『脈脈』等，有 80 個」〔註30〕。典型的如其《月夜聽琴》中的「淒清、動盪、琴情、雲衣、抑鬱、彷彿、黃昏」（雙聲）；《獻詞》中的「雲遊、自在、綿密、湖海」（雙聲），「輕盈、逍遙、卑微、點染、空靈、憂愁」（疊韻）；《再別康橋》中的「艷影」、「榆蔭」、「清泉」（雙聲），「蕩漾」、「青荇」、「招搖」、「斑斕」（疊韻），等等。除了雙聲疊韻，連綿詞在其詩歌中也極為普遍，常見有 AA 式與 ABB 式。前者如「青青、薰薰、殷殷、依依、深深、團團、纖纖」等等。典型的段落如其《夏日田間即景》：「南風薰薰，｜草木青青，｜滿地和暖的陽光，｜滿天的白雲黃雲，｜那邊麥浪中間，｜有農夫農婦，笑語殷殷」；又如其《月下雷峰影片》：「深深的黑夜，依依的塔影，｜團團的月彩，纖纖的波鱗」。後者如「夜深深、睡昏昏、凍沉沉、暗森森、靜淒淒、白茫茫、露盈盈、怯憐憐、冷鬱鬱、碧銀銀、霧濛濛、銀晃晃」等等。典型的段落如《月下待杜鵑不來》：「水粼粼，夜冥冥，思悠悠，｜何處是我戀的多情友，｜風颼颼，柳飄飄，榆錢斗斗，｜令人長憶傷春的歌喉」；又如《破廟》：「慌張的急雨將我｜趕入了黑叢叢的山坳，｜迫近我頭頂在騰拿，｜惡狠狠的烏龍巨爪；｜棗樹兀兀地隱蔽著｜一座靜悄悄的

〔註29〕朱光潛：《中國詩的節奏與聲韻的分析（上）：論聲》，《詩論》（增訂本），第159 頁。
〔註30〕廖玉萍：《徐志摩詩歌語言藝術》，第 115 頁。

破廟，｜我滿身的雨點雨塊，｜躲進了昏沉沉的破廟；｜雷雨越發來得大了；｜霍隆隆半天裏霹靂，｜豁喇喇林葉樹根苗，｜山谷山石，一齊怒號，｜千萬條的金剪金蛇，｜飛入陰森森的破廟，｜我渾身戰抖，趁電光｜估量這冷冰冰的破廟」。此外還有 AABB 式，集中體現在其《康橋西野暮色》一詩中，如「鬱鬱密密、簇簇斑斑、三三兩兩、暗暗默默、舒舒闔闔、漂漂瀟瀟、沉沉奄奄」等等；ABAC 式：「雲凹雲凸、雲濤雲潮、風頭風尾、老婦老翁、農夫農婦、星巨星細」等等；ABCB 式：「紫雲緋雲、白雲黃雲、白的紅的、黑的綠的」等等。除上述雙聲疊韻連綿詞外，還有大量疊詞的運用，如《海韻》中的「徘徊，徘徊」、「婆娑，婆娑」、「蹉跎，蹉跎」；又如《蓋上一片油紙》中的「一片，一片」、「虎虎的，虎虎的」等等。

顧炎武《日知錄》指出：「詩用疊字最難。《衛詩》『河水洋洋，北流活活。施眾濊濊，鱣鮪發發。葭菼揭揭，庶姜孽孽』，連用六疊字，可謂複而不厭，賾而不亂矣。《古詩》『青青河畔草，鬱鬱園中柳。盈盈樓上女，皎皎當窗牖。娥娥紅粉妝，纖纖出素手』，連用六疊字，亦極自然」〔註31〕。——從《衛詩》中僅著眼於外物描寫而缺少內在關聯的隨意羅列，到《古詩》中能夠展現視點移動而傳達詩人感物過程中情感心理活動的「隨物賦形」，可清晰見出「疊字」功用在傳統詩體中的「進化」軌跡。由此，雙聲疊韻連綿詞疊詞所獨有的「聲、韻、調」，對於漢詩傳達纏綿婉轉的意緒，增添情景描敘的生動形象，映襯抒情主體的內心世界，形塑「連綿迴環」的結構，帶來了無窮便利。——徐志摩詩歌中此類修辭手法的大量出現，即體現了這種活學活用。

當然，漢字中音義相近的詞語本來就容易成雙湊對，鋪紙執筆時聲情自然奔赴腕底而音韻天成的情形也不能排除，但如平素不注意聲韻之美，又如何能讓文字隨意婉轉，與心徘徊？傅庚生先生有一段話說得好：「疏鑿起人工的水井，防備著寒泉的凝澀，也是該做的事。生長在這四海一家、人文綜合的大時代，遭遇了中國詩歌新舊交替的大場面，偉大的詩人需要具備曠世的天才、大膽的嘗試；同樣緊要的也還有細心的玩索、長期的忍耐。詩歌的聲韻節奏不能完全依賴人工，許多處還是要靠人巧。成功的作品必須是通過合適的技巧、用自然的音律把情思境界表現得恰到好處。它顯示著無比的和

〔註31〕黃妝成集釋，秦克誠點校：《日照錄集釋》（卷 21），長沙：嶽麓書社，1994年，第 745 頁。

諧，可以說是巧奪天工；呈現出的又是極其平易的面相，沒有矯揉斫削的痕跡。」〔註32〕——徐志摩正是如此，他說：「既然人生只是表現，而語言文字又是人類進化到現在比較的最適用的工具，我們明知語言文字如同政府與結婚一樣是一件不可免的沒奈何事，或如尼采說的是『人心的牢獄』，我們還是免不了他。我們只能想法使他增加適用性，不能拋棄了不管。我們只能做兩部分的工夫：一方面消極的防止文字障語言習慣障的影響；一方面積極的體驗心靈的活動，極謹慎的極嚴格的在我們能運用的字類裏選出比較的最確切最明瞭最無疑義的代表」（徐志摩：《「話」》），而「一簡短的字句，一單獨的狀詞，也許顯示出真與美的彩澤……這是覺悟，藝術」（徐志摩：《丹農雪烏》）。從這樣的覺識出發，他不止一次表達對「字的音樂」的理想追求，也在「鈎尋中國語言的柔韌性乃至探檢語體文的渾成，緻密」的努力中，最終用現代漢語譜寫出了「字的音樂」。

3. 吳儂軟語的輕柔：相同聲母的大量勾連

徐志摩「對於現代漢語的感受能力在現代詩人中是最強的」〔註33〕，這突出地體現在他借助對聲母的大量運用貫串渙散的音符而營造圓滑輕柔、婉轉流走之音樂美這一實踐上。在這方面，學界目前已經有了不乏精細的研究，譬如對其詩中「塞擦音和擦音使用情況」的歸納：

《月夜聽琴》，總字數 264 個，單個聲母平均占字數 12 個，塞擦音和擦音使用總數 50 個（J，Q，X）

《山中》，總字數 88 個，單個聲母平均占字數 4 個，塞擦音和擦音使用總數 32 個（J，Q，X，Zh，Ch，Sh）

《沙揚娜拉》，總字數 48 個，單個聲母平均占字數 2.1 個，塞擦音和擦音使用總數 14 個（Zh，Ch，Sh）

《再別康橋》，總字數 195 個，單個聲母平均占字數 8.86 個，塞擦音和擦音使用總數 79 個（J，Q，X，Z，C，S，Zh，Ch，Sh）

《私語》，總字數 117 個，單個聲母平均占字數 5.8 個，塞擦音和擦音使用總數 66 個（J，Q，Z，C，S，Zh，Sh）

《滬杭車中》，總字數 74 個，單個聲母平均占字數 3.4 個，塞

〔註32〕傅庚生：《中國文學欣賞發凡》，北京：生活‧讀書‧新知三聯書店，2017 年，第 184 頁。

〔註33〕李怡：《徐志摩的詩歌》，《中國新詩講稿》，第 97 頁。

擦音和擦音使用總數33個（J，Q，X，C，S，Zh，Ch）〔註34〕

　　這些「塞擦音和擦音的集中使用，可以形成輕柔圓潤的聲音效果，它們比鼻音和邊音等聲母更纏綿溫婉，能有效增強詩歌音樂的柔美。徐志摩是浙江海寧硤石人，其家鄉方言歸入吳方言，而在吳方言中塞擦音之間以及塞擦音和擦音之間常混用，如吳方言中說『吹風』是 Cifeng，而『吃茶』則為 Qiazu。這樣一來徐志摩詩歌中的聲母勾連就變得更加普遍，詩行中跳動的音符隨處可見，『洋』的詩歌手段和『土』的詩歌素材完美結合，進一步增強了徐詩的音樂性。……無論刻意與否，這種聲母的勾連使得詩歌宛如一首韻律悠揚的圓舞曲，渙散獨立的音符一經反覆運用便串聯起來形成了一種迴環往復的旋律，讀來順暢悅耳，音韻感十足，自然通暢地理解詩歌表達的繾綣纏綿的情感。」〔註35〕如在《月下待杜鵑不來》一詩中：

　　「一」「影」「倚」「月」「掩」「黯」「允」「夜」「遠」「依」「夜」「友」「榆」和「憶」字都屬於零聲母字，在全詩四個詩段中均勻分布。其中，「一」「影」「倚」「掩」「黯」「夜」「依」「榆」「友」和「憶」發音時帶有與 i 同部位的摩擦成分，實際發音應是〔ji〕、〔jing〕、〔ji〕、〔jan〕、〔jan〕、〔je〕、〔ji〕、〔ju〕、〔jou〕和〔ji〕；而「月」「允」和「遠」字開頭的與同部位的摩擦成分是〔ɥ〕，實際發音可標注為〔ɥue〕、〔ɥun〕和〔ɥuan〕。因此，零聲母 Y 很大程度上也帶有擦音的特點，與詩中 Zh（鍾、漲、舟）、Ch（潮、處、長、春）、Sh（數、石、首、聲、收、省、水、是、傷）、Z（昨）、C（村）、S（寺、颼颼、思）、J（靜、錦、今）、Q（橋、輕、蹌、情、錢）、X（心、休、學、新、羞、宵、許、歇、稀）等塞擦音和擦音配合，相互呼應。以占全詩三分之一字數的中文塞擦音、擦音和零聲母來形成形同英文「輔音韻」的效果，詩歌的音樂性大大增強。有人說，徐志摩的「官話」也是一流，而且，沒有理由懷疑他的英語水平；但是，徐意外作古時也仍然風華正茂，尚不到「鬢毛衰」的時候，作詩時自然是「鄉音無改」，用吳儂軟語吟誦這些滿是零聲母、擦音和塞擦

〔註34〕繆惠蓮、張強：《徐志摩詩歌音樂性構成的顯性與隱性因素》，《江漢學術》2020年02期。

〔註35〕繆惠蓮、張強：《徐志摩詩歌音樂性構成的顯性與隱性因素》，《江漢學術》2020年02期。

音的詩句，也許更能感受外表洋氣的徐志摩內心的鄉愁。〔註36〕

4. 調質的和諧：語音輕重長短的巧妙調配

自從胡適倡導「詩體大解放」推進「自然的音節」而廢除傳統的格律以來，「重造新韻」（劉半農語）的呼聲就始終伴隨著新詩的進程，怎樣解決新詩與古典詩歌的脫節而建立符應新時期的詩體形式成了新詩理論與實踐上面臨的一個焦點問題。這方面的研究成果極多，譬如王力先生曾就「怎樣建立現代格律詩」展開過一番觸及詩歌本質的討論：「現代漢語的聲調系統和各調的實際音高雖然和古代不同了，但是仍然有著音調的存在。如果說詩的格律應該反映語言的語音體系的特點的話，聲調（平仄四聲）正是漢語語音體系的最大特點，似乎現代格律詩不能不有所反映」，「當然我們不能再用古代的平仄，而應該用現代的平仄。」說到這裡王力先生托出了其關切：「假定聲調的交替被考慮作為新格律詩的節奏的話（我只能假定，因為在詩人們沒有實驗之前，不能說任何肯定的話），那就要考慮現代漢語各個聲調的實際調值，因為節奏中所謂高低相間或長短相間（漢語的聲調主要是高低關係，但也有長短關係），必須以口語為標準。以現代漢語而論，我們能不能仍然把聲調分為平仄兩類，即以平聲和非平聲對立起來呢？能不能另分兩類，例如陽平和上聲作一類，陰平和去聲作一類呢？能不能四聲各自獨立成類，互相作和諧的配合呢？這都需要進行深入細緻的科學研究工作，然後可以得出一個結論。最後一個問題（四聲互相配合）實際上是一個旋律問題，已經超出了節奏問題之外，但仍然是值得研究的。」經過此番辨析後，王力先生提出了其詩學主張：「我以為仍然可以把聲調分為平仄兩類，陰平和陽平算是平聲，上聲和去聲算是仄聲（入聲在普通話裏已經轉到別的聲調去了）。從普通話的實際調值來看，陰平和陽平都是高調和長調，上聲和去聲都是低調和短調（去聲可長可短，短的時候較多，上聲全調雖頗長，但多數只念半調）。這樣可以做到高低相間，長短相間。所謂長短相間，不一定是平平仄仄，仄仄平平，也可以考慮兩字一節奏，三字一節奏。形式可以多樣化，但是可以要求平衡、和諧。」但大概由於沒有看到過新詩中類似的成功案例，王力先生也只能如此謹慎地表示：「除了聲調作為節奏之外，還可以想像強弱相間作為節奏，類似俄語詩

〔註36〕繆惠蓮、張強：《徐志摩詩歌音樂性構成的顯性與隱性因素》，《江漢學術》2020年 02 期。

律學裏所謂音節─重音體系。普通話裏有所謂輕音，容易令人向這一方面著想。詩人們似乎不妨做一些嘗試。但是我們對這一方面的困難要有足夠的估計。現代漢語裏只有輕音是分明的，並無所謂重音，許多複音詞既不帶輕音（如『帝國主義』、『無產階級』、『共產黨』、『拖拉機』），也就很難構成強弱相間的節奏。」然而，深諳古今詩歌語言生成原理的深厚學養又使他不甘放棄對新詩的期望，他說：「這並不是說，我們可以不考慮輕重音的問題。相反地，也許輕重音的節奏比高低音的節奏更有前途，因為輕重音在現代漢語的口語裏本來就具有抑揚頓挫的美，在詩歌中，輕重音如果配合得平衡、和諧，必然會形成優美的韻律。」〔註37〕──之所以不避繁瑣地大段引述，是因為王力先生此番開放包容、勇於探索的現身說法所包含的不無猶疑吞吐的自解答所涉及到的新詩形式本體建設的核心問題意識──怎樣運用漢語四聲的調值以及語音輕重長短的調配重造新詩優美的韻律──其實已經在部分新詩特別是徐志摩的新詩實踐中得到了較為成功的嘗試，惜乎王力先生於此習焉不察。

「四聲的功用在調質，它能產生和諧的印象，能使音義攜手並行。」〔註38〕──這是「以字的音樂做組織」成為中國抒情詩傳統一大要素的原因所在。「語音調質」在五四新詩初期即有較為成功的嘗試。譬如沈伊默《三弦》中的第二節：「誰家破大門裏，半兜子綠茸茸細草，都浮若閃閃的金光。旁邊有一段低低土牆，擋住了個彈三弦的人，卻不能隔斷那三弦鼓蕩的聲浪。」胡適曾專門就其「音質律」作出解讀：「這首詩從見解意境上和音節上看來，都可算是新詩中一首最完全的詩。……『旁邊』以下一長句中，旁邊是雙聲；有一是雙聲；段、低、低、的、土、擋、彈、的、斷、蕩、的，十一個都是雙聲。這十一個字都是『端透定』（D，T）的字，模寫三弦的聲響，又把『擋』、『彈』、『斷』、『蕩』四個陽聲的字和七個陰聲的雙聲字（段、低、低、的、土、的、的）參錯夾用，更顯出三弦的抑揚頓挫。」也正是這種抑揚頓挫的聲響，渲染了如泣如訴的淒苦情調，彷彿把人引入老人彈奏三弦的特定場景。需要注意的是，胡適特意指出了此種「音質律」對傳統詩詞的「借鑒」，他舉例說：「蘇東坡把韓退之《聽琴詩》改為送彈琵琶的詞，開端是『呢呢兒女語，燈火夜微

〔註37〕以上引自王力：《詩詞聲律啟蒙》，北京：中華書局，2021年，第29～31頁。
〔註38〕朱光潛：《詩論》（增訂本），第159頁。

明，恩冤爾汝來去，彈指淚和聲』。他頭上連用五個極短促的陰聲字，接著用一個陽聲的『燈』字，下面『恩冤爾汝』之後，又用一個陽聲的『彈』字，也是用同樣的方法。」〔註39〕這種注意發掘中國古典詩詞四聲的特徵來增強新詩音樂效果的手法，到了把新詩「形式與音韻的重建」作為其詩藝目標的「新月派」手裏，變得更為自覺，譬如作為其代表詩人之一的朱湘同樣從楚辭和宋詞裏體會到：「《少司命》中『秋蘭兮靡蕪』一章用短促的仄韻，下面『秋蘭兮菁菁』一章換用悠揚的平韻，將當時情調的變化與飄忽完全用音調表現出來了。這種乖後來只有詞學家學到了。如《西江月》等調所以幾年來那般風行，便是音調在裏面作怪。我在⋯⋯《采蓮曲》中『左行，右撐』『拍緊，拍輕』等處便是想以先重後輕的韻表現出采蓮舟過路時隨波上下的一種感覺。《昭君出塞》是想用韻的平仄表現出琵琶的抑揚節奏。《曉朝曲》用『東』『揚』兩韻是描摹鐘聲的『洪』『杭』。《王嬌》中各段用韻，也是斟酌當時的情調境地而定。《草莽集》以後我在音調方面更是注意，差不多每首詩中我都牢記著這件事。」〔註40〕試讀其《婚歌》：「讓喜帳懸滿一堂，｜映照燭的光；｜讓紅氈鋪滿地上；｜讓鑼鼓鏗鏘。｜低吹簫，｜慢拍鐃，｜讓樂聲響徹通宵。」前四句中「堂、光、上、鏘」四個開口韻連在一起，如快板頻敲，聲調宏亮，對拜堂時鑼鼓聲喧鬧的熱鬧氣氛起到了恰到好處的烘托；後三句用「簫、鐃、宵」三個幽遠細微的音調，又如慢板輕擊，給人一種輕鬆舒緩之感。與之類似的是徐志摩的《雪花的快樂》：「假如我是一朵雪花｜翩翩的在半空裏瀟灑，｜我一定認清我的方向｜——飛颺，飛颺，飛颺，｜這地面上有我的方向。」——「在這一節詩裏，一、二行每行三頓，每頓二至四字，形成一種比較舒緩的節奏，並採用了『花』、『灑』這樣開放而又柔和的韻腳，與『雪花』翩翩瀟灑的神韻相適應；到第三行就開始換韻，採用了『向』、『颺』這樣更為響亮、上揚的韻腳；第四行又突然轉換為跳躍式的節奏：『飛颺，飛颺，飛颺』，與飛躍向上的內在精神與內心節奏相適應。」〔註41〕又如其《沙揚娜拉——贈日本女郎》一首：第一、二、四、五句均以「仄起平收」配合女郎惜別時的嬌羞和道別時的輕柔，間以第三句「仄仄平平仄」（「道一聲珍重」）的迴旋往

〔註39〕胡適：《談新詩》，陳子善編：《胡適說新文學》，北京：商務印書館，2019年，第239〜240頁。

〔註40〕朱湘：《〈草莽集〉的音調與形式》，《文學週報》第7卷第20期。

〔註41〕《文學史上的徐志摩》，韓石山、伍漁編：《徐志摩評說八十年》，第297頁。

復，從而於錯落有致的抑揚頓挫中傳達出那種甜蜜中滲入的綿密憂愁。

可見，徐志摩詩歌語言的外在韻律美除了對雙聲疊韻疊詞的自覺運用，還體現在「選擇富於暗示性或象徵性的調質」上。〔註42〕如其《夜半松風》：

> 這是冬夜的山坡，
> 坡下一座冷落的僧廬，
> 廬內一個孤獨的夢魂：
> 在懺悔中祈禱，在絕望中沉淪；──
> 為什麼這怒嗷，這狂嘯，
> 鼉鼓與金鉦與虎與豹？
> 為什麼這麼幽訴，這私慕？
> 烈情的慘劇與人生的坎坷──
> 又一度潮水似的淹沒了
> 這彷徨的夢魂與冷落的僧廬？

在一連串的「禱」、「嗷」、「嘯」、「豹」、「了」等「ao」音中，穿插以帶「u」音的「廬」、「鼓」、「虎」、「訴」、「慕」等──「同音堆集」的語流交織貫串，在拗怒激越中融會聲情，強化了詩歌整體的抒情基調，生動形象地襯托出寂寞夜半心靈的呼告與僧廬外松風的呼號交集的一片喧響。

在多音節詞和長句大量出現的時代新語境中，古典的「字思維」已很難適應自由詩中以「意群」為單元結構的現代語法，這不但大大削弱了音節（也叫頓、音步、音組、拍等）在建行中的關鍵作用，也比較徹底地斷送了平仄的再生。但既然聲調平仄是一個客觀存在，有時適當運用，譬如在詩句韻腳上的平仄交換，可造成一種抑揚頓挫的韻律和諧──這種改良性的寬泛做法所帶來的值得肯定的運用效果當仍在可探索之列。于賡虞就曾這樣論述到：「平仄就是每一字的抑揚輕重，將這種抑揚輕重調和得適當，就能達到『口吻調利』。但新詩裏平仄的講求，只是基於文字的調和之理，並不是要恢復舊詩裏死板的押韻法。以文字表現一個情境，或如雨後長虹的氣象，或如一朵薔薇的馥媚，想將其活的動的神思，以死的靜的文字表現無餘，只有極力使文字的缺陷減少，同時使其可能助長或蘊蓄情境的長處儘量發洩。使這死靜的文

〔註42〕朱光潛：《中國詩的節奏與聲韻的分析（上）：論聲》，《詩論》（增訂本），第159～160頁。

字，聯合起來作合乎節律的舞蹈，就是詩人創造的一個奇蹟。」〔註43〕關於這點，新月派詩人的詩作又可以作為佐證。譬如曾把新詩「形式與音韻的重建」作為自己詩藝目標的朱湘的《昭君出塞》，就是通過韻的平仄相間表現出琵琶的抑揚節奏，使讀者能回味出一種跌宕纏綿的哀傷情調。同樣，古典文學功底深厚的徐志摩，從傳統聲律「同聲相應」的「韻」裏，也深諳了聲調參差變化的諧美在於「異音相從」的「和」，仔細體會他的代表作《再別康橋》，不難琢磨出其韻腳安排上的匠心──「彩、娘、搖、虹、歌、簫、來」為平聲韻，而與之相應的「采、漾、草、夢、溯、橋、彩」則為仄聲韻，這樣平仄互押所造成的效果，既有音樂美，又富有情緒變化，把作者惜別康橋時感情的潮起潮落表現得惟妙惟肖。看來，寫這首傳世之作時的徐志摩，已避免了早期詩作音韻方面的缺陷，開始注重詩歌中四聲調質的功用，「用詩裏內蘊的節奏與聲調，狀擬詩裏所表現的情感與神態」（徐志摩：《湯麥司哈代的詩》）。

徐志摩的名篇《雪花的快樂》在借助字詞音節的「調質」來達到情與境諧這方面也很典型，值得進一步展開分析：「第一節有 41 個字，從語音上看，去聲和輕聲是短音，有 14 個，占 34%，陰平、陽平和上聲是長音，占 66%；第二節有 38 個字，短音有 13 個，占 34%，長音占 66%；第三節有 44 個字，短音有 15 個，仍占 34%，長音占 66%；第四節有 44 個字，短音有 14 個，占 32%，長音占 68%。四節詩中的長、短音比例幾乎相等，前三節則完全相等，這充分體現了徐志摩對語言的敏感度和天才的悟性，在其詩作中善於使用長音來表達他單純的信仰、優游灑脫的性情，長音閒逸紓緩對其飄逸靈動藝術風格形成大有裨益。」〔註44〕而其「清濁」音的調配則易於引發特定情境的聯想：「全詩共 167 個字，清音 152 個，占 91%；濁音只有 15 個，占 9%。因此，全詩輕盈靈動、飄逸朦朧，營造的藝術氛圍，既有飄忽的輕鬆，又有凝重的深思。詩情隨著情節的發展而推移上升，雪花的旋轉、跌宕和最終歸宿完全吻合詩人優美靈魂的自由、堅定和執著。清醒的詩人避開現實藩籬，把一切展開建築在『假如』之上。『假如』使這首詩定下了柔美、朦朧的格調，使

〔註43〕于賡虞：《詩辯（上）》，解志熙、王文金編校：《于賡虞詩文輯存（下）》，開封：河南大學出版社，2004 年，第 643 頁。

〔註44〕廖玉萍：《徐志摩詩歌語言藝術》，第 128～129 頁。

其中的熱烈和自由無不籠罩在淡淡的憂傷的光環裏。」〔註45〕另外，語調的輕重長短搭配也自然配合了整體詩意的流轉：「文中共有 93 個詞，複音詞有 61 個，占 66%，並且特別注意以語音的輕重長短來編排，以第一節第一句為例：『假如』中『假』的調值是 214，調類是上聲，『如』的調值是 35，調類是陽平，上聲和非上聲相配，上聲變為半上，所以『假』發生音變，調值變為 21，聲音又短又低，聲音較弱；而『如』的語音又長又高，氣流大音就強，聲音上輕重長短相配。同理，『我是』、『雪花』中的『是』和『花』調值分別為 35、55，都是非上；而『我』和『雪』又都是上聲，依據上聲變調的規律：『上聲在非上聲，念半上調，即只降不升，調值是 211。』那麼，『我』和『雪』的調值都變為 211，語音上是長短輕重相間。『一朵』兩字的調類分別是陰平和上聲，『一』在非去聲前要變為去聲，調值由 55 變為 51，聲音短而重，『朵』的調值是 214，聲音長而輕，聲音上又是輕重長短相配，構成抑揚之美。因此，《雪花的快樂》一詩的語句像音樂一樣，裏面的詞語都以輕重長短相間相配，聲音高低有致、抑揚頓挫，聲情諧調，綿密動人，自有一種高雅脫俗的旋律美。」〔註46〕此種以語音輕重長短相間相配所造成的音調美，一改傳統律詩以單音節為主的講究平仄，某種程度上體現了徐志摩深受英詩輕重「抑揚格」影響後的靈活變通（也是從實踐上對王力上述問題的成功解答）：漢詩無法用輕重音相間的形式來體現節奏，卻可以模仿英詩的音步在一個詩行裏重複出現的次數來建立漢語詩句的節奏。朱光潛先生曾一再強調詩的本體價值：「音樂是詩的生命，從前外在的樂調的音樂既然丟去，詩人不得不在文字本身上做音樂的工夫，這是聲律運動的主因之一」，但在打破了傳統聲律的「五四新詩」時期，「如果沒有新的方法使詩的文字本身上見出若干音樂，那就不免失其為詩了。」〔註47〕從這個意義上來說，徐志摩的確堪稱「為新詩韻律證明的人」。

三、音節的重構與「曲式」的變奏：徐志摩詩歌的音樂性與 內在旋律

　　表面上看，新詩借鑒西方自由形式的大解放彷彿一夜間拋棄了傳統聲律

〔註45〕廖玉萍：《徐志摩詩歌語言藝術》，第 129 頁。
〔註46〕廖玉萍：《徐志摩詩歌語言藝術》，第 130～131 頁。
〔註47〕朱光潛：《替詩的音律辯護》，《詩論》（增訂本），第 235 頁。

的全部成果而重返回到了《詩經》時代，但事實上是一次鳳凰涅槃般的重生與全新的出發。郭沫若在其《論詩三札》中曾說：「詩歌之發生在於未有文字以前，未有文字以前的詩歌，其所倚以為表現的工具是言語，所以說『詩言志，歌永言』……自從文字發明以後，詩歌表示的工具由言語進化為文字。詩歌遂復化為兩種形式。詩自詩，歌自歌。歌如歌謠，樂府，詞曲，或為有史以來的言語之複寫或不能離樂譜而獨立，都是可以唱的。而詩則不然。」〔註48〕這實際上較為深刻地指出了自西漢以後到「五四」運動以前，傳統「文字型詩歌」長期壓制「口語型詩歌」而造成「詩與語言相分離」的潛在事實。拉康的語言理論指出，作為無意識感性思維產物的原初意義上的語言，遵循的是一種類似環形具有重複性質的詩性韻律結構，在它無意識存在的結構性情境中，呈現的是富於直覺、情感、想像的詩性口語特質。但當文字產生並作為一種交流工具以書面語的形式大規模「侵入」後，即以理性思維意識為代表的線性語法邏輯思維結構造成對口語的「壓抑」〔註49〕。證諸中國文學歷史，口語的明白暢曉與文言鍊字錘句的精密含蓄之間一直有著先天性的矛盾。當白話想要將思想情感直接呈現於筆端時，面對傳統詩歌短小精練的構架又不得不妥協於對字句、意境的提煉揣摩，如此才能將湧動的意緒濃縮到形式中去。由此導致的現象是「『白話』俗白流暢的語言特性要麼只能蜷縮在民間詩歌的『小傳統』中，要麼只能零星進入文言詩歌形態以起到活力調試的作用——特別是在律詩成為詩體典範後，此情況尤甚。」〔註50〕當這種壓抑積蓄已久，情感必然要通過語言——特別是新的口語性質的詩性語言——去反抗文字理性的束縛，去釋放和歌唱那已被壓抑久了的情感與個性。——這正是「五四」時期「文白」激烈鬥爭後產生白話新詩革命的由來。

　　當然，口語與文字並非天然的對立，心靈情思的自然律動歸根結底離不開內在語音的和諧。縱觀中國幾千年的詩歌演化史，客觀上是一部漢字音義分化組合的歷史。上古時期，詩樂舞同源，共同演繹生命本原的節奏，所以原始歌謠有音無義，有調無詞；文字的進化，逐漸使得附調的詞有了意義，

〔註48〕郭沫若：《論詩三札》，《郭沫若全集》（第15卷），北京：人民文學出版社，1982年，第337頁。
〔註49〕參閱趙彬：《中國現代新詩的語言與形式》，北京，中央編譯出版社，2020年，第6～7頁。
〔註50〕謝君蘭：《古今流變與中國新詩白話傳統的生成》，廣州：羊城晚報出版社，2017年，第16頁。

從《詩經》到《古詩十九首》，大半仍是可歌唱的，在歌唱時調為主，詞為輔，此時是音重於義時期；古詩既立，樂府便成，但由於樂師與文人的分工，導致詞、調分離，樂府由「因調定詞」遞變為「有詞無調」的漢魏五七言古詩，此為音義分化時期；樂調既失，詩便不復歌唱，詩人們不得不在文字本身上做音樂的工夫，同時借助佛經梵音的啟示，發明了聲調平仄（永明體的「四聲八病」說），此即齊梁聲律運動的崛起，也是音義合一時期。〔註51〕齊梁聲律運動鋪就了通往唐詩宋詞的通途，是中國詩歌史上的一個關鍵轉折點。此後，由唐至清，均是在聲律運動開拓的江山中揚波。其中一個顯著特徵是，「在詩樂交融中『語音的和諧性』與『樂音的和諧性』是相互作用的──但並不意味著『語音的和諧』是完全依附於樂音的，所以詩樂相分後，詩歌的『語音和諧性』依然是作為語言藝術的詩歌的『內部』問題還存在著。」〔註52〕然而物極必反，當千百年來被人們反覆操練模仿的所謂「格律」已經反過來淪為一套徒有形式而不見內容的外部「精神韻律操」時，其以活潑的情思套用韻格的工穩而導致的「文多拘忌，傷其真美」的弊端便開始引發越來越多的「反抗」，特別是晚清「詩界革命」後，西方語言與自由詩體愈來愈明顯的滲透與介入，使得自然口語時刻在無聲積蓄中等待律體的堤壩出現裂隙時沖決奔湧的歷史潛姿呈現出愈來愈顯豁的狀態──這正是胡適倡導「五四」白話新詩革命得以真正成功的時代文化契機。

新詩固然剝離了傳統聲律系統附加在音聲結構上的外在固定軀殼，也打破了近體詩謹嚴的內部格套，但其賴以確立的多重白話資源，在向民間俗調歌謠的方言市語汲取營養的同時，依然要向古典詩詞的構詞和語法形態、外語詩歌及翻譯形態的語言結構與修辭方式等方面尋找支持，並不可能就是「老百姓本身白話」的直接移植。新詩早期唯「西」是從的現代性同質化邏輯所導致的語言「形式」與「精神」相剝離的弊端很快被反思。為了應付外界的質疑，確立其作為詩歌本質的合法性，它必然也無法避免要向傳統詩歌「音義合一」的輝煌成果中去尋求經驗，哪怕這種努力只是給過於自由散漫的姿態套上一副寬泛的鐐銬。然而，早期的新詩實踐，無論是對西方形式的借鑒還是對傳統技法的運用（雙聲疊韻與押韻等），都因相對孤立的切入點而陷入對

〔註51〕參閱朱光潛：《詩論》（增訂本），第172頁。

〔註52〕劉方喜：《「漢語文化共享體」與中國新詩論爭》，濟南：山東教育出版社，2009年，第273頁。

「外在韻律」的刻意模仿和雕琢裏。只有當「內在的韻律便是『情緒的自然漲歇』」這一發現自然浮現於新詩的進程時,「五四詩人對新詩音韻的建構才轉入了更深刻的映照個體『情緒』的嘗試。」〔註53〕──在郭沫若《女神》之後崛起於詩壇的徐志摩的實踐,正是在此一層面上呈現了承前啟後的典範意義。

1. 情緒的漲歇與「聲情化」的節奏

當代學人曾以「聲情」範疇為基點對以徐志摩為代表的新月派作出新的分析和定位:「正如『意象』乃是對詩歌語言之『象』的表現功能(expressive)的強調,『聲情』乃是強調和突出詩歌語言之『聲』的情感表現力量(expressive)的『功能範疇』,強調的是詩歌和諧語音結構之『創造力(formative)』與表現力(expressive)的高度統一。歷史地看,『意象化』『戲劇化』所要解決的不是新詩的『形式』問題,而是其『功能(expressive)』問題;聲韻和諧化或『格律化』要解決的是新詩的『形式』問題,而『聲情化』要解決的則是其『功能(expressive)』問題──徐志摩所謂的『音節化』實即『聲情化』。僅僅停留、侷限於一種『片面的形式描述框架』中,把新月派詩學追求僅僅描述為『格律化』,恰恰是既往相關研究在基本方法論上最大不足的具體表現;而只有深入到『功能化(expressive)』層面,用與『意象化』『戲劇化』處於同一功能層面的『聲情化』,來描述新月派的詩學觀,我們才能在白話新詩的整體發展史中為其作出準確的價值定位。同時,新月派前後這段新詩發展的深層的歷史脈絡、新詩理論發展本身的內在的規律性,才會被更清晰地揭示出來,進而,新詩音節問題才可能在一歷史的、系統的功能化研究框架中得到合理的再闡釋。」〔註54〕──從這樣的層面出發,我們在重讀徐氏詩歌時便可以領略到別樣的意趣。不妨仍以徐志摩膾炙人口的《再別康橋》為例略析其「情緒的自然漲歇」帶來的「聲情化」之節奏:

> 輕輕的我走了,
>
> 正如我輕輕的來;
>
> 我輕輕的招手,
>
> 作別西天的雲彩。

〔註53〕謝君蘭:《古今流變與中國新詩白話傳統的生成》,第 120 頁。
〔註54〕劉方喜:《「漢語文化共享體」與中國新詩論爭》,第 141～142 頁。

那河畔的金柳，

是夕陽中的新娘；

波光裏的豔影，

在我的心頭蕩漾。

軟泥上的青荇，

油油的在水底招搖；

在康河的柔波裏，

我甘心做一條水草！

那榆蔭下的一潭，

不是清泉，是天上虹；

揉碎在浮藻間，

沉澱著彩虹似的夢。

尋夢？撐一支長篙，

向青草更青處漫溯；

滿載一船星輝，

在星輝斑斕裏放歌。

但我不能放歌，

悄悄是別離的笙簫；

夏蟲也為我沉默，

沉默是今晚的康橋。

悄悄的我走了，

正如我悄悄的來；

我揮一揮衣袖，

不帶走一片雲彩。

　　全詩七節，每節四句，每句兩到三個節拍，音節大致勻稱；詩句並不完全一樣整齊，一三句排在前面，二四句低格排列，組成兩個平行臺階，均衡而不呆滯，於嚴謹中見靈動活潑，使流暢的韻律在錯落有致中徐徐鋪展，恰如一位「長袍白面、郊寒島瘦」的詩人在其中緩步吟哦。這樣的排列方式也無形中契合了詩人情感體驗與生命頓悟的變化規律：第一節寫詩人作別康橋時淡淡的感傷與哀愁，音節相對固定；第二節之後詩人陷入追憶與遐想狀態，

在順著河流洄游的過程中，時而陷入對夢境追縈的狂喜，時而又回歸到夢境破滅時的落寞與惆悵，作者這種情感上變化的軌跡，使句式與音節也發生了相應的變化，如「不是清泉，是天上虹」、「尋夢？撐一支長篙」等句；詩歌最後又重回現實，離情別緒再度籠罩心頭，音節上也再度出現相對的規整。這首詩突出地體現了詩人那以「真純詩感」作為其詩歌節奏內動力的詩學追求，真正實踐了「量體裁衣」的詩學理念。古人所謂「物色在於點染，意態在於轉折，情事在於猶夷，風致在於綽約，語氣在於吞吐，體勢在於遊行」（陸時雍：《詩鏡總論》）的聲情韻律論，於此正體現得淋漓盡致。

　　這種以情緒的自然漲歇參與詩歌自身節奏建構的方式，同樣見於他的《沙揚娜拉》一首：

最是那一低頭的溫柔，

像一朵水蓮花不勝涼風的嬌羞，

道一聲珍重，道一聲珍重，

那一聲珍重裏有蜜甜的憂愁──

沙揚娜拉！

　　關於這首詩的旋律節奏之美，當代學人曾有過精彩的分析：「這是個完整的情緒發展過程（或曰音節的旋律過程）。第一行雖是短行，但安排一個意頓，是次揚，第二行有兩個意頓，詩行長，是抑，兩行合成詩情的旋律段落，輕微起伏的緩慢節奏，有著細緻變化的柔和旋律，使我們彷彿見到深情的嬌羞的日本女郎那優美姿態。第三行兩個並列短句的重疊，屬揚，但由此延伸的第四行又是長行（兩個意頓）又是抑，再加上行末的破折號，是這種抑的情調延續，這兩行也構成旋律段落，情緒的起伏比前一段大，情緒抒發達到高潮。第五行是女郎道別時語言的記錄，是揚，餘音迴蕩。全詩類似的詩節連續反覆就形成了一種流動抑揚而又勻整的旋律節奏。」〔註55〕又譬如他的十四行體詩《獻詞》：

那天你翩翩的在空際雲遊，

自在，輕盈，你本不想停留

在天的那方或地的那角，

你的愉快是無攔阻的逍遙。

〔註55〕許霆：《聞一多新詩藝術》，上海：上海社會科學院出版社，2010年，第168頁。

你更不經意在卑微的地面，

有一流澗水，雖則你的明豔

在過路時點染了他的空靈，

使他驚醒，將你的倩影抱緊。

他抱緊的是綿密的憂愁，

因為美不能在風光中靜止；

他要，你已飛渡萬重的山頭，

去更闊大的湖海投射影子！

他在為你消瘦，那一流澗水，

在無能的盼望，盼望你飛回！

關於此詩通過不同韻部的音韻特點實現形式與神韻相統一的「律散相間、以韻達意」的聲情效果，諸雨辰的《融成古韻賦新詩：試論徐志摩詩歌的「音樂性」》一文有很好的分析：

詩用了十四行的形式並且完成多次轉韻，表面上是服務於形式的音韻變化，其實也內在地喚起了讀者的審美感受，詩要表達一種非常細膩的對戀人的期盼與愁緒之情，而這種感覺就部分地蘊含在詩韻的轉換中，即通過韻腳所蘊含的紋理（texture）性質所決定的。清人周濟（1781～1839）在《宋四家詞選》中說：

東真韻寬平，支先韻細膩，魚歌韻纏綿，蕭尤韻感慨，各具聲響，莫草草亂用。陽聲字多則沈頓，陰聲字多則激昂。重陽間一陰，則柔而不靡。重陰間一陽，則高而不危。

這種音韻之間細膩的感受對舊詩與新詩都是適用的，《獻詞》首節寫主人公愛戀的對象如雲般縹緲，律句自然形成了一種諧暢舒緩的感覺，配合了「你」的愉快與逍遙，而這對抒情主人公卻是痛苦的，如下面一節所說，「你」的美麗「驚醒」了主人公的愛戀，強烈地希望「將你的倩影抱緊」。「你」的雲遊越是逍遙，主人公所生的感慨反而越是強烈，表面上看詩人的惆悵與詩境的塑造乃至音律的齊整之間形成了一種「斷裂」，而這種「斷裂」恰恰可以通過「遊」、「留」、「角」、「遙」這些蘊涵著豐富感慨的聲情效果的韻腳加以彌補。

詩中的「他」希望將戀人的倩影抱緊，但現實卻是「抱緊的只是綿密的憂愁，｜因為美不能在風光中靜止」，愛戀的對象對「他」

來說依然在翩翩雲遊，而「他」卻只能「在無能的盼望，盼望你飛回」，詩在第三節由律入散，結尾兩行又再次由散歸律，回復到一種古典的等待意境中。最終，詩人苦悶的愁緒沒有迫切地流露而是點到為止，細膩而含蓄，這也與詩歌多次使用「止」、「子」、「水」、「回」這樣聲情細密的韻腳有關，細密的韻腳自然限制了 an、ang 那樣開口度大的韻腳所帶來的直抒胸臆的抒情方式，配合了整體詩意塑造的含蓄細膩的情感表達，可見詩之結尾使用這些細膩的韻腳同樣也大有講究。〔註 56〕

「徐志摩有時還使尾韻的平仄配合詩句的平仄，從而獲得更強的聲情效果，同時也帶來詩歌速度（pace）這一形式範疇的變化」〔註 57〕，如《火車擒住軌》：

> 火車擒住軌，在黑夜裏奔：
> 過山，過水，過陳死人的墳；
> 過橋，聽鋼骨牛喘似的叫，
> 過荒野，過門戶破爛的廟；
> 過池塘，群蛙在黑水裏打鼓，
> 過噤口的村莊，不見一粒火；
> 過冰清的小站，上下沒有客，
> 月臺袒露著肚子，像是罪惡。
>
> 這時車的呻吟驚醒了天上
> 三兩個星，躲在雲縫裏張望：
> 那是幹什麼的，他們在疑問，
> 大涼夜不歇著，直鬧又是哼，
> 長蟲似的一條，呼吸是火焰，
> 一死兒往暗裏闖，不顧危險，
> 就憑那精窄的兩道，算是軌，

〔註 56〕諸雨辰：《融成古韻賦新詩：試論徐志摩詩歌的「音樂性」》，《現代中文學刊》2017 年 01 期。

〔註 57〕諸雨辰：《融成古韻賦新詩：試論徐志摩詩歌的「音樂性」》，《現代中文學刊》2017 年 01 期。

馱著這份重，夢一般的累墜。

累墜！那些奇異的善良的人，

放平了心安睡，把他們不論，

俊的村的命全盤交給了它，

不論爬的是高山還是低窪，

不問深林裏有怪鳥在詛咒，

天象的輝煌全對著毀滅走；

只圖眼看過得，裂大嘴打呼，

明兒車一到，搶了皮包走路！

這態度也不錯！愁沒有個底；

你我在天空，那天也不休息，

睜大了眼，什麼事都看分明，

但自己又何嘗能支使運命？

說什麼光明，智慧永恆的美，

彼此同是在一條線上受罪，

就差你我的壽數比他們強，

這玩藝反正是一片湖塗賬。

　　詩人一貫追求自然和諧以抵抗現代化的情感基調，通過衝向毀滅的火車這一意象而強烈暗示出來，於是如何通過音韻節奏的渲染營造出「衝向毀滅」的感覺成為詩意營造的關鍵所在。諸雨辰於此同樣有恰切的闡釋：

　　　　詩的前四節一直給人以加速的感覺，值得注意的是幾個「過某某」的組合。「過山」、「過水」、「過橋」，三個兩字詞組將詩的前兩節並置起來，如此短促的詞語本身就有乾淨利落的快感，且與第一節的節奏音組形成短詞搭配長句的模式，更襯托出「過橋」、「過荒野」兩個詞組的速度感。此節詩用韻也頗講究，按照王力的說法，在我們讀詩時「平聲占時間大致比仄聲長一倍」，那麼連用「叫」和「廟」這兩個的仄韻同樣獲得了一種連貫感和加速感。「過荒野」又和下節的「過池塘」並置起來，使得第二三兩節詩之間保持了節奏的一致感，而在第三節中「鼓」和「火」依舊用仄韻實現一種加速。最後看三、四節之間，本來「過噤口的村莊」和「過冰清的小站」

這樣被拉長了的詞組相對前面「過山」、「過橋」的節奏來說很明顯是要降速了，但詩人拉長這個詞組卻能實現一種長度的變化帶來的距離感，那麼既要獲得距離感又要維持原詩速度，句尾的處理就相當重要，「不見一粒火」、「上下沒有客」、「像是罪惡」這三句都收束得短促有力，除了字數減少外，我以為最重要的因素是「火」、「客」、「惡」這三個句尾的入聲韻，入聲韻是一種急降調，長也只有其他三聲的一半，這樣連用聲音急促的入聲韻也就實現了詩歌節奏上繼續保持高速前進的效果。

接下來詩歌轉換了視角，獲得了從天上看火車的俯視視角，節奏也自然隨之緩了下來，我們注意到下面幾節開始用「二十三漾」、「二十八琰」、「十一真」、「六麻」這樣的開口度大或平聲韻腳。

詩歌節奏慢速運行一段時間後又來了一個加速，這是通過詩歌第十和第十一節的對比實現的。這兩節詩的重要特點是都用了中間沒有逗號的長句，但效果卻是不同的：「俊的村的命全盤交給了它，｜不論爬的是高山還是低窪，」這一詩節還是相對緩和的，而下一節「不問深林裏有怪鳥在詛咒，｜天象的輝煌全對著毀滅走」卻突然增強了急促與險仄的感覺，這一方面是詩歌內容方面意境塑造的原因，另一方面也有著音韻上的原因。第十節詩中像「全盤交給了它」、「高山還是低窪」都是比較標準的符合「竹竿律」的律句，這樣從音節上就保證了和諧悠揚的節奏感，而再看第十一節的「有怪鳥在詛咒」、「全對著毀滅走」使用了連續仄調，這本身就造成極強的「拗峭」感，從而在音響上形成一種強烈的激射效果，詩句重新獲得了加速度，因而也適宜表達這種對於命運的恐怖的畏懼。〔註58〕

需要補充的是，此種灌注生命內部情感結構於詩歌形體所體現的詩學追求，尤切近於由體格聲調上溯興象風神的明清詩學「格調」說。格調說有見於傳統「人為聲律」的音聲外求所致的聲情脫節，倡導內在性情的自然感發，從而將「帶有自發性的內在聲律上升到理論自覺的高度」。但遺憾的是，「在復古思想的制約之下，格調論者未能將內在生命的建構當作詩歌創作的首要

〔註58〕諸雨辰：《融成古韻賦新詩：試論徐志摩詩歌的「音樂性」》，《現代中文學刊》2017 年 01 期。

任務，卻走上了由形體求生命的『倒學』之途，而由於自身詩性生命的匱乏，終導致摹擬習得的形體亦脫落其原有的活力，墜為徒具音聲的空腔」；而後來的「性靈論者回過頭來重新發揚情性的自然，但又僅停留於自然聲律，忽略了內在聲律的建構還須有人工營造的一面。因此，在聲律問題上，如何將自然與人為較完美地加以協調，即以情性自然為本，亦不輕視人工的運作，使聲與情相得益彰，仍需進行深入的探究」〔註59〕。——這一詩學重建的任務，在以「新的口語性質的詩性語言」為突破口（胡適在《談新詩》中所謂「語氣的自然節奏和每句內部所用字的自然和諧」）而重構自然韻律的「五四」新詩革命中迎來了最大的契機，也歷史性地落在了以徐志摩、聞一多、朱湘等詩人為代表的「新格律詩派」身上。

2.「音節」的勻整與「意頓」的劃分

2.1「音節」的勻整：古典節奏的現代重構

白話的「自然的音節」所具有的開放性和豐富性，決定了古代詩詞的音節在新詩中是需要經過轉化的。處於文言文時代的舊體詩詞，語言單位以兩音音節為主和以單音音節為輔，例如五言詩的「風綻—雨肥—梅」、「春眠—不覺—曉」；七言詩的「江間—波浪—兼天—湧」、「月落—烏啼—霜滿—天」等等。而白話文時代發生了巨大的變化，多音詞、譯音詞（如社會主義、布爾什維克等）大量出現，語言單位變成了以兩音音節為主和以單音、三音、四音、五音等為輔的複雜格局。新的語境決定了現代白話詩的詩句絕大多數時只要音節數量一樣多或大致有規律即可，可以根據內容構思的實際需要作一定的增減，「順著情感的自然需要而加以伸縮修改」和「隨時變遷」〔註60〕，這也就可以很大程度上免除完全整齊劃一的呆板。正是在這一心領神會中，徐志摩在傳統均衡複沓的「音頓節奏」之外，有意識地追求著參差流轉的「意頓節奏」，以他的《再別康橋》為例：「輕輕的｜我走了，正如我｜輕輕的｜來；我輕輕的｜招手，作別｜西天的｜雲彩。‖那河畔的｜金柳，是｜夕陽中的｜新娘；波光裏的｜豔影，在我的｜心頭｜蕩漾。」——這裡單句與偶句有規律地呈現著二三頓、二三頓，這樣詩行大致整齊中不失靈活，讀起來就很和諧流暢。又如他的《雪花的快樂》：「在半空裏娟娟的飛舞，｜認明了

〔註59〕陳伯海：《中國詩學之現代觀》，第 296～297、319 頁。

〔註60〕朱光潛：《從研究歌謠後我對於詩的形式問題意見的變遷》，《朱光潛全集》（第8 卷），安徽教育出版社，1993 年，第 417 頁。

那清幽的住處，｜等著她來花園裏探望｜──飛揚，飛揚，飛揚，｜──啊，她身上有朱砂梅的清香！」節奏在三音節為主中間以四音節，隨順情緒的自然漲歇，顯得收放自如。

　　傳統詞曲的音節當然不屬於胡適所提倡的「自然音節」（實際上是散文音節），聞一多曾指出二者的不同：「一屬人工，一屬天然，二者是迴乎不同的。一切的藝術應該以自然作原料，而參以人工，一以修飾自然的粗率相，二以滲漬人性，使之更接近於吾人，然後易於把握而契合之。詩──詩的音節亦不外此例。」在他看來，「舊詞曲的音節並不全是詞曲自身的音節。音節之可能性寓於一種方言中；有一種方言，自有一種『天賦的』（inherent）音節。聲與音的本體是文字裏內含的質素；這個質素髮於詩歌底藝術，則為節奏，平仄，韻，雙聲，疊韻等表象。尋常的語言差不多沒有表現這種潛伏的可能性的力量，厚載情感的語言才有這種力量。詩是被熱烈的情感蒸發了的水汽之凝結，所以能將這種潛伏的美十足的充分的表現出來。所謂自然的音節最多不過是散文的音節。散文的音節當然沒有詩的音節那樣完美……我們若根本地不承認帶詞曲氣味的音節為美，我們只有兩條路可走：甘心作壞詩──沒有音節的詩，或用別國的文字做詩。」〔註61〕這實際上辯證地指出了新詩也必須繼承傳統詞曲的民族藝術特色。進一步，他還從詩的本體論出發，得出「詩的所以能激發情感，完全在它的節奏，節奏便是格律」，（聞一多：《律詩底研究》）並倡導在新詩的創作中戴著此種「節奏」的鐐銬跳舞。此種「節奏」主要便是漢語「天賦的音節」，它與情感具有天然的鎔鑄功能。〔註62〕與聞一多「共信詩是一種藝術」（徐志摩：《〈詩刊〉序語》）的徐志摩則穎悟到詩的節奏實際上是人的內在生命活動的反映，他說：「詩歌的靈魂是音樂的，所以詩最重音節。這個並不是要我們去講平仄，押韻腳，我們步伐的移動，實在也是一種音節啊」（徐志摩：《詩人與詩》），「不論思想怎樣高尚，情緒怎樣熱烈，你得拿來徹底的音節化（那就是詩化）才可以取得詩的認識，要不然思想自思想，情緒自情緒，卻不能說是詩。……行數的長短，字句的整齊或不整齊的決定，全得憑你體會到的音節的波動性」，「一首詩的字句是身體的外形，

〔註61〕聞一多：《〈冬夜〉評論》，《聞一多全集》（第 2 卷），湖北人民出版社，1993年，第 63～64 頁。

〔註62〕參閱趙黎明：《古典詩學資源與中國新詩理論建構》，北京：人民出版社，2015年，第 61 頁。

音節是血脈，『詩感』或原動的詩意是心臟的跳動，有它才有血脈的流轉」（徐志摩：《詩刊放假》），「詩的真妙處不在他的字義裏，卻在他的不可捉摸的音節裏」（徐志摩：《譯〈死屍「Une Charogne」〉序》）。──這些看似零散的觀點，實際上隱含了一個系統的節奏理論：新詩語言組織的整體架構性和音樂性都來自於聲音停頓所形成的聲音的時間節奏，它取決於節奏單元（音頓、意頓和行頓）的有規律安排。〔註63〕正是由此出發，徐志摩借助「音頓」與「意頓」的劃分，在白話語境內對詩句的音節進行了匠心獨運的安排，從而取得了接近於傳統古典詩詞的審美效果。以其《偶然》為例：

我是｜天空｜裏的｜一片雲，

偶而｜投影｜在你｜的波心──

你不必｜驚異，

更無須｜歡喜──

在｜轉瞬間｜消滅了｜蹤影。

你我｜相逢｜在黑夜｜的海上，

你有｜你的｜，我有｜我的｜，方向；

你記得｜也好，

〔註63〕 參閱許霆：《中國新詩韻律節奏論》，北京師範大學出版社，2016年，第148頁。新詩「意頓節奏體系」論最早由許霆、魯德俊在20世紀90年代初出版的《新格律詩研究》（寧夏人民出版社，1991年版）一著中正式提出。近年來，許霆在林庚「半逗律詩體」理論基礎上，根據漢語自然朗誦音節的啟發進一步深化之，於2016年出版了專著《中國新詩韻律節奏論》，在新詩理論領域形成較大影響。其主要觀念為：中國古典詩歌具有兩個節奏系統，分別為《詩經》形式化的節拍節奏和《楚辭》口語化的自然節奏。古體詩及後來定型的近體繼承了前者形式化的節奏體系，而辭賦和詞曲主要繼承了《楚辭》的口語化節奏體系。前者有嚴格的聲調韻式，對音頓的型號、詩行的音頓、詩行的組合均有設限；而後者的特點是對上述三者均不設限，也不限詩節結構。形態上前者是齊言體，後者是非齊言體。它們在五四新詩運動中分別發展成為「音頓連續排列節奏體系」（前者）和「意頓詩行對稱節奏體系」（後者），前者以聞一多、孫大雨、何其芳、卞之琳等為代表，後者以徐志摩、朱湘、郭小川、嚴陣、紀宇等為代表。並強調指出：儘管兩者都建立在科學的音律理論基礎上，都有其存在的合理性，但「由於現代漢語和詩語大量使用著多音節詞，使用著嚴密複雜的語法結構，呈現著接近口語的自然節調，所以在音頓節奏以外探索意頓節奏，在形式化節奏以外探索口語化節奏，在齊言詩體以外探索非齊言體詩，在均衡複沓型節奏以外探求參差流轉型節奏，就是勢所必然的事了。」（許霆：《中國新詩韻律節奏論》，北京師範大學出版社，2016年，第7～8頁。）

最好｜你忘掉，

在這｜交會時｜互放的｜光亮！

「這首詩的節奏框架是 2223｜2223｜32｜32｜1332｜2233｜22222｜32｜23｜2332。不難看出這首新詩在字群的結構上深受詞的影響。字群的組合在一定程度上避免了詩行的散文化，使詩行間增加了凝聚力。」〔註64〕在詩行的排列上儘管各行音頓不盡相同，但在兩段相對應的詩行中音頓又有相同或接近。這種行與行之間音頓接近、字數也大致相等的例子在其詩中很多，如《再別康橋》、《石虎胡同七號》、《在那山道旁》、《雁兒們》、《為要尋一顆明星》等等；這種以不同長短的字群所形成的「頓」來建構詩行節奏規律的方式，使得其許多節奏並不那麼鮮明的詩歌也具備了一種包容局部自由的內在和諧，如長詩《翡冷翠的一夜》中的——

只當是｜一個夢，｜一個｜幻想；

只當是｜前天｜我們見的｜殘紅。

怯憐憐的｜在風前｜抖擻，｜一瓣，

兩瓣，｜落地，｜叫人踩，｜變泥……

許多情況下，徐志摩「詩行的長短，又與全詩的音頓設置結合起來，相鄰兩行之間或者詩行內部的參差錯落維持著全詩的分行規律與音頓劃分規律」〔註65〕，如《月下雷峰影片》：

我送你｜一個｜雷鋒｜塔影，（3222）

滿天｜稠密的｜黑雲與｜白雲；（2332）

我送你｜一個｜雷鋒｜塔頂，（3222）

明月｜瀉影在｜眠熟的｜波心。（2332）

深深地｜黑夜，｜依依的｜塔影，（3232）

團團的｜月彩，｜纖纖的｜波鱗——（3232）

假如｜你我｜蕩一支｜無遮的｜小艇，（22332）

假如｜你我｜創一個｜完全的｜夢境！（22332）

第一節詩行的頓數為兩兩相交的一致（ABAB），第二節則是兩兩相隨的

〔註64〕鄭敏：《關於中國新詩能向古典詩歌學習什麼》，張炯、吳子林主編：《文化·語言·詩學——鄭敏文論選》，福州：福建人民出版社，2017年，第210頁。

〔註65〕李怡：《徐志摩：古典理想的現代重構》，《中國現代新詩與古典詩歌傳統》（增訂版），第200頁。

一致（AABB），整首詩由此於整齊中見變化，彷彿是雷峰塔倒映在湖水中時隨波蕩漾的錯落有致的身影。此種「音與意合」的運用之妙，凸顯了作為基礎的「韻律的圖案」〔註66〕，讓人想起古人論樂時的妙喻：「其有得之弦外者，與山相映發，而巍巍隱現；與水相涵濡，而洋洋徜恍。」（徐上瀛：《溪山琴況》）

由上可見，徐詩中的佳作大多得力於一種「意頓對應排列的旋律節奏」（許霆語），其大多二三相間的節拍易於形成一種寓舒緩深沉於輕靈明快的風格，構成一種輕音樂般的旋律，高度契合著其瀟灑靈動的詩人氣質。

2.2 意頓的劃分：新詩形式本體的重建

新詩從舊詩形式中「突圍」後，即面臨傳統壓力下的身份焦慮：「詩先要是詩，然後才能談到什麼白話不白話」〔註67〕。人們慢慢意識到，那些從傳統繼承過來的所謂平仄對仗與雙聲疊韻，不過是附加在其軀殼（語言）上的裝飾，「詩的形式真正的命意，在於在一切語言形式上獲取最普遍的形式」〔註68〕。此種覺悟，促使人們在早期音義不諧的衝突中自覺在音頓節奏之外轉向對意頓節奏的探索，新詩壇很快在郭沫若快意咆哮的「天狗」之外刮起陣陣輕快的和絃：譬如劉半農的《教我如何不想她》、宗白華的「流雲小詩」等，基本上都取旋律節奏。但這種節奏系統的完成並沒有一蹴而就，反而綿

〔註66〕瑞士文藝理論家沃爾夫甘·凱塞爾曾指出：「韻律和節奏必須分開。誰肯定了一首詩的韻律，但還沒有肯定它的節奏。兩種現象的確是有關係的，……韻律的圖案就像一塊帷佈在完成刺繡後就看不見了，但是它曾經影響了方向、結構和繡線的粗細程度。」（沃爾夫甘·凱塞爾：《語言的藝術作品》，陳銓譯，上海：上海譯文出版社，1984年，第315頁。）

〔註67〕梁實秋：《新詩的格調及其他》，《詩刊》創刊號，1931年1月20日。

〔註68〕林庚：《再論新詩的形式》)，1948年8月《文學雜誌》第3卷第3期。關於這種「普遍形式」，林庚先生後來有過總結性的理論概括，富於啟迪性，茲錄如下：「一、要尋找掌握生活語言發展中含有的新音組。在今天為適應白話中句式上的變長，便應以四字五字等音組來取代原先五七言中的三字音組；正如歷史上三字音組來取代四言詩中的二字音組一樣。二、要服從中國民族語言在詩歌形式上普遍遵循的『半逗律』，也就是將詩行劃分為相對平衡的上下兩個半段，從而在半行上形成一個類似『逗』的節奏點。三、要嚴格要求這個節奏點保持在穩定的典型位置上。如果它或上或下，或高或低，那麼這種詩行就還不夠典型，也就還不能達於普遍。典型是使詩行富於普遍性的關鍵問題，正如五言之必須是『二·三』，七言之必須是『四·三』，而不能是『三·二』或『三·四』。」（林庚：《〈問路集〉序》，《新詩格律與語言的詩化》，經濟日報出版社，2000年，第5頁。）

延成了新詩史上一個久決不解的世紀「斯芬克斯之謎」。

對新詩節奏內部音義之間的矛盾，朱光潛先生較早發出了如下困惑：

舊詩的「頓」是一個固定的空架子，可以套到任何詩上，音的頓不必是義的頓。白話詩如果仍分「頓」，它應該怎樣讀法呢？如果用語言的自然的節奏，使「音」的頓就是義的「頓」，結果便沒有一個固定的音樂節奏，這就是說，便無音「律」可言，而詩的節奏根本無異於散文的節奏。那麼，它為什麼不是散文，又成問題了。如果照舊詩一樣拉調子去讀，使它有一個形式的音樂節奏，那就有更多的難點。〔註69〕

許霆曾據此作出分析說：

從這段「左右為難」的文字中，我們獲得兩個信息。第一，新格律詩最好「用語言的自然的節奏，使『音』的頓就是義的『頓』」。這觀點極重要，新詩格律探索史上多數人都主張音義能夠契合。第二，按照意頓劃分的節奏，又可能會使新格律詩無音律可言。這看法也重要，因為說話的停頓與韻律的停頓往往並不一致。由於意頓是在口語、意義和語法自然停頓的基礎上劃分出來的節奏單元，音節數的差距較大，因此意頓由自然口語和意義結構決定，其本身並不呈現形式化，所以隨便的排列組合併不能形成格律化的節奏效果。

分析問題是為了找出答案，許霆接下來闡明了其觀點：

但是，朱光潛提出的難題其實不難解決，對等平行的理論告訴我們，就一個詩行說，「意頓」的劃分確實不能構成音「律」，但兩個或數個詩行間意頓的對稱，就會使「時間的段落」有規律運動——循環、反覆、再現，形成音律。在這種情形下，一行詩內數個意頓不等時，但行間對應的意頓卻必然等時；一行詩的數個意頓排列無規律，但行間意頓的對比排列又有規律。……在這裡，其實有個重要的詩學理論在發生作用，這就是俄羅斯結構主義洛特曼學派提出的兩個概念：重複和平行對照。重複使平行對照成為可能，而平行對照恰恰揭示了重複的內涵，二者互相依存形成節奏。詩歌節奏體系中語音的組合主要是指各個層次水平方向上的

〔註69〕朱光潛：《中國詩的節奏與聲韻的分析（中）：論頓》，《詩論》（增訂版），第170頁。

接續運動，及音連成組，詞連成句，詩行連成節等順序的發展。組合軸上的相鄰單位之間也形成一種平行對照的結構，如雅各布森所說的「對等原則的透射」，這在韻律層面的對等最為明顯。我們認為，在對等原則下的「重複」和「平行對照」就構成了意頓節奏體系的基礎，它的構形方式符合節奏是聲音大致對等的時間段落裏所生起伏的原理。〔註70〕

——應該說，許霆的這番論析是符合新詩實際創作情形的，尤其適合用來解釋前述徐志摩深受英詩輕重「抑揚格」影響後仿傚其音步對稱模式來建立漢詩節奏的靈活變通。需要補充的只是，這種所謂「重複和平行對照」所形成的韻律結構之轉換，不只是中西的融通，也是對拘禁在傳統詩詞固定程式化結構中的「旋律」節奏的一次成功的剝離與解放。這也是王力曾在「(四聲互相配合) 實際上是一個旋律問題，已經超出了節奏問題之外，但仍然是值得研究的」這一問題上含糊其辭而試圖迴避的實質所在。〔註71〕事實上，在傳統詩律「兩步一行、兩行一聯、兩聯一絕」外加「兩絕一律（七律）」的構造法則裏，包含著「一行兩節」的規律。什麼是一行兩節呢？唐朝時來中國求法的日本名僧遍照金剛在其《文鏡秘府論·天卷》裏，根據當時唐代人讀詩的語感為我們提供了非常寶貴的提示：

> 上二字為一句，下一字為一句：三言。
> 上兩字為一句，下三字為一句：五言。
> 上四字為一句，下三字為一句：七言。

按照遍照金剛的說法，當時人讀詩是把一個詩行分成兩「句」，「句」就是三言裏的2和1、五言裏的2和3、七言裏的4和3。馮勝利據此作出分析說：

> 換言之，「明月幾時有」中的「明月」是一句，「幾時有」是一句；「無邊落木蕭蕭下」中的「無邊落木」是一句，「蕭蕭下」是一

〔註70〕許霆：《新詩韻律節奏論》，第123～124頁。

〔註71〕孫則鳴指出：在朱光潛《詩論》中明確指出的「在詩和音樂中，節奏與『和諧』（meiody）是應該分清的」這一句中，大家忽略了一個細節，朱光潛所說的和諧後面的句解「meiody」就是英語裏的「旋律」或「曲調」；我國古代音樂裏沒有「旋律」這個術語，它應當是個外來詞，可朱先生把「meiody」翻譯成了「和諧」，對於不懂英語的人來說，平仄規律的真實作用就被輕輕忽略過去了。（參閱孫則鳴：《論新詩格律引進平仄的可行性》一文，https://bbs.yzs.com/thread-636365-1-1.html。）

句。「句」可以是兩個音節也可以是三個甚至四個音節，那麼「句」的韻律屬性是什麼呢？古人沒有韻律學概念，……其實很簡單，遍照金剛的「句」就是今天的「節律單位」。……漢語的韻律單位是音步。音步有五種：蛻化音步（單音節）、殘音步（包含輕聲的雙音節）、標準音步（兩個音節）、超音步（三個音節）和複合音步（四字格）。這樣看來，遍照金剛所謂的「兩句一行」詩律，就可以用公式表示為：

$$【\{〔(b×2)×2〕f×2\}×2】$$

這裡的「b」代表音節。「b×2」等於兩個音節，兩個音節是標準音步，因此「b×2」代表一個標準音步。「〔 〕」代表詩行，〔 〕裏面的「(b×2)×2」是兩個音步，因此一個詩行由兩個音步組成。「{ }」代表詩聯（由兩個詩行組成），「【 】」表示詩節或絕句（由兩個詩聯組成）。這是漢語詩歌最基本的構造模式。根據這個模式，我們看到漢語詩歌構造法非常簡單：兩個音節組成一個音步；兩個音節組成一個詩行（遵守自然音步的規則）；兩個詩行組成一個詩聯；兩組詩聯組成一首絕句。「〔 〕」右下角的「f」代表「自然音步」。

……漢語的音步類型還有三音節的大音步和四字格類的複合音步；而無論哪種類型都一律按照自然音步從左往右組合而成（亦即「f」的作用）……

自然音步不但解釋了為什麼詩行的奇數字音步都在最後的原因，更重要的是，如果當時語言中有三音節音步出現，那麼它就在詩律基本規則制約下形成 2＋3 的詩句（而不是 3＋2）；如果當時的語言出現四字格，那麼四字組就在詩律基本規則的作用下形成 4＋3 的詩句（而不會是 3＋4、2＋2＋2 和 2＋4……）。這就是漢語「兩步一行、兩行一聯、兩聯一絕」的詩律的由來。〔註72〕

這段重要的論述不僅為我們提供了中國古典詩歌實際上呈現的「句與句」間「平行對照」的真實「節律模版」（metrical template），也為我們解開古今詩體演變這一「斯芬克斯之謎」提供了一個關鍵的參照。事實上，近體詩出現後，依然在「⊙平」和「⊙仄」均衡間出所造成的升降起伏之抑揚圓轉中保留

〔註72〕馮勝利、王麗娟：《漢語韻律語法教程》，北京：北京大學出版社，2018 年，第 154～156 頁。

了一種「旋律」的節奏，即使在「一三五不論，二四六分明」的合理「鬆綁」中，同樣要在二、四、六偶數位置上凸顯韻律的「對立」。——這一生生不息流轉而又日益在近體詩封閉型框架內趨於窒息的旋律之魂魄與氣脈，在打破傳統聲律的「五四」新詩革命中得到了徹底的釋放與復活。當詩人們從那種因過久拘禁而得到釋放的激動與語無倫次中冷靜下來時，循著古老旋律的心靈召喚，即不難領悟到那種在詩行間以一定數目和形態相應以形成對應節奏感的熟悉方式。固然，漢語詩歌最根本的語音單位不是詩行而是詩句，英詩中每個輕重音節（抑揚格）交替轉換出現與漢詩中「前有浮聲，後須切響」、「兩句之間，輕重悉異」的平仄聲調也是兩種不同的範疇，但漢詩無法用輕重音相間的形式來體現節奏，卻可以借鑒傳統詩詞裏「平行對照」的「句」間旋律，模仿英詩的音步在一個詩行裏重複出現的次數來建立新詩的節奏。從本質上看，西哲關於「音樂是對立因素的和諧的統一，把雜多導致統一，把不協調導致協調」的說法，〔註 73〕與中國傳統詩法「轆轤交往，逆鱗相比」的原理是一樣的，西洋詩裏均衡與對偶的原則與中國傳統詩中融起承轉合、輕重長短、抑揚開合、繁簡奇正、濃淡明暗、高低呼應等對立元素於一體的圖案結構，均顯示了「人心與天道的同律搏動」。——這既是聞一多、朱光潛、林庚、何其芳、卞之琳等人在新詩格律探索實踐中始終堅持把新詩的節奏單元稱之為「頓」或「逗」的深意之所繫，也是徐志摩受到英詩「音步」均衡對稱之觸發後很快「模仿」創制出意頓節奏新詩的原因之所在。

在新詩格律發展史上，白話詩能否模仿外國詩的音節建立自己的節奏向來是一個聚訟紛爭的問題，與徐志摩同為「新月派」陣營的梁實秋就如此表示過：「中文和外國文的構造太不同，用中文寫 sonnet（十四行詩，又譯「商籟體」——筆者注）永遠寫不像。」〔註 74〕對於梁實秋的這一意見，徐志摩曾專門作出過回應：「大雨的商籟體的比較的成功已然引起不少響應的嘗試。梁實秋先生雖則說『用中文寫 sonnet 永遠寫不像』，我卻以為這種以及別種同性質的嘗試，在不是僅學皮毛的手裏，正是我們鉤尋中國語言的柔韌性乃至探檢語體文的渾成，緻密，以及別一種單純『字的音樂』（Word-music）的可能性的較為方便的一條路：方便，因為我們有歐美詩作我們的嚮導和準則。」

〔註 73〕轉引自朱光潛《西方美學史》（上冊），人民文學出版社，1963 年，第 17 頁。
〔註 74〕梁實秋：《新詩的格調及其他》，《梁實秋文集》（第 6 卷），鷺江出版社，2002年，第 531 頁。

考慮到梁實秋的擔憂實際上關涉到當時「新詩向何處去」的關鍵問題，接下來他還寫道：「現在已經有人擔憂到中國文學的特性的消失。他們說，『你們這種嘗試固然也未始沒有趣味，並且按照你們自己立下的標準竟許有頗像樣的東西，但你們不想想如果一直這樣子下去，與外國文學竟許可以近似，但與你們自己這份家產的一點精神不是相離日遠了嗎？你們也許走進了丹德歌德或是別的什麼德，但你們怎樣對得住你們的屈原陶潛李白？』」（徐志摩：《〈詩刊〉前言》）──徐志摩的「反駁」不為無因，梁實秋的上述言論實際上隱含著「傳統韻律中心主義」的傾向。在上述《新詩的格調及其他》一文中，他在作出「模仿外國詩的藝術的時候，我們還要創造新的合於中文的詩的格調──這該是我們今後努力的方向吧？」這樣看似「商榷」的虛晃一槍之後，便乾脆提出：「新詩之大患在於和傳統脫節」，「白話寫詩，在文學的形式方面，有其不可克服的困難」，原因正是「中文是單音字」，所以「要解決新詩的音節問題，必須在我們本國文字範圍之內求解決」，並提出傳統「歌謠的音節正是新詩作者所應該參考的一個榜樣」，「歌謠的用字之簡樸，以及抒情敘詩之手腕，在在均能給新詩作者以健康之影響，自不更待言。」〔註 75〕──應該說，梁實秋對新詩與傳統脫節的警惕及其新詩須向傳統歌謠學習的意見不為無見，其關於「白話入詩，未嘗不可，但亦不必完全白話」〔註 76〕的看法也是富於建設性的（這點與徐志摩和聞一多的主張並不矛盾），但其關於「新詩的音節問題，必須在我們本國文字範圍之內求解決」的主張，與徐志摩和聞一多以及當時白話新詩整體的發展方向卻呈現出原則上的根本分歧。事實勝於雄辯，徐志摩的詩歌以流利乾脆的白話口語以及在音節形式上借鑒西方所取得的成功就是一典型例證。

　　與梁實秋認為新詩的音節問題須在本國文字範圍內求解決而和「徐聞」之間產生的原則性分歧略有不同，王光祈、陸志偉、羅念生等人則主要是就中詩的「音頓」與英詩的「音步」之間能否通融這一問題而與「音頓理論首倡者」朱光潛之間產生了爭議。如前所言，儘管朱光潛提出了「音頓」對漢詩節奏形成的關鍵意義，但由於認識到舊詩「音頓」（形式）與「義頓」（內容）相衝突的矛盾，對於新詩能否解決好這種問題依然持懷疑和保留態度，所以他

〔註 75〕以上分別引自《梁實秋文集》，第 1 卷第 730～731 頁、第 3 卷第 102 頁、第 7 卷第 410～411 頁。
〔註 76〕《梁實秋文集》（第 1 卷），第 729 頁。

對於在新詩早期「自然節奏」基礎上大膽借鑒西方音節而信奉「形式化節奏」
的新格律詩學也是質疑和反對的。他認為，西方詩的單位是行，行只是音的
階段而不是義的階段，誦讀時每行最末一音常無停頓的必要，所以它對節奏
的影響較小；而中文詩每句相當於西詩的一行卻有一個完足的意義，音義結
合使得每句最末一字是義的停止點也是音的停止點，所以誦讀時每句最末一
字都須略加停頓，甚至於略加延長。總之，漢詩的「頓」與西方的「步」不可
相提並論，中文詩的節奏不像西文詩，在聲的輕重上見得不甚顯然。〔註77〕
羅念生對詩歌節奏內在成因的理解則與之明顯不同，他認為音步對於音節的
影響相當重大，「因為音步的作用是在組成一個整齊的時間，整齊的時間本身
是含有音樂性的。」〔註78〕他解釋道：「節奏可以說是一種字音底連續的波動。
如其這波動來得規則一些，便叫做節律。節律可以由長短、輕重或他種元素
造成。」「每一段小波動佔據一個短短的時間，這叫做『音步』（Foot）或『拍
子』（Metre）。由幾個音步組成一個詩行。可以說拍子是時間的分段，節律是
時間的性質。」英詩詩行每個音步所佔時間大致相等的規律給了他啟示：「我
們讀詩時應保持一個時間觀念，這並不是說要把每個音步讀得相等，乃是每
個同樣長短的詩行所費的時間大約要相等。」〔註79〕怎樣才能使新詩生出輕
重相間的節奏呢？羅念生認為漢字有虛實之分，虛字輕讀，實字重讀，實字
輕讀也算輕音。在時間上重音字比輕音字要長一些：〔註80〕「我們不妨依著
文字底組織，把相連的字分在一個音步。這樣我們可以把時間弄得均勻一些。
每遇有同一行詩可以分做四拍或五拍時，要看那首詩的拍子是什麼數目，再
依那個數目來劃分。」（出處同上）但這些均是朱光潛所不認同的，他說：「舊
詩分頓所生的抑揚節奏全在讀的聲音上見出，文字本身並不像英文輕重分明。
現在新詩偏重語言的節奏，不宜於拉調子讀出抑揚節奏來，所以雖分有規律
的音步，它對於音節的影響仍是很細微。」〔註81〕引述至此，不難看出，兩

〔註77〕 見朱光潛：《替詩的音律辯護──讀胡適的〈白話文學史〉後的意見》，《詩論》
　　　　（增訂版），第 228～229 頁。
〔註78〕 羅念生：《與朱光潛先生論節奏》，《新詩》第 4 期，1937 年 1 月 10 日。
〔註79〕 羅念生：《節律與拍子》，天津《大公報‧文藝》第 75 期：「詩特刊」，1936 年
　　　　1 月 10 日。
〔註80〕 參閱劉濤：《百年漢詩形式的理論探求：20 世紀現代格律詩學研究》，北京：
　　　　人民出版社，2013 年，第 157 頁。
〔註81〕 朱光潛：《答羅念生先生論節奏》，《新詩》第 5 期，1937 年 2 月 10 日。

種分歧實質上是「聲調律」與「節奏律」的分野。毋庸置疑，朱光潛主張利用傳統合理因素以作為新詩革故鼎新根基的初衷以及對傳統聲律的深入探討無疑是切中時弊且有益的，其從生理因素談論詩歌節奏的「呼吸循環」說與徐志摩的「血脈流轉」說本質上也高度契合，但對傳統形式的一再強調以及對新詩建立節奏形式的「悲觀」，卻也多少透露出其詩學體系中「傳統韻律中心主義」的傾向。他對西方的音步一直保持高度警惕，多次強調指出西方詩歌的輕重音與中國傳統詩歌四聲的本質不同，但恰恰忽略了中詩的平仄與英詩的輕重音在作為節奏「修飾性要素」上存在的功能相似性。平仄作為漢詩節奏的「修飾性要素」這一理論最早由林庚提出，他說：「平仄在詩歌形式上所起的作用不是建立節奏，而是修飾了這個節奏」，「這一基本認識其實是可以推及對其他民族語種的格律分析的（似乎並無人這樣做），如此我們就會發現，各民族詩歌格律或語音形式的和諧合規律性，在時值性的節奏構型規律上是基本相通的（通過語音時值長短的切分），各民族詩歌不同特性恰恰是在節奏的『修飾性要素』上表現出來的，這種修飾性要素在英語可能是輕重音，在漢語則是平仄聲──那麼英語詩歌的基本格律除了音步的多少、如何安排外，還講輕重音的規律性安排，漢語詩歌的基本格律為什麼除了講音步外就不再講平仄的規律性安排？輕重音與平仄聲的聲音特質不盡相同，但在『非時值性』上、在作為節奏的『修飾性要素』上卻是完全一樣的。節奏性要素與其『修飾性要素』在格律的整體結構中具有明顯的互補性，兩者有機地結合在一起，才能構成詩歌完整的格律。」〔註82〕的確，漢語雖有古今之分，但口語本位、歐化文化的現代漢語在節奏構成的功能和性質上其實已接近西洋的音步或頓，從實踐上看，「聲調律」與「節奏律」是可以實現互補的。再者，新詩「不只是代表一個文學技術上的改變，實是象徵著一個新世界觀、新生命情調，新生活意識尋找它的新的表現方式。斤斤地從文字修辭，文言白話之分上來評說新詩底意義和價值，是太過於表面的」〔註83〕，胡適新詩音節「散文化」（也可以說是「非詩化」）的戰略抉擇事後當然可以檢討，但如果按照梁實秋、朱光潛等人的理論，中國詩歌的發展將難以超出晚清「詩界革命」的極限，更不可能迎來「前空千古，下開百代」的「新詩革命」。正是從

〔註82〕轉引自錢中文，劉方喜，吳子林：《自律與他律：中國現當代文學論爭中的一些理論問題》，北京：北京大學出版社，2005 年，第 92～93 頁。

〔註83〕宗白華：《歡欣的回憶和祝賀》，《時事新報》，1941 年。

這個意義上，筆者認為，徐志摩的新詩文本是一個足以折射出「五四」時期古今詩體變遷秘密的活標本。如果說胡適的功績在於提出了「解放詩體」這一劃時代的指導理論，那麼徐志摩的新詩創作正是這一理論的最好注腳，其實踐的卓越意義正在於使意頓和行頓進入到行組和詩節的層次，從而成功擺脫了舊詩形式化的節律。從其零星透露出來的詩學理念諸如——「詩最重音節。這個並不是要我們去講平仄，押韻腳，我們步伐的移動，實在也是一種音節」、「行數的長短，字句的整齊或不整齊的決定，全得憑你體會到的音節的波動性」、「一首詩的秘密也就是它的內含的音節的勻稱與流通」等等來看，無疑是十分靈活變通的。

據沈從文回憶，早在新詩發軔初期，徐志摩就曾醉心過新詩的朗誦，[註84] 儘管這方面沒留下實證的資料——但我們實不難想像，在自然語氣中調試切近情緒含蘊的停頓節奏後，極具語言天賦的他能夠很快拿捏到中西詩歌在節奏上的某種本質契合點，乃至領悟出「詩的秘密也就是它的內含的音節的勻整與流動」，並用來規範自己的實踐，原是再自然不過的事——譬如他善於運用單句與疊句的互相配合、排偶與奇句的相輔相成來構合詩句於統一中見變化的高低錯落美，也善於以虛詞「的」之輕音節與單音詞之重音節混用來增強詩歌的節拍感，像《再別康橋》中的「我輕輕的」「那河畔的」「是夕陽中的」「在康河的」，《偶然》中的「你有你的」和「我有我的」等，均很自然地形成了詩句中的「頓」，在強化詩歌節奏的同時也就造成抑揚頓挫的音樂美感。[註85]——當然，運用之妙存乎一心，實際情況往往複雜得多，朱光潛所指出的音頓（形式）與義頓（內容）所形成的二律背反之詩學矛盾，在理論上或許可以得到解答，但在實踐中卻有一個逐漸完善解決的過程。一方面，五四詩家們從一開始起就普遍用音律切割聲律，忽視了聲律在聲調語言中的存在價值，從而造成了部分理論上的混亂和實踐上的亂象；另一方面，漢詩的聲律面臨西方「音律」的「入侵」引發內部基因的突變生成了新的 DNA 卻也是事實，「Metre」這個詞姑且叫它為「音律」（這個詞有多種譯法，這裡只是方便與傳統聲律概念區別開來的權宜之稱），如果留意一下，會發現英詩中的音步對五四新詩的影響比比皆是，譬如「按照現代的口語寫得每行的頓數

〔註84〕沈從文：《談朗誦詩》，《沈從文全集》（第 17 卷），第 244 頁。
〔註85〕參閱王正：《詩人氣質研究》，北京：中國社會科學出版社，2018 年，第 127 ～128 頁。

有規律，每頓所佔時間大致相等，而且有規律地押韻」〔註86〕這一具體詩體
實踐，就得到了包括徐志摩、聞一多、朱湘、卞之琳、戴望舒、何其芳等眾多
新詩人所創造的大量優秀現代格律詩作品的應證。如此不妨說，現代新詩格
律的正確方向，或許應該還是以西方音律為參照視角，結合中國古代詩歌句
法的實際，探尋現代漢語下聲律的變通模式：「循現代漢語說話的自然規律，
以契合意組的音組作為詩行的節奏單位，接近而超出舊平仄粘對律，做參差
均衡的適當調節，既容暢通的多向渠道，又具迴旋的廣闊天地，我們的『新
詩』有希望重新成為言志載道的美學利器，善用了，音隨意轉，意以音顯，進
一步達到自由。」〔註87〕

3. 對偶的均衡與疊韻的重唱

3.1 對偶的均衡

「五四」時期，出於「廢律」的目的，胡適的《文學改良芻議》曾將「廢
駢」列在其著名的「八事」之七。此種將駢偶視為「不自然文學」的矯枉過正
態度，引來了文學改良主義的反彈。譬如胡懷琛便指出：「有一種對偶，也是
天生成的，不可有意廢棄的。譬如植物的葉子，完全是天工，沒有一絲毫人
力；然而它也有綱形脈，有平行脈；綱形脈譬如文學的散句，平行脈葉譬如
文學裏的駢句；只要聽其自然便是了，何必說駢句一定要廢棄。明白了這個
道理，便可以做自然詩。」〔註88〕事實也的確如此，新詩在實踐過程中也意
識到了語言凝練的重要，為了收束主謂賓定補狀多動式現代語法結構在線性
邏輯敘述中導致的散漫化，傳統駢偶的句法形態往往在詩人們的潛意識中自
然彈跳出來，語言自然對偶的例子便屢見不鮮。譬如「貪睡的合歡疊攏了綠
鬢，鉤下了柔頸，｜路燈也一齊偷了殘霞，換了金花」（聞一多：《黃昏》）；
「北風拍著門環，｜撕著窗紙，｜撞著牆壁，｜掀著屋瓦」（聞一多：《紅豆》）
等等。徐志摩也不例外，其詩中的對偶很多，諸如：

> 冷月照鳩面青肌，
> 涼風吹襟褸衣結；（《馬賽》）

〔註86〕何其芳：《關於現代格律詩》，《何其芳全集》（第 4 卷），河北人民出版社，
　　　　2000 年，第 303 頁。

〔註87〕卞之琳：《奇偶音節組的必要性和參差均衡律的可行性》，《卞之琳文集》（中
　　　　卷），安徽教育出版社，2002 年，第 575 頁。

〔註88〕胡懷琛：《白話詩談》，上海廣益書局，1921 年，第 13 頁。

> 片片鵝絨眼前紛舞，
> 疑是梅心蝶骨醉春風；
> 一陣陣殘琴碎簫鼓，
> 依稀山風催瀑弄青松；（《清風吹斷春朝夢》）

> 田場上工作紛紜，
> 竹籬邊犬吠雞鳴；（《鄉村裏的音籟》）

> 眉眼糊成了玫瑰，
> 口鼻裂成了山水；（《俘虜頌》）

> 盼不到天光，
> 映不著彩霞。（《再休怪我的臉沉》）

> 山澗邊小草花的知心，
> 高樓上小孩童的歡欣。（《我有一個戀愛》）

> 門前竹影疏，
> 後圃樹蔭綿。（《「兩尼姑」或「強修行」》）

　　這些對偶的運用，在語勢的貫通中拓寬了詩句容納意境的空間，也收到詩意簡潔凝練和語音鏗鏘和諧的效果。區別於這些明顯的句法上的寬泛對偶，還有那種「節奏均衡感」達成的「串對」，諸如：

> 顯煥的旭日｜又升臨在黃金的寶座；｜｜柔軟的南風｜吹皺了大海慷慨的面容。（《草上的露珠兒》）

> 這一瞬息的展露——｜是山霧，｜是臺幕！｜｜這一轉瞬的沉悶，｜是雲蒸，｜是人生？

> 那分明是山，水，田，廬；｜又分明是悲，歡，喜，怒：｜阿，這眼前剎那間的開朗——｜我彷彿感悟了造化的無常！（《山中大霧看景》）

　　——「這一瞬息的展露——｜是山霧，｜是臺幕」與「這一轉瞬的沉悶，｜是雲蒸，｜是人生」，「那分明是山，水，田，廬」與「又分明是悲，歡，喜，怒」，均構成「串對」，在高低長短疾徐的呼應中形成了節奏的「迂迴的動盪」。此種包含對偶成分的均衡往往在詩中產生一種潛在的召喚結構，儘管不一定馬上出現，卻會引導作者無意識中運轉的詩意在下意識中尋求與之呼應的心理期待。這正是徐志摩所說的「『詩感』或原動的詩意是心臟的跳動，有

它才有血脈的流轉」之真義。又如徐志摩的《我等候你》：

　　　　我等候你。
　　　　我望著戶外的昏黃
　　　　如同望著將來，
　　　　我的心震盲了我的聽。
　　　　你怎還不來？希望
　　　　在每一秒鐘上允許開花。
　　　　我守候著你的步履，
　　　　你的笑語，你的臉，
　　　　你的柔軟的髮絲，
　　　　守候著你的一切；
　　　　希望在每一秒鐘上
　　　　枯死——你在哪裏？

　　葉功超先生於此曾有過精闢的分析：「第二三兩行是對偶，在重複了『望著』之後，『戶外的昏黃』與『將來』有不得不對之勢。下一行以『我的心』對『我的聽』，且使『心』、『聽』發生了疊韻和諧的關係，在感覺上把兩個字所代表的意象貫串起來，同時『震盲』夾在這『心』、『聽』之間似乎更加有效。但是最有趣的還是

　　　　希望
　　　　在每一秒鐘上允許開花

和四行後：

　　　　希望在每一秒鐘上
　　　　枯死——你在哪裏？

　　所產生的均衡與對偶的效力。以『開花』對『枯死』，相隔四行，距離恰好，且把『開花』放在句尾，表示希望的結果，而『枯死』在一行的開始，使人在抬頭轉行之間突然發現它，記憶中卻仍存著『希望在每一秒種上允許開花』的回音。這幾行中的情緒的轉變可以說是完全靠均衡與對偶的力量產生的。」〔註89〕——凡此種種，均體現了「對偶的均衡」這一傳統詩歌本體中內含的質素，在「從舊詩的鐐銬裏解放出來」的徐志摩詩歌中的創造性轉化。

〔註89〕葉功超：《新月懷舊——葉功超文藝雜談》，學林出版社，1997 年，第 65～66頁。

當然，這種「內部結構的對稱與平衡」（郭小川語），更顯著地體現在造成其詩歌旋律音樂美的重要手段──「重章疊句的迴環往復」之運用上。

3.2 重章疊句的迴環重唱

與「對偶」一樣，重章疊句的「反覆」本質上屬於詩歌中的「格律修辭」，它通過貫串起音節相等或基本相等的「聲音的段落」，使之在一定間隔裏重複地出現，從而在意義重疊中加強詩意的推進，造成詩歌節奏週期性動盪的迴環感──這也正是人們常常讚歎詩歌中「一詠三歎」、「盪氣迴腸」等藝術效果的奧秘所在。在現代新詩史上，徐志摩的詩歌對「重章疊句」的運用是極為醒目的，有學者曾作過歸納，指出其運用的「反覆格」主要有以下五種：

（1）連續反覆，即同一節詩在某一位置上的連續反覆。例如《蘇蘇》、《再不見雷峰》、《三月十二深夜大沽口外》、《雁兒們》、《為要尋一顆明星》等等。

（2）間隔反覆，即同一節詩間隔一句或一節後的連續反覆。例如《去罷》、《我知道風是在哪一個方向吹》、《石虎胡同七號》、《月下雷峰影片》、《落葉小唱》、《海韻》、《殘破》等等。（3）每句結尾的反覆。例如《夏日田間即景》、《蓋上幾張油紙》、《一家古怪的店鋪》、《在那山道旁》、《戀愛到底是什麼一回事》、《黃鸝》等等。（4）首尾呼應的反覆。例如《再別康橋》、《西伯利亞道中憶西湖秋雪庵蘆色作歌》等等；其中還包括每節首句末句的反覆，例如《新催妝曲》的第一節。（5）特定詩節裏的反覆。〔註 90〕譬如他的《沙揚娜拉》一首，中間第三句一連重疊兩次「道一聲珍重」，自然接引出下句「那一聲珍重裏有蜜甜的憂愁」，造成「連珠」格重複結構（三個「一聲珍重」），在環環相扣的迴旋往復裏形成流動抑揚的節奏，表現出依依不捨的離別之情；又如《夜半松風》：「這是冬夜的山坡，｜坡下一座冷落的僧廬，｜廬內一個孤獨的夢魂……」，「連珠」重複格結構所造成的特殊音樂效果，層層遞進，烘托了寂寞中呼告的心境。

很多論者都注意到了徐志摩詩中「重章疊句」的複沓迴環對傳統詩法的繼承，譬如卞之琳就曾有過其詩中「疊句或變體的疊句」實從《詩經》而來的說法。〔註 91〕的確，在重章疊句的句法形式上（譬如《國風》中的《關雎》、《桃夭》、《魚藻》等與徐詩《我不知道風是在那一個方向吹》、《去罷》等結構

〔註 90〕參閱廖玉萍：《徐志摩詩歌語言藝術》，第 151～160 頁。

〔註 91〕卞之琳：《徐志摩詩重讀誌感》，韓石山、伍漁編：《徐志摩評說八十年》，第 280 頁。

上的類似），在雙聲疊韻的句中韻與豐富多樣的句尾韻（隔句韻、排韻、交韻、排韻、抱韻、換韻、陰韻等）上，二者都存在驚人的相似。不過，此種詩歌重回自然音節後韻律上的「原始同構」，不應遮蓋徐志摩詩歌受傳統詩詞影響後所摻入的「曲式變奏」，這正是他之於新詩形式藝術的一份獨創性貢獻。現從唐宋疊韻詞牌的體例中找出幾例略作對比。

例一：「一闋一疊韻」的《如夢令》（〔唐〕李存勗體）：

> 曾宴桃源深洞，
>
> 一曲舞鸞歌鳳。
>
> 長記別伊時，
>
> 和淚出門相送。
>
> 如夢，如夢，
>
> 殘月落花煙重。

徐志摩的《沙揚挪拉——贈日本女郎》與之結構上正是相似的：

> 最是那一低頭的溫柔，
>
> 像一朵水蓮花不勝涼風的嬌羞，
>
> 道一聲珍重，道一聲珍重，
>
> 那一聲珍重裏有蜜甜的憂愁
>
> 沙揚娜拉！

後者句中重複出現的「珍重」（平仄）、「珍重」（平仄），與《如夢令》中的疊韻「如夢」（平仄），「如夢」（平仄），大體出現在相對應的位置上，同樣在急促中傳達出惜別的惆悵。

例二：「上下闋各兩疊韻」的《一翦梅》（〔宋〕張炎體）：

> 悶蕊驚寒減豔痕，
>
> 蜂也消魂，蝶也消魂。
>
> 醉歸無月傍黃昏，
>
> 知是花村，知是前村。
>
> 留得閒枝葉半存，
>
> 好似桃銀，不似桃銀。
>
> 小樓昨夜雨聲渾，
>
> 春到三分，秋到三分。

試比讀徐志摩的《滬杭車中》：

　　　　匆匆匆！催催催！

　　　　一捲煙，一片山，幾點雲影，

　　　　一道水，一條橋，一支櫓聲，

　　　　一林松，一叢竹，紅葉紛紛：

　　　　豔色的田野，豔色的秋景，

　　　　夢境似的分明，模糊，消隱，──

　　　　催催催！是車輪還是光陰？

　　　　催老了秋容，催老了人生！

　　──現代性的時間速度（開頭即是「匆匆匆！催催催！」）打亂了古典均衡的節奏，紛至沓來的景點顯得過於密集，使得對應的位置出現了些許飄移，但相同的韻部（都是人辰轍），相似的意境，又形成了與《一翦梅》大致對稱的結構，將之稍作改動，便成了一首與之「上下闋各兩疊韻」相似的「白話詞」：

　　　　欲賞美景汽笛鳴，

　　　　山也一程，水也一程，

　　　　一支櫓聲伴晨昏。

　　　　松竹叢叢，紅葉紛紛。

　　　　遙看豔色妝秋景，

　　　　夢似分明，夢似消隱。

　　　　光陰去如車輪滾，

　　　　催老秋容，催老人生。

　　以上並非筆者曲意附會，徐志摩原來也用白話翻譯過宋詞十二首，〔註92〕其中就包括《行香子》這樣的疊句體。

　　例三：「上下闋句首各一疊韻」的《長相思》（〔唐〕白居易體）：

　　　　汴水流，

　　　　泗水流，

　　　　流到瓜州古渡頭。

　　　　吳山點點愁。

　　　　思悠悠，

　　　　恨悠悠，

〔註92〕見陳從周：《徐志摩白話詞手稿》，《新文學史料》1985 年第 4 期。

恨到歸時方始休。

月明人倚樓。

這種置於整首開頭的疊韻句，在徐志摩的《我不知道風是在哪一個方向吹》中就體現得很明顯。相似的還有其《月下雷峰影片》：

我送你一個雷峰塔影，

滿天稠密的黑雲與白雲；

我送你一個雷峰塔頂，

明月瀉影在眠熟的波心。

又如《去吧》：

去吧，人間，去吧！

我獨立在高山的峰上；

去吧，人間，去吧！

我面對著無極的穹蒼。

例四：「上下闋行內各一疊韻」的《添字醜奴兒》（〔宋〕李清照體）：

窗前誰種芭蕉樹，

陰滿中庭。

陰滿中庭。

葉葉心心，舒卷有餘情。

傷心枕上三更雨，

點滴霖霪。

點滴霖霪。

愁損北人，不慣起來聽。

徐志摩詩歌中這種交抱式的「行內疊韻」最多，譬如《半夜深巷琵琶》：

又被它從睡夢中驚醒，深夜裏的琵琶！

是誰的悲思，

是誰的手指，

像一陣淒風，像一陣慘雨，像一陣落花，

在這夜深深時，

在這睡昏昏時

挑動著緊促的絃索，亂彈著宮商角徵，

《為要尋找一顆明星》：

　　　　我騎著一匹拐腿的瞎馬，

　　　　向著黑夜裏加鞭；──

　　　　向著黑夜裏加鞭，

　　　　我跨著一匹拐腿的瞎馬！

　　　　我衝入這黑綿綿的昏夜，

　　　　為要尋一顆明星；──

　　　　為要尋一顆明星，

　　　　我衝入這黑茫茫的荒野。

　　　　累壞了，累壞了我胯下的牲口，

　　　　那明星還不出現；──

　　　　那明星還不出現，

　　　　累壞了，累壞了馬鞍上的身手。

　　　　這回天上透出了水晶似的光明，

　　　　荒野裏倒著一隻牲口，

　　　　黑夜裏躺著一具屍首。──

　　　　這回天上透出了水晶似的光明！

《蘇蘇》：

　　　　蘇蘇是一癡心的女子，

　　　　像一朵野薔薇，她的丰姿；

　　　　像一朵野薔薇，她的丰姿

　　　　來一陣暴風雨，摧殘了她的身世。

　　　　這荒草地裏有她的墓碑

　　　　淹沒在蔓草裏，她的傷悲；

　　　　淹沒在蔓草裏，她的傷悲──

　　　　啊，這荒土裏化生了血染的薔薇！

《再不見雷峰》：

　　　　再不見雷峰，雷峰坍成了一座大荒冢，

　　　　頂上有不少交抱的青蔥；

　　　　頂上有不少交抱的青蔥，

　　　　再不見雷峰，雷峰坍成了一座大荒冢。

為什麼感慨，對著這光陰應分的摧殘？
世上多的是不應分的變態，
世上多的是不應分的變態；
為什麼感慨，對著這光陰應分的摧殘？

為什麼感慨：這塔是鎮壓，這墳是掩埋，
鎮壓還不如掩埋來得痛快！
鎮壓還不如掩埋來得痛快，
為什麼感慨：這塔是鎮壓，這墳是掩埋。

再沒有雷峰；雷峰從此掩埋在人的記憶中：
像曾經的幻夢，曾經的愛寵；
像曾經的幻夢，曾經的愛寵，
再沒有雷峰；雷峰從此掩埋在人的記憶中。

《雁兒們》：

雁兒們在雲空裏飛，
看她們的翅膀，
看她們的翅膀，
有時候紆回，
有時候匆忙。

雁兒們在雲空裏飛，
晚霞在她們身上，
晚霞在她們身上，
有時候銀輝，
有時候金芒。

雁兒們在雲空裏飛，
聽她們的歌唱！
聽她們的歌唱！
有時候傷悲，
有時候歡暢。

雁兒們在雲空裏飛，
為什麼翔翔？

為什麼翱翔？

她們少不少旅伴？

她們有沒有家鄉？

雁兒們在雲空裏彷徨，

天地就快昏黑！

天地就快昏黑！

前途再沒有天光，

孩子們往哪兒飛？

采桑子詞牌每段四字句處於七字句之間，使詞氣和緩；用韻甚密，又使音節瀏亮，尤其適合表達委婉纏綿的意緒。無一例外，徐志摩採取這種交抱疊韻結構的詩歌時都表達了一種對光陰的悵惜、對身世的感慨、對理想追求的失落、對人生之路的迷惘。可見，看似「西化」的分行移植中實蘊有古典的結構，其「反覆」手法實構成一種特殊的疊韻，表達的基本上是詞的情調。譬如上述舉例的《蘇蘇》一首所省略的最後作結的片段：「你說這應分是她的平安？｜但運命又叫無情的手來攀，｜攀，攀盡了青條上的燦爛，——｜可憐呵，蘇蘇她又遭一度的摧殘！」其語言的隱喻結構便深得傳統《敦煌曲子詞》中《望江南·莫攀我》一詞的神韻：「莫攀我，攀我心太偏。｜我是曲江臨池柳，｜這人折了那人攀，｜恩愛一時間。」

例五：「結尾疊三仄韻」的《釵頭鳳》（〔宋〕陸游體）：

紅酥手，

黃滕酒，

滿城春色宮牆柳。

東風惡，

歡情薄，

一懷愁緒，幾年離索。

錯、錯、錯。

結尾一連三個仄韻「錯、錯、錯」，用來表達愛情錯失後內心的糾結與淒緊，真切入微、聲聲傳情，歷來為人們所傳誦。徐志摩意境淒迷的《半夜深巷琵琶》的結尾，採用的是與之相似的方式：

在光陰的道上瘋了似的跳，瘋了似的笑，

完了，他說，吹糊你的燈，

　　　　她在墳墓的那一邊等，

　　　　　等你去親吻，等你去親吻，等你去親吻！

　　「等你去親吻，等你去親吻，等你去親吻」與詩中「像一陣淒風，像一陣慘雨，像一陣落花」構成呼應，整齊迴蕩又錯落有致，對於烘托全詩那種既熱烈追求愛情又甘心為其受苦的悲壯情懷無疑是恰到好處的。

　　朱湘曾指出，徐志摩的詩歌在「五色陸離五音繁會的廟會」中所漾出的「細膩的想像」與「和婉的音節」〔註93〕，體現的正是傳統詞體特有的韻味。通過以上的簡略分析，我們不難看出：正是在對傳統詩詞悉心的揣摩中，徐志摩極具匠心地借鑒了傳統詩詞特有的「音韻相應，對偶相停，上下勻稱」的聲情結構，從而使其詩歌呈現了「疊韻」重唱而反覆迴蕩的獨特格調。當然，除了傳統的影響，西方自由體詩歌中排比、複沓、頭韻（alliteration）、抑揚格（iambic）等非格律韻律節奏形式的運用也為他所借鑒，這點，下面還要進一步講到。

4. 聲部的「再現」：用西方的小提琴演奏中國的「梁祝」

　　由以上分析可見出，徐志摩的詩歌在重章疊句上雖不脫《詩經》結構的遺風，但並不是《詩經》韻律的簡單重複。從《詩經》中的詩歌結構來看，「疊句幾乎都只是出現在同一個樂段中，基本上都屬於單音章或完全重複的雙樂章，沒有現代音樂中的附歌（refrain），更談不上有呈示部、展開部和再現部組成的三部曲式。亦即這種帶再現的三部曲式並不見於《詩經》或其他古典詩歌中。由此看來，卞之琳的說法屬於只知其一，不知其二。這種更複雜的曲式結構既有對比也有（變奏式）再現。西方現代詩歌中，既有雪萊的『O World，O Life，O Time』這種尾行的疊句（我國《詩經》中可見），也有哈代的『A Broken Appointment』這種首尾兩行的疊句」〔註94〕。受內心「泛音樂審美傾向」的詩學訴求驅使，徐志摩對重視詩中再現音樂表現手法的雪萊可謂一見鍾情。雪萊曾認為：「詩人的語言總是含有某種劃一而和諧的聲音之重現，沒有這種重現，就不成其為詩，而且，姑且不論它的特殊格調如何，這種重現正如詩中的文字一樣，對於傳達詩歌的感染力是絕對不可缺少的。」〔註95〕——這在徐志摩的詩論中不難看到某種類似的「學舌」：「詩歌

〔註93〕朱湘：《評徐君志摩的詩》，韓石山、伍漁編：《徐志摩評說八十年》。
〔註94〕陳歷明：《新詩的生成——作為翻譯的現代性》，第249～250頁。
〔註95〕陳歷明：《新詩的生成——作為翻譯的現代性》，第249～250頁。

的靈魂是音樂的，所以詩最重音節。這個並不是要我們去講平仄，押韻腳，我們步伐的移動，實在也是一種音節啊」。此外，哈代「詩裏內蘊的節奏與聲調」對徐志摩的影響也很深，他翻譯的哈代作品最多，在狀擬哈代詩歌的表現手法時也巧妙地加入自己的創造性，如他的《戀愛到底是什麼一回事》：

> 戀愛他到底是什麼一回事？——
> 他來的時候我還不曾出世；
> 太陽為我照上了二十幾個年頭，
> 我只是個孩子，認不識半點愁；
> 忽然有一天——我又愛又恨那一天
> 我心坎裏癢齊齊的有些不連牽，
> 那是我這輩子第一次的上當，
> 有人說是受傷——你摸摸我的胸膛——
> 他來的時候我還不曾出世，
> 戀愛他到底是什麼一回事？
>
> 這來我變了，一隻沒籠頭的馬，
> 跑遍了荒涼的人生的曠野：
> 又像那古時間獻璞玉的楚人，
> 手指著心窩，說這裡面有真有真，
> 你不信時一刀拉破我的心頭肉，
> 看那血淋淋的一掬是玉不是玉；
> 血！那無情的宰割，我的靈魂！
> 是誰逼迫我發最後的疑問？
>
> 疑問！這回我自己幸喜我的夢醒，
> 上帝，我沒有病，再不來對你呻吟！
> 我再不想成仙，蓬萊不是我的家；
> 我只要這地面，情願安分的做人——
> 從此再不問戀愛是什麼一回事，
> 反正他來的時候我還不曾出世！

徐志摩這種將主題詩行「戀愛他是什麼一回事？｜他來的時候我還不曾出世」再現於首節末和尾節末的變奏方式，與他翻譯過的哈代的《多麼深我

的苦》(『How Great My Grief』) 極為相似：

How great my grief, my joys how few,
Since first it was my fate to know thee !
- Have the slow years not brought to view
How great my grief, my joys how few,
Nor memory shaped old times anew,
Nor loving-kindness helped to show thee
How great my grief, my joys how few,
Since first it was my fate to know thee ?

多麼深我的苦，多麼稀我的歡欣，
自從初次運命叫我認識你！
──這幾年惱人的光陰豈不曾證明
我的歡欣多麼稀，我的苦多麼深，
記憶不曾減淡舊時的酸辛，
慈善與慈悲也不曾指示給你
我的苦多麼深，多麼稀我的歡欣，
自從初次運命叫我認識你？

「照哈代的原詩中，詩歌的頭行和末尾兩行（除一處標點外）完全再現，在徐志摩的翻譯中，卻加了一點變化：將開頭的『多麼深我的苦』換成『我的苦多麼深』。類似一種加花的變奏，再加上他將這一主導音樂動機在詩歌中間部的再現調整為『我的歡欣多麼稀，我的苦多麼深』，使得全詩節奏上更加靈動律感，節奏整一中又不乏變化，首、中、尾交相呼應，有一種循環的圓滿，非常富有音樂性。」〔註96〕

關於徐志摩詩歌受西方影響後所創造的旋律節奏中的「聲部再現」問題，當代學人已有較系統深入的闡釋，現不避繁瑣，轉引如下：

這個音樂術語（指「再現」──筆者注），簡言之，表示已經呈示的主題或其他音樂素材在新的樂段之後的重新出現。如三部曲式（ABA）中主題 A 在 B 之後再次出現。根據其不同形態，可分為完全再現、局部再現以及變奏再現等。特別指奏鳴曲式中一個樂章

──────────

〔註96〕陳歷明：《新詩的生成──作為翻譯的現代性》，第 260 頁。

或樂段包含著三個次樂段（subsection）：呈示部（exposition）、展開部（development）和再現部（recapatulation），此外，呈示部前可能會有一個前奏，再現部後加一個尾聲（code）。呈示部提出兩個不同的對比主題，音樂以主調從主題一過渡到屬調的主題二；展開部包含所有主題的擴展，呈示部直接呈示主題，而展開部則通過作曲家選擇各種組合的旋律片段，協和快速變化、對位處理以及其他技巧，常常把這些主題拆成種種片段，然而，又必須按再現的要求回歸主調；再現部在主調上重複呈示部的主題，稍有改變，但秩序不同，首先是主題一，然後是主題二。

下面，我們來看看徐志摩在詩歌寫作中再現的運用。先看《夏日田間即景》：

柳林青青，

南風薰薰，

幻成奇峰瑤島，

一天的黃雲白雲，

那邊麥浪中間，

有農婦笑語殷殷。

……

南風薰薰，

草木青青，

滿地和暖的陽光，

滿天的白雲黃雲，

那邊麥浪中間，

有農夫農婦，笑語殷殷。

……全詩共四節，以上所引為首尾兩節。可以看出第四節為第一節主題及其結構的變奏式再現，結構一致，語句基本相同，只是其中個別詞彙稍有變化。給人一種可以回放的歡快感。再看《蓋上幾張油紙》：

蓋上幾張油紙

一片，一片，半空裏

掉下雪片；

有一個婦人，有一個婦人，

獨坐在階沿。

虎虎的，虎虎的，風響

在樹林間；

有一個婦人，有一個婦人，

獨自在哽咽。

……

一片，一片，半空裏

掉下雪片；

有一個婦人，有一個婦人，

獨坐在階沿。

虎虎的，虎虎的，風響

在樹林間；

有一個婦人，有一個婦人，

獨自在哽咽。

這首《蓋上幾張油紙》，共十節，這是首尾的四節。很明顯，結尾的再現部完全再現了開頭所呈示的主題意象及其結構，屬於完全再現。這種反覆的訴說，給人以一唱三歎那揮之不去的傷感。再如《一家古怪的店鋪》：

有一家古怪的店鋪，

隱藏在那荒山的坡下；

我們村裏白髮的公婆，

也不知他們何時起家。

……

這是家古怪的店鋪，

隱藏在荒山的坡下；

我們村裏白髮的公婆，

也不知他們何時起家。

這首詩……共五節，這是首尾兩節，除了首行的不定指改為定指外，幾乎就是完全的再現。這種大同小異的再現手法同樣見於《在那山道旁》：

在那山道旁，一天霧濛濛的朝上，
初生的小藍花在草叢裏窺覷，
我送別她歸去，與她在此分離，
在青草裏飄拂，她的潔白的裙衣。
……
在那天朝上，在霧茫茫的山道旁，
新生的小藍花在草叢裏睟睕
我目送她遠去，與她從此分離——
在青草間飄拂，她那潔白的裙衣！

當然，更多的是那些對稱的結構與節奏的再現，特別是眾多融合中西的四行體，以及經過詩人創造性轉化的西方五行體式（尤見於 Limerick）。……如《黃鸝》（初刊於 1930 年）：

一掠顏色飛上了樹。
「看，一隻黃鸝！」有人說。
翹著尾尖，它不作聲，
豔異照亮了濃密——
像是春光，火焰，像是熱情。

等候它唱，我們靜著望，
怕驚了它。但它一展翅，
衝破濃密，化一朵彩雲；
它飛了，不見了，沒了——
像是春光，火焰，像是熱情。

徐志摩詩作中最為我們熟知和喜愛的恐怕非四行體的《再別康橋》莫屬了：

輕輕的我走了，
正如我輕輕的來；
我輕輕的招手，
作別西天的雲彩。
……
悄悄的我走了，

正如我悄悄的來；

我揮一揮衣袖，

不帶走一片雲彩。

本詩結構完全一致，首尾兩節色彩略加變化，可歸為稍加變奏的再現，就此而言，與戴望舒的同期作品《雨巷》有異曲同工之妙。海外學者奚密認為，徐志摩和戴望舒的這兩首詩作屬於一種「環形結構」（circularity），這當然只是對作品的視覺效果的關注所得……其實他們更是一種訴諸聽覺官感、以內在審美為皈依的、帶再現的音樂結構（如果形諸平面，也能再現其結構上的前呼後應的視覺效果），給人以內外的圓滿感。如果要與中國現代音樂作品相類比，我們可以參照何占豪、陳剛用西方現代音樂技法寫作我國傳統素材的著名小提琴協奏曲《梁祝》，其呈示部和再現部與《再別康橋》非常相似：呈示部的主題經過展示部的擴展書寫，再現部中，獨奏小提琴完全再現主部主題，只是加了弱音器而已。音色的變化卻烘托出一種遙遠、縹緲、夢幻的天堂世界，把現實世界未了的願望昇華到夢幻世界的既了，構成一種從絕望到希望的美好迴環，前後呼應，前世、今生與往生交錯，現實、理想與夢幻交錯，失望、絕望與希望交錯。……前呼後應，相見時難別亦難的心境，在作別還是帶走心中的那片雲彩之間，在看似無情卻有情的猶疑與灑脫之際，流露的卻是收放自如與進退失據的兩難與遺憾。「個相」普遍於「共相」，參透或參不透的人生亦不過如此而已，世間多少風流，誰又能逃出「得知我幸，失之我命」的宿命輪迴？這種巧妙的再現，難怪會引起人們如此強烈的情感共鳴與藝術美感！〔註97〕

作為一首富於音樂性的「純詩」，《再別康橋》「純粹憑藉那構成它底形體的元素——音樂和色彩——產生一種符咒似的暗示力，以喚起我們感官與想像的感應，而超度我們的靈魂到一種神遊物表的光明極樂的境域」〔註98〕，它的召喚結構甚至無意識中牽引了詩人最終踩著輕靈旋律悄然離去的人生結局。就此而言，已經嘗試並成功創造出許多至今仍堪稱新詩「旋律節奏」巔

〔註97〕陳歷明：《新詩的生成——作為翻譯的現代性》，第233～244頁。
〔註98〕梁宗岱：《談詩》，《人間世》第15期，1934年11月5日。

峰之作的徐志摩的意外夭折，實則隱喻了「詩樂合一」這一現代詩學偉大理想的宿命式失落。

結語：「詩的音樂性與音樂的詩性之本質回歸」

從詩三百到唐詩宋詞元曲，詩與音樂一直如影相隨，因此古代的優秀詩人大多精於音律，如溫庭筠、周邦彥、姜夔等，都能自度曲譜。詩與歌儘管一度在音與義的變化中出現分化，但其音樂性一值得到保留，所以朱謙之先生會斷言「中國的文學的特徵，就是所謂『音樂文學』。」（朱謙之：《中國音樂文學史》）但這一偉大傳統在清末民初啟蒙與革命的主調中卻出現了斷層，主張白話入詩、「廢曲用白」的新詩實踐普遍走上了與音樂相脫離的道路。徐志摩的出現是一個罕見的例外。一方面，他從自身對音樂的先天敏感出發，憑藉自身靈睿的音樂體悟去營造詩歌形式與意義間「富於暗示的音義奏泊」（梁宗岱語）；一方面，他又不止於「音節」的限度，而是深刻意識到「一味張揚民主與科學的五四運動因忽略人類情感的利導所造成的情感皈依匱乏之弊」，堅持追求文字的音樂性（他一再強調的「Word-music」）之於心靈與情感的解放力量，同時注意融合西方現代複調音樂結構在詩歌中運用的技巧，從而與聞一多、朱湘等新月派同人一道，達成了「詩的音樂性與音樂的詩性之本質」在新詩本體中的「回歸」〔註99〕。

正是「面向域外的開放而獲得的世界性，面向傳統的繼承而獲得的民族性，面向現實的創造而獲得的自創性」〔註100〕，形成了徐志摩新詩韻律節奏品格的基本要素，其在新詩本體價值——音樂性上達到的高度成就以及百年來的巨大影響力，使得茅盾在上世紀30年代即作出的——「志摩是中國文壇上傑出的代表者，志摩以後的繼起者未見有能並駕齊驅」（茅盾：《徐志摩論》）——這一著名論斷，至今仍然沒有過時；其「作為藝術家的個人」背後的心靈踐履與人格修養及其自覺遵循內在藝術自律的積澱與發散之於現當今的新詩創作，仍是極為鮮明生動的活教材、活標本。可以這樣認為，其新詩實踐，實際上是中國自古以來融歌、詩、樂為一體的偉大詩學傳統在新時期的賡續。

〔註99〕以上論述及引文參閱陳歷明：《音樂化：徐志摩的詩歌美學》，《文藝理論研究》2018年06期。
〔註100〕許霆：《新詩韻律節奏論》，第113～114頁。

在他逝世時，詩人于賡虞曾有過一段高度評價其詩史地位的追思文字：「中國的民族，自古以來除了《詩經》，《楚辭》，《古詩十九首》的作者及李杜與詞曲的創始者外，大半只知模仿，而不事創造。而且就『師法李杜』四個字的勢力看來，我們竟然可以說中國的民族是模仿的民族。這是中國所以沒有出丹丁，米爾頓，歌德，雪萊的原因，一方在古來作者沒有打破規律的力量，一方在沒有偉大的詩的生活與思想。志摩在他的《猛虎集》的序言裏也說：『每回我望到莎士比亞的戲，丹丁的《神曲》，歌德的《浮士德》一類作品，比方說，我就不由的感到氣餒，覺得我們即使有一些聲音，那聲音是微細得隨時可以用一個小拇指給掐死的。天呀！哪天我們才可以在創作裏看到使人起敬的東西？』這，顯然是志摩對自己已有的成績，表示未到盡美之境，而希望著有更偉大的創造，但他已慘然的結束了他的生之路，那『看到使人起敬的東西』，自然不能再創造於他的筆下了。然而，就他所已經有的成績來看，他那種創造的天才，不息的努力，飛躍的生命，就給我們這模仿民族吐一口長氣，前途閃出無限的光明。『新詩』與『舊詩』之所以不同，就在這一點創造的特質，而在新詩壇最活躍，最有成績，最能表現出特殊的風情者，就是志摩，所以志摩的死，是中國詩壇的無限的損失！」〔註101〕

　　毋庸諱言，告別古典文學語言而改用日常口語寫作的新詩，由於在白話文語境裏較難找到符合口語的音韻模式，在音節的搭配與錯落有致方面，猶如新鳥學鳴，舌轉尤澀，到目前為止，仍難以在整體上與高度成熟的古典詩歌所取得的藝術成就相媲美。儘管躬逢其盛的天才詩人徐志摩懂得「在活的語言以內去探求，去尋找規律的要求」，「在這方面，好像出於『天籟』」，但仍然「只是做到個大體而已」〔註102〕。並沒有受過系統的音樂專業訓練的他，無意於像聞一多那樣建立一套嚴密的格律詩學體系，在「只管以豐富的創作和翻譯踐行對詩歌音樂性的直覺主張與本能體悟」〔註103〕的過程中，也不是沒有留下不足與欠缺（譬如部分詩歌過於散漫直白與音韻運用上存在瑕疵等）──然而，我們又怎能苛求於他？在探索詩藝的路上，他過早地乘風而去，

〔註101〕于賡虞：《志摩的詩》，解志熙、王文金編：《于賡虞詩文輯存（下）》，第611～612頁。

〔註102〕卞之琳：《徐志摩詩重讀誌感》，韓石山、伍漁編《徐志摩評說八十年》，第280頁。

〔註103〕陳歷明：《音樂化：徐志摩的詩歌美學》，《文藝理論研究》2018年06期。

留下的是一曲永遠悲愴遺憾的「新月新詩廣陵散」！好在，同樣不乏天賦且繼承這一遺志的人們在新時期已經取得了新的成績，譬如郭小川的新辭賦體、嚴陣的長行體、近年來的紀宇朗誦詩、浪波的四行對稱體、嚴陣的花海體、廖公弦的雙行體，以及其他總體上遵循「律為生命意為魂」而開展的關於格律體新詩無限多樣性的形式探索等等，均在薪火相傳中呈現了一派欣欣向榮的可喜氣象。──這，無疑是新時代對包括徐志摩在內的新詩先驅們垂範久遠之詩學價值的最好紀念方式。

第十章 性靈與審美——略論徐志摩性靈文學思想的傳統淵源

他唯美地活躍地使自己所感到的自然的靈性流露出來……他的東西，始終是反映著他的個人，始終是他的忠實的主觀的產物。

——穆木天：《徐志摩論：他的思想與藝術》

不可否認地，通過他毫不厭倦的倡導，他的確是成功地使個人的風格，特別是情感的顯示，成為他個人生活及創作的唯一主題。同時，他也使得自我在中國文學中，獲得一個史無前例的傑出地位。

——李歐梵：《現代中國文學中的浪漫主義個人》

人類共有的藝術，那是人類性靈活動的成績，凡是受過教育的人們應得有至低限度的瞭解與會悟，因為只有在性靈生活普遍的活動的平臺上，一民族的文化方向才有向前進步的希望。

——徐志摩：《唔死木死》

一、從情到性——情本體下的性靈追求

性靈思潮在民族文化中的「前結構」，在《莊子》中已露端倪，其「貴天真」的思想，「形莫若緣，情莫若率」（《山木》）、「任其性命之情」（《駢拇》）等「潛詩學」，以及「逍遙遊」式的飄逸奔飛，無疑是後世「緣情感性」的發端。後世無論是屈原的露才揚己，還是魏晉玄學背景下的「感物吟志」說，抑或是唐宋禪學與心性儒學復興之際的「吟詠性情」與「涵泳情性」說，都是其濫觴。但「性靈」一詞作為正式的文論話語則由《文心雕龍·原道》篇首倡，

中經鍾嶸、庾信、沈約等人的發展，最終在明代陽明心學的清流中揚波起航，
「又經過公安『三袁』的大力提倡，最終成為一個影響整個中晚明文學趣向
的詩學概念，並對清代以袁枚為代表的『性靈派』及五四新文學運動都產生
了深遠的影響。」〔註1〕由此可見，中國傳統性靈文學思潮，並不是陡起的奇
峰，而是起源於秦漢，萌必蘗於魏晉，流衍於唐宋，形成於明清，最終轉化
於「五四」，成為「新文學運動的源流」（周作人語）。劈去歷史的枝蔓與理論
推演的蕪雜，其中對晚近明清性靈文學思潮興起具有直接催生力的乃是王陽
明心學。當然陽明心學並非無源之水，而是受到一脈源遠流長的心性哲學的
潤澤與沾溉，才能從當時已僵化的程朱理學的根部湧溢出來，直指本心之「虛
靈明覺」，徹悟「良知之在人心」，從而高揚澄明之「心體」，達致心物融合無
間的「灑落」境界。此一無拘無束、光風霽月、逍遙自由的灑落境界，強調個
體內心真實情感的抒發，移植到文字上來，正是所謂「不拘格套」、「我手寫
我心」、不假外物的性靈境界。

　　追求「道德本體」與「自然感性」相統一的王陽明心學，因其以心為終
極理之所在的傾向，開啟了晚明以來以「情」為本體的思潮。「心學自陽明到
泰州學派可謂對理學之抽象人性、僵化綱常、壓抑情感的反制。尤其心學一
脈對『情』的正面認知，更為中國文化保留了『情』的薪火，『重情論』的出
現則是其高峰。相當程度而言，我們也可以把心學與理學這兩個論述的歧異，
視為早期『中國現代性』的兩個互相矛盾的面向。程朱理學屬於現代性中理
性高漲的『終將成人』的面向，而以心學及王門後學，尤其是李贄的『童心
說』為根基的『重情論』則是與之拮抗的『抗拒成人』的面向。」〔註2〕——
這種性情與名教的內在糾葛所導演的早期「中國現代性」，正是「五四」新文
化運動中「以情抗禮」思潮的前奏。

　　自幼便受到傳統儒釋道文化濡染的徐志摩，顯然也是心性哲學的信徒。
在早期（1916）所作的《說發篇一》中，可以看出他對心性本體的重視：「謂
心超於天地未生之先，出色遠相，晶瑩無染，能發此心，五賊毋礙。五賊者，
五塵也：色、聲、香、味、觸。因緣自外，著心生障。物未掣心，心自累物。……

〔註1〕李小貝：《明代「性靈」詩情觀研究》，北京：中國社會科學出版社，2016 年，
　　　　第 3 頁。
〔註2〕廖成浩：《〈紅樓夢〉的補天之恨——國族寓言與遺民情懷》，臺北聯經出版事
　　　　業股份有限公司，2017 年，第 92～94 頁。

《楞嚴經》云：當初發心，方左我相，中見何勝相，頓捨世間恩愛。勝相，道也。恩愛，物也。捨物趨道，惟在能發。發之大者，足以窮造物之極，化物我之限，大用見前，人莫能測；發之小者，亦足以免物累，宅中正，毋惑於是非，毋屈於境遇，為人之道盡之矣。」——此段即是在佛教《楞嚴經》的啟發下闡釋其養心制物的精神追求。有過這樣的厚積深悟，他日後受到西方個性解放思潮衝擊後天機勃發的情思，在經過一段恣意的流蕩後向傳統輕盈詩意的性靈範疇和溫柔敦厚的古典主義回歸，乃是一種自然的歸趨。

二、性靈抒情傳統在中西融匯中的新飛躍

明清性靈文學思潮得以在激烈反傳統的「五四」新文化運動所造成的歷史廢墟中浮出地表，乃至其後在以林語堂為代表的「論語派」作家群的呼應下蔚然成風，形成中國現代文學史上令人不可忽視的「現代性靈文學思潮」，知堂老人（周作人）無疑厥功至偉。他在 1932 年出版的《中國新文學的源流》中，首次明確地將新文學的源頭追溯至明清的性靈思潮。其目光直透本質：「例如從現代胡適之先生的主張裏面減去他所受到的西洋的影響，科學、哲學、文學以及思想各方面的，那便是公安派的思想和主張了」；「胡適之的『八不主義』，也即是公安派的所謂的『獨抒性靈，不拘格套』和『信腕信口，皆成律度』的主張的復活。所以，今次的文學運動，和明末的一次，其根本方向是相同的。」當然，此類論調早在此書出版前幾年於其筆下已露端倪：「我常這樣想，現代的散文在新文學中受外國的影響最少，這與其說是文學革命的還不如說是文藝復興的產物，雖然在文學發達的程度上復興與革命是同一樣的進展。……我們讀明清有些名士派的文章，覺得與現代文人情趣幾乎一致，思想上固然有若干距離，但如明人所表示的對於禮法的反動則又很有現代的氣息了」〔註3〕；「現今的散文小品並非五四以後的新出產品，實在是『古已有之』，不過現今重新發達起來罷了。由板橋冬心溯而上之，這班明朝文人再上連東坡、山谷等，似可編出一本文選，也即為散文小品的源流材料，此事似大可以做，於教課者亦有便利。現在的小文與宋明諸人之作在文字上固然有點不同，但風致實是一致，或者又加上了一點西洋影響，使他有一種新氣息而已」〔註4〕。他還將徐志摩的

〔註3〕周作人：《〈陶庵夢憶〉序》，《澤瀉集》，鍾叔河編：《周作人文類編》，湖南文藝出版社，1998 年。

〔註4〕鍾叔河編：《周作人文類編·本色》，湖南文藝出版社，1998 年，第 381～382 頁。當然，不只是周作人，朱自清也曾說過：「明代的文藝美術比較地稍有活

作品與胡適、冰心的歸為一類，說是具有公安派的性靈風味——這種歸納也許失之籠統，但對於徐志摩與明清性靈文學思潮的淵源，無疑是一次廓清。

關於徐志摩身上流露的「性靈」色彩，學界多有界定。穆木天曾說：「他唯美地活躍地使自己所感到的自然的靈性流露出來……他的東西，始終是反映著他的個人，始終是他的忠實的主觀的產物。」〔註5〕李歐梵曾指出：「不可否認地，通過他毫不厭倦的倡導，他的確是成功地使個人的風格，特別是情感的顯示，成為他個人生活及創作的唯一主題。同時，他也使得自我在中國文學中，獲得一個史無前例的傑出地位。」〔註6〕《中國現代文學三十年》則指出：他「執著地追尋『從性靈深處來的詩句』，在詩裏真誠地表現內心深處真實的情感與獨特的個性。」〔註7〕而當代學人在探討以龔剛、李磊、楊衛東、張小平、朱坤領、張蔓軍、薛武等學院派詩人和學者為代表而形成一定影響力的「新性靈主義詩學」流派的源頭時，更是公開標舉出「新性靈詩歌始於徐志摩」〔註8〕，儼然將之定義為此一流派詩學遠景的現代標誌性精神圖騰——這些被反覆揄揚的屬於「徐志摩」這一個體生命的獨一無二的個性特徵與美學風格，正是研究者們參透其詩性思維本質後的甄別與詮解。由此可知，徐志摩最具個人特色的一面，乃與屬於個體範疇的「性靈」有關。

在本書《中庸與中和：徐志摩與儒家文化（下）》一章中，筆者已初步釐清，持「主情論詩學本體論」的徐志摩在其從浪漫主義到古典主義風格轉變的過程中，儒家詩教「溫柔敦厚」、「中和」等觀念起到了相當大的「規訓」與「導引」作用，其「吟詠性情」的文學實踐活動過程實際上是一個動態的複雜過程，其「性靈迸發」的詩文，毋寧是在「溫柔敦厚」與「放任自由」的博

氣，文學上頗有革新的氣象，公安派的人能夠無視古文的正統，以抒情的態度作一切的文章……實際上卻是真實的個性的表現。」（朱自清：《論現代中國的小品散文》，1928 年《文學週報》第 345 期。）林語堂則強調指出：「『性靈』二字，不僅為近代散文之命脈，抑且足矯目前文人空疏浮泛雷同木陋之弊。吾知此二字，將啟現代散文之緒，得之則生，不得則死。」（林語堂：《給思想一個高度》，南京：江蘇人民出版社，2014 年，第 83 頁。）

〔註 5〕穆木天：《徐志摩論：他的思想與藝術》，韓石山、伍漁編：《徐志摩評說八十年》，第 232 頁。

〔註 6〕李歐梵：《現代中國文學中的浪漫主義個人》，《中國現代文學與現代性十講》，上海復旦大學出版社，2008 年，第 26～27 頁。

〔註 7〕錢理群等：《中國現代文學三十年》，北京大學出版社，1998 年。

〔註 8〕楊校園：《從徐志摩性靈化書寫到新性靈主義詩學》，《名作欣賞》2020 年第六期。

弈中螺旋上升的。

　　回顧中國傳統詩歌從詩經楚辭漢賦到唐詩宋詞元曲的流變，不難發現一條原始心性向人文馴化並統馭於禮樂框架體系由簡入繁的痕跡，也是一個懸一外在於主體的「天理」之公由道統入心性之微的過程。在「禮崩樂壞」的週期循環中，人性的原始情感總會對納入「王化文飾」的「文質彬彬」狀態進行反彈，於是，在儒家「溫柔敦厚」的正統詩教的籠罩下，「審美與功利」、「緣情與言志」之類的觀念，始終在纏鬥互爭，這就導致「性情之正」與「性情之真」之論在相互激蕩的制約與糾偏中呈螺旋狀般的發展態勢。梁朝集「宮體詩人」和「梁簡文帝」於一身的蕭綱，第一次在儒教「立身先須慎重」的倫理規範之外喊出了「文章且須放蕩」的先聲。這種對「為文」暢情審美特質的強調，衝破了傳統倫理的束縛，使綺靡婉媚之韻自然流露於當時文人的筆底，獨開以「綺麗」為顯豁特徵的南朝美文學的先河。但到了齊梁年間，其唯美傾向越來越明顯，引來了維護儒家道統的儒士之於其「競聘文華」乃「損本逐末」的「雕蟲之小藝」之斥責（李諤：《上隋高祖革文華書》）。然時轉運移，到了國運衰頹的晚唐五代，緣情綺靡的「花間詞」再度應運而生，彷彿與齊梁如出一轍。到了時風移易的明代，秉承聖人之教的傳統儒士再次闡明：「詩之為教，務欲得其性情之正」而不必「拈花摘豔以為工」，強調「發而皆中節」，但當明代中葉社會矛盾日益尖銳之時，以李夢陽為代表的「性情之真」論又應運而生。「性情之真」論主張「情者動乎遇」，強調從現實遭遇與人生經歷出發來抒發情感，正具有擺脫精神束縛的思想解放意義。沿著這一性靈解放思潮的理論先聲，晚明李贄主張「發乎性情，由乎自然」的「童心說」，進一步沖決了正統詩教對感性情慾的桎梏，由此直接導出公安派的「獨抒性靈，不拘格套」說。但一味發抒性靈，也導致過於偏向一己之私情而帶來低俗之趣味，從而又引起了「性情之正」的反彈。乾隆盛世之際沈德潛重提「格調」說，強調「詩貴性情，亦須論法。亂雜而無章，非詩也」，從而主張「仰溯《風雅》，重整「詩道」（沈德潛：《說詩晬語》）。有趣的是，當沈德潛重整「格調」說時，高唱「性靈」的袁枚再次站出來表示反對。針對沈德潛「溫柔敦厚，斯為極則」的復古論調，袁枚強調發揮創作主體的天性、靈性、悟性，「不可貌古人而襲之，畏古人而拘之也。」（袁枚：《答沈大宗伯論詩書》）這種對「性情之真」的獨尊，在「下筆情深不自持」的龔自珍和「我手寫我心」的黃遵憲那裡再度得到激揚，融入西學東漸的 20 世紀之初，不但在王國維

《人間詞話》之於「能寫真景物、真感情」為「有境界」的倡導中得到呼應，更在西方浪漫文學精神的滋養中發展成為沖決傳統詩教、解放個體精神的力量，催生出魯迅《摩羅詩力說》中之於「精神界之戰士」的殷切呼喚。稍後出現的郭沫若與徐志摩，則以浪漫主義詩人的姿態引起了新詩壇的矚目。但郭沫若的詩歌從一開始起就溢出了美學浪漫主義的範疇（走向了政治的浪漫主義），比較起來，徐志摩受西方浪漫主義濡染後相對醇和的風雅姿態更契合傳統的審美理想，可看作是性靈抒情傳統在中西融匯中的新飛躍。

由此可見，在中國文學由古典走向現代的演變中，晚明是一個關鍵的突變期。它實際上與當時西歐 15、16 世紀蓬勃開展的文藝復興運動是同奏合拍的，它們的共同之處都在於肯定人的自然屬性，由此揭開了從恢恢專製鐵幕中走向人性意識蘇醒的序幕。「究其晚明這種帶有現代色彩的人學思潮產生的社會根源與思想根源：一是處於萌芽狀態的資本主義工商業的繁榮及其隨之崛起的市民階層，無疑引起了社會結構與價值系統的變化，直接或間接地誘發人們以超越傳統的眼光來看待和估價社會各階層的地位，尤其商人在經濟活動中所扮演的重要角色，即促發了他們的獨立意識、競爭意識、自由意識和平等意識，也激發了他們提高自身社會政治地位的衝動和重新調整其社會權利的呼聲，這是人學思想興起的社會基礎。而宋代以後的新儒學中的王陽明心學將程朱理學的以『理』為本體變換為以『心』為本體，把『天理』、『人慾』外在的衝突歸於一元，以內在心靈淨化與超越的方式來緩和二者的高度緊張，於是『人心』就被描繪成無所不包、主宰一切的精神實體；王陽明身後出現的泰州學派李贄等，將『心即理』之說推上極端，成為晚明人文主義思潮的始作俑者和中堅力量，而其學術思想中則蘊含著與新市民階層思想傾向價值觀念相吻合、與正統社會倫理規範道德相牴牾的人學觀念，展示出一種嶄新的理想人格和人生境界，這也是人學思潮崛起的思想基礎。」〔註9〕——這種人學思潮的崛起，不僅是清代性靈思潮的先聲，也成為沐浴歐風美雨的「五四」時期人們既從西方「尋找文學結構變革的參照系，又從民族本源文化中探求文學轉換的思想原型和精神淵藪」的動力。——這也正是「五四」文學革命運動經歷初期的激進躁動後冷靜下來時，作為主將之一的周作人將新文學的源流追溯至晚明性靈文學思潮的原因。

〔註 9〕朱德發：《中國文學：由古典走向現代》，張光芒，魏建編選：《朱德發學術精選集》，山東人民出版社，2019 年，第 268～269 頁。

三、明清性靈詩學的現代延伸

「我要一把抓住這時代的腦袋,問它要一點真思想的精神給我看看——不是借來的稅來的冒來的描來的東西,不是紙糊的老虎,搖頭的傀儡,蜘蛛網幕面的偶像;我要的是筋骨裏迸出來,血液裏激出來,性靈裏跳出來,生命裏震盪出來的真純的思想」(徐志摩:《「迎上前去」》)。在徐志摩看來,「詩是最高尚最愉快的心靈經歷了最愉快最高尚的俄頃所遺留的痕跡」(徐志摩:《徵譯詩啟》),藝術「是激發乃至賦予靈性的一種法術」(徐志摩:《劇刊始業》),只有努力涵養自己純真的性靈后將之真實地表達出來,才能讓屬於個體意識的作品達到屬於「時代全人類的性靈的總和」而引發廣泛共鳴的極高「境界」。所以他曾說:「『認識你自己』,別看這句話說著容易,這是所有個人努力與民族努力唯一的最後的目標。這是終點,不是起點。這是最後一點甘露,實現玫瑰花的色香的神秘。」又說:「我是一個不可教訓的個人主義者,這並不高深,這只是說我只知道個人,只認得清個人,我信德謨克拉西的意義只是普遍的個人主義;在各個人自覺的意識與自覺的努力中涵有真純德謨克拉西的精神。我要求每一朵花實現它可能的色香,我也要求各個人實現他可能的色香。」(徐志摩:《列寧忌日——談革命》)「各個人實現他可能的色香」,實際上就是對個人性靈的解放的追求,也是詩人對自身生命個體本身所蘊藏的獨特潛質的自覺發掘和開採。這樣的藝術追求自然也主導著其藝術實踐,縱觀其所有作品,莫不是追求心靈的獨白與自由意識的真實流露。明朝袁宏道在論其弟袁中道的詩集時曾謂——「大都獨抒性靈,不拘格套,非從胸臆流出,不肯下筆。有時情與境會,頃刻千言,如水東流,令人動魄」——也可以用來移評於徐志摩的詩歌創作。

追求性靈解放的藝術理念,在其散文《「話」》裏有著更深入的闡述:「所有的生命,只是個性的表現。只要在有生的期間內,將天賦可能的個性盡量的實現,就是造化旨意的完成」;「生活是藝術。我們的問題就在怎樣的運用我們現成的材料,實現我們理想的作品;怎樣的可以像密忔郎其羅一樣,取得了一大塊礦山裏初開出來的白石,一眼望過去,就看出他想像中的造的像,已經整個的嵌穩著,以後只要打開石子把他不受損傷的取了出來的工夫就是。」如何主觀能動性地調動在生活中創造藝術的熱情呢?徐志摩說:「我們人類最大的幸福與權力,就是在生活裏有相當的自由活動,我們可以自覺地調劑,整理,修飾,訓練我們生活的態度,我們既然瞭解了生活只是個性的

表現，只是一種藝術，就應得利用這一點特權將生活看作藝術品，謹慎小心的做去」；「發展或是壓滅，自由或是奴從，真生命或是苟活，成品或是無格——一切都在我們自己，全看我們在青年時期有否生命的覺悟，能否培養與保持心靈的自由，能否自覺的努力，能否把生活當作藝術，一筆不苟的做去……只有集中了我們的靈感性直接的一面向生命本體，一面向大自然耐心去研究，體驗，審察，省悟，方才可以多少瞭解生活的趣味與價值與他的神聖」；「重要的在於養成與保持一個活潑無礙的心靈境界，利用天賦的身與心的能力，自覺的儘量發展生活的可能性。活潑無礙的心靈境界：比方一張繃緊的弦琴，掛在松林的中間，感受大氣小大快慢的動盪，發出高低緩急同情的音調」。而「不能在我生命裏實現人之所以為人，我對不起自己。在為人的生活裏不能實現我之所以為我，我對不起生命。」——在徐志摩看來，文學是實現生命的。每一人都有一個獨立存在的無比豐富的精神世界，這種精神世界即是人的內部存在，只有充分調動個體生命意識對這種「內部存在」盡力發掘的主觀能動性，才能創造出精神世界的真善美的藝術花朵。事實上也是這樣，在徐志摩的全部作品中，向我們敞開了一個豐富複雜、構造獨特的充滿極大魅力的內心世界。這種自我主體表現意識的覺醒，是徐志摩獨特風格形成的最核心理念；這種追求生命本體價值實現的強烈主張，是徐志摩獨特風格形成的最原始的內動力。

對於獨具創造性的個體與文學史的關係，徐志摩這樣認為：「其實一個人作文章，只是靈感的衝動，他作時決不存一種主義，或是要寫一篇浪漫派的文，或是自然派的小說，實在無所謂主義不主義。文學不比穿衣，要講時髦，文學是沒有新舊之分的。他是最高的精神之表現，不受任何時間的束縛，永遠常新，只有『個人』，無所謂派別。」（徐志摩：《近代英文文學》）雖然他後來多少省悟到文學創作活動與現實社會不可分割的關係，但綜觀其全部創作活動，「文學只有『個人』，無所謂派別」乃是貫穿其文學主體思想的一條核心線索。他詩意的發生學似乎均源於「心靈與天道的同律搏動」：「天賦我們的眼睛，我們要運用他能看到的本能去觀察；天賦我們的耳，我們要運用他的本能去諦聽；天賦我們的心，我們要運用他能想的本能去思想；此外還要依賴一種識潛——想像化，把深刻的感動讓他在潛意識裏內融化，等他自己去結晶。一首詩這樣才能算成功。」〔註10〕——當「渺如飄風、快如閃電」

〔註10〕梁仁編：《徐志摩詩全編（編年體）》，第 552 頁。

的無窮感興在其思緒飛動間不可遏制地湧動，其獨特的個性神采與全部的生存體驗便在其性靈揮灑的字裏行間得到了最真實的呈現。

　　不難看出，徐志摩的詩學思想，無論是強調主體的獨創性，還是強調自然與率真，以及由此主導的自由文風，均與相去不遠的明清性靈文學思潮如出一轍。這其中未嘗沒有受到西方浪漫主義的浸潤，但不可忽視的是，在接觸西方浪漫主義詩學之前，徐志摩的詩學思想中已經積澱了豐富的傳統底蘊。在記於 1911 年的《府中日記》中，可以見出他對中國古典美學趣味的情有獨鍾。從他抄錄的一則「送春詩之絕唱」來看（四月二十六日日記），他對那種自然流露真情而引起讀者共鳴的詩歌內容是讚賞的。而「另一則關於袁子才的詩話則可以說是徐志摩受性靈派影響的證據。不僅如此，從他所抄錄的作品中，也可看出他的趣味。他抄錄的作品主要有兩種類型：一是金戈鐵馬的豪邁之作，一是清新雅致的悠閒之作。不論是哪一種作品都是有感而發的，表達的是真情實感。如《獨遊嚴島泊嚴窗旅館夜坐聽雨》（似為徐志摩所作）：『雨勢來何急，鈴淋客夢驚。月隨雲影暗，雷逐電光鳴。亂竹當簷響，孤燈隔岸明。小樓無限恨，怕聽賣花聲。』……自然而率真，其風格與性靈派當屬一路。這也說明了徐志摩少年時代已認同中國詩學傳統中的主情論，其審美趣味偏向於情感率真、自由灑脫的一脈。」〔註 11〕這些早年種下的種子，一旦遇到酸鹹合適的土壤，就會萌生出其性靈詩學理論的一片清蔭。「境界、性靈、性情、神韻、雄渾、沉鬱」等都是他邁入文壇後喜用的詩論詞彙，尤其是「境界」與「性靈」，成為其詩學思想的核心：「『境界』是徐志摩詩論中使用最多的中國傳統詩學範疇，主要的含義是指文學活動中作家或作品超越現實處境而進入藝術世界時所達到的狀態。比如在論創作時，徐志摩說『只要你能身入其境，與你所寫及的東西有同化的境界，就是情緒的極真的表現』，這就是一種物我兩忘的審美創造的狀態。又說『實際上字句間盡你去剪裁個整齊，詩的境界離你還是一樣的遠著』，這說的是作品所能達到的審美價值上的精神層次。『境界』是徐志摩對於詩的超越世俗的品質的認識，在徐志摩詩學思想中應該是靈魂。那麼，徐志摩所說的『境界』與中國傳統文論中的『境界』是否具有相同的含義？在中國傳統文論中，境界一詞本來譯自佛典，為梵語 Visaya，意思是自家勢力所及之境土。勢力是指人的感受能力。所以境界原本

〔註 11〕李勇、孫思邈：《徐志摩詩學思想的中國底蘊──兼論中西文論跨文化融合的基本方式》，《蘇州大學學報（哲學社會科學版）》2017 年第 6 期。

指人的感受能力所達到的某種狀態或層次。王國維在《人間詞話》中所提倡的境界也是與境界的佛教含義一致的。葉嘉瑩先生說:『《人間詞話》中所標舉的『境界』,其涵義應該乃是說凡作者能把自己所感受之『境界』,在作品中作鮮明真切的表現,使讀者也可得到同樣鮮明真切之感受者。如此才是『有境界』的作品。所以欲求作品之『有境界』,則作者自己必須先對其所寫之對象有鮮明真切之感受。』徐志摩是否知道『境界』一詞在中國傳統文論中的含義,我們不得而知,但從他對『境界』一詞的使用來看,他用的『境界』一詞的含義與傳統文論中的含義相吻合則是確定的。」此外,「『性靈』是徐志摩對創作動力或來源的界說,在徐志摩詩學思想中,性靈是指詩人的內在精神與情感,它是詩人非表達不可的內心體驗。他在談自己的創作過程時說:『人是疲乏極了的,但繼續的行動與北京的風光卻又在無意中搖活了我久蟄的性靈。』又說:『總覺得寫得成詩不是一種壞事,這至少證明一點性靈還在那裡掙扎。』這裡所說的性靈,就是內心的體驗,一種不同於流俗的本真的體驗。他給陸小曼的信中有一段話,明確說出了自己對性靈的重要性的認識:『前年我在家鄉山中,去年在盧山時,我的性靈是天天新鮮天天活動的。創作是一種無上的快樂,何況這自然而然像山溪似的流著——我只要一天出產一首短詩,我就滿意。……在山林清幽處與一如意友人共處——是我理想的幸福,也是培養、保全一個詩人性靈的必要生活……』可見,性靈在他那裡的基本含義就是本真的生命體驗,也就是內心的詩情,性靈是創作的動力和源泉,也是詩的品質的根本保證。他說的『性靈』與中國古代文論中的性靈說中所講的性靈含義也是一致的。……所以龔剛先生說:徐志摩的性靈說『就可以說是明清性靈派詩論的現代延伸』。」〔註12〕

四、老莊玄禪美學的浸潤

作為一個源遠流長而匯聚成流的複雜動態過程,傳統性靈思潮並不是靜止的。對於置身於中西文化交流互匯之焦點時期的徐氏而言,如只截取「明清性靈文學思潮」這一昭彰顯著的「近源」對其兼容並包的複雜內涵予以說明了事,多少會流於簡單片面。本書第五章第二節曾對其「才性」的淵源作過較為深入的爬梳,恰好可以引作對上述徐氏「性靈」豐富內涵的一個補充:

〔註12〕李勇、孫思邈:《徐志摩詩學思想的中國底蘊——兼論中西文論跨文化融合的基本方式》,《蘇州大學學報(哲學社會科學版)》2017年第6期。

近代西方那種追求「合理的生活方式」的人文思想，對於曾留學英美的「五四」一代知識精英們的吸引力是不言而喻的，譬如同為徐志摩好友的金岳霖後來就曾這樣歸納指出過：「生活方式的本質是按照被給予的或被分配的角色去發揮作用。一個活著的人應該朝著按照活著的人的本質去生活或去努力。亞里士多德就是向著亞里士多德性而生活或努力的。」──這種「活得像個人」或按照「人的本質去生活」就是「盡性」的現代人文主義思想，對徐志摩的影響同樣顯而易見。在《「話」》之文本中，他旗幟鮮明地闡明：「整個的宇宙，只是不斷的創造；所有的生命，只是個性的表現」，而「品格就是個性的外現，是對於生命本體……直接擔負的責任。」誠如王東東指出：西方「建立在承認個人具有無限價值的基礎上的民主」思想對徐志摩的個體本位主義思想的形成是深刻的，「徐志摩對個人的無限價值和獨特性的信仰，很顯然也達到了一種『宗教的深奧』。」但這種不乏銳見的論述依然忽略了滲透於其中的東方道禪宗教的「玄虛性」元素。所謂「玄虛性」，絕不是一種空虛，而是象徵生命不可測量的神聖內在性；「窈兮冥兮，其中有精；其精甚真，其中有信」（老子：《道經·二十一章》），此種「虛靜」的精神狀態，正包孕著無限的生命律動。所以在中國審美史上，虛靜被視為藝術創造的基本前提，「陶鈞文思，貴在虛靜，疏淪五臟，澡雪精神」，這樣才能「規矩虛位，刻鏤無形」（劉勰：《文心雕龍·神思》），「精騖八極，心遊萬仞」而「情瞳朧而彌鮮，物昭晰而互進」，才能「觀古今於須臾，撫四海於一瞬」（陸機：《文賦》），「登山則情滿於山，觀海則意溢於海，我才之多少，將與風雲而並驅矣。」（劉勰：《文心雕龍·神思》）──這一脈以「性靈」為內核的中國傳統詩性文化的源流，對於自幼濡染傳統文化的徐志摩來說同樣深契於心：「夫方寸靈臺，玄妙天一，芒芒乎，窈窈焉，律曆所不能契。然至於極，則以之為神聖」，由此出發，他早年即好「老莊浮妙之談」、「間作釋氏玄空之說」，留下了一篇堪稱其性靈文學思想發端的文言奇文──《說發篇一》。所謂「說發」，實際上就是「說機」。在古代，「機」又與「幾」通，最早見於《周易》。戰國末期《周易·繫辭》對其作出了重要注釋：「幾者，動之微」，「知幾其神乎，……君子見幾而

作，不俟終日。」可見，「幾，就是宇宙間萬事萬物生發變易的微小徵兆與預先呈現出的端倪。而『知幾』，也就是體悟自然萬物化生化合的生機」。較早對其作出創造性闡釋的是道破萬物化生之玄機的老莊（如莊子曰：「萬物皆出於機，皆入於機」），但真正將其上升為文藝範疇的是陸機的天機應感論：「方天機之駿利，夫何紛而不理。思風發於胸臆，言泉流於唇齒。」（陸機：《文賦》）後來引申到哲學與審美領域，形成中國文藝美學的重要範疇──「傳神」。所謂「傳神」，「就是要求審美創作應『由形入神』、『神會物妙』，以體驗到蘊藉於自然萬物個體內部結構中的生命意旨之『神』與『幾』，天機俊發，由此以領悟到生命原初域『道』的變幻莫測、出神入化、不可言狀的微妙玄幽之美，天機自動，天籟自鳴，並通過對自然萬物物象的生動『寫照』，含蓄深邃地傳達出這種精神氣韻與微妙之美。」對於徐志摩來說，「機」的「不可言狀的微妙玄幽」同樣默存於心，他說：「夫機，隱微難見，參於天地，窺道之根，玄牝之門。機之動，主於變，致理闡微，真原乃見，更名易位，道心是晞」。由此可見，看似只是從文字訓詁學出發的說文解字，但卻涵蓋深邃，處處標舉了其深受中國傳統老莊玄禪美學浸潤的文藝審美理想，將之視為其一生「性靈」文學思想的發端，當不為過。

耐人尋味的是，文中有一段與郭象類似的「注莊」奇文：「養心制物，惟聖人能之；束心遠物，常人所可幾也。今人操物自染，而忘其真，視而可見者，形與色也；聽而可聞者，名與聲也。形色之不遂，謀所以發之；名聲之不至，謀所以發之，而獨忽於心。譬之斫根而求枝葉之茂，絕源而望流澤之長，倍本喪元，烏可得哉？且夫得失之傾，真偽之際，直一息之間耳。黃帝遺玄珠於赤水，離朱喫詬莫能索，而象罔得之。玄珠者，元知也，知昧於內，匪可求於形以外。使象罔者，明相妄也，一念之聰，而玄珠在抱。是玄珠固未嘗有得失，而人自為其得失爾。悲夫！世人以形色名聲，為足以得彼之情。夫形色名聲，果不足以得彼之情，在在以自蒙自惑，而卒無以自發也。」文中涉及的《莊子·天地》中的原文──「黃帝遊乎赤水之北，登乎崑崙之丘而南望，還歸，遺其玄珠〔A〕。使知索之而不得〔B〕，使離朱索之而不得，使喫詬索之而不得也〔C〕。

乃使象罔，象罔得之。黃帝曰：『異哉！象罔乃可以得之乎？』〔D〕」
──郭象曾逐句注曰如下：「〔A〕此寄明得真之所由。〔B〕言用知
不足以得真。〔C〕聰明喫詬，得知愈遠。〔D〕明得真者非用心也，
象罔然即真也。」(《天地注》。按：以上字母為筆者所加）兩相對比
之下，二人「用知不足以得真」的觀念可謂如出一轍。當然，這樣
的相似並非偶然的孤例，譬如針對莊文「大聖之治天下也，搖盪民
心，使之成教易俗，舉滅其賊心而皆進其獨志。若性之自為，而民
不知其所由然」，郭象曾注曰：「夫志各有趣，不可相效，因其自搖
而搖之，雖搖而非為；因其自盪而盪之，雖盪而非動。故賊心自滅，
獨志自進，教成俗易，泛然無跡，履性而不知所由，皆云我自然矣。」
(《莊子・天地注》）而徐志摩文中同樣有一段與之相似的「嘗試論
之」的發揮：

　　　發之反為蒙，真之背為詭，悟之對為惑，性之敵為物。日月之
　　明，浮雲蒙之；精神欲發，妖思遏之；良心將見，欲氣塞之。失其
　　元常，認賊為子，今人之病，在於蒙而不發，詭而不真，惑而不語
　　（按：原文如此，但聯繫上下文來看，「語」疑為「悟」字之誤），
　　匿物以遠性。所以致其然者，惟心之用。

　　　──徐志摩這段也是圍繞「養心制物」而來，不過在後段有所
發揮：今人如果「操物自染，而忘其真」，耳濡目染的都是「形色名
聲」，就會「自蒙自惑，而卒無以自發」。所以接下來，徐志摩會繞
過對「機」之義理的探詢直探本心：「惟機玄妙，索之毋形，是在求
先天之知。何謂先天？謂心超於天地未生之先，出色遠相，晶瑩無
染，能發此心，五賊毋礙。」──可以說，正是此種貫通古今的虛
靈明覺之心，使得心存造化之機的中國詩哲能夠從「玄牝之門」中
覓得「天地之根」，從鳶飛魚躍中覓得自然生機，從縱浪大化中悟出
生生不息，從而「參天地之變，薈精一之神，以致知而明性」。（以
上為避繁瑣，引文出處略去，欲知其詳可參本書第五章中原文。）
　　──同樣需要對上文進行補充的是，「在『心』這一主體層次，靈氣與佛
學標立的心本體處於相同的邏輯位序，都是本體、本源性質的存在。佛學闡
釋心本體的存在狀態，認為其常常被遮蔽以致隱而不顯，『空』是復現本覺真
心的途徑與方法，由此，與心本體處於相同邏輯位序的『靈氣』與『空』之間

存在著一種曲折隱秘的因果關聯」〔註13〕，所謂「空則靈氣往來」，古往今來詩詞藝術中的空靈意境正源於創作主體的本覺真心。所以徐氏才會強調「謂心超於天地未生之先，出色遠相，晶瑩無染，能發此心，五賊毋礙」。由此可見，徐志摩披著西方外衣的詩學理論（他當然有大量西方話語），本質上仍是以傳統性靈文學思想為內源的現代新變。儘管在性情流蕩的路上，他一再受到來自傳統儒家「雅正」詩教觀念的「規訓」與「導引」（包括於「五四」時期傳入而與傳統儒家多少合拍的白璧德人文主義），從而在後期有轉向古典的含蓄蘊藉的明顯跡象，但在一種溫柔敦厚的包裹中，一顆自然率真的心靈始終在跳蕩；在一份「隨心所欲而不逾矩」的格律追求中，一顆嚮往自由的靈魂始終在歌唱。這無疑是屬於徐志摩的詩人性靈本色。──如果缺乏了這一真實性靈的內在流注，無論外表上多麼圓融溫潤，秀逸明澈，恐怕都將成為一個內部日益封閉僵死的溫柔囚籠，其作品也將無以從本質上區別於那種「為聖賢代言」的「文以載道」的傳統文學。

〔註13〕田淑晶：《文心與禪心：中國詩學中的空思維與空觀念》，北京：中華書局，2021 年，第 218 頁。

第十一章　詩性風月——徐志摩情愛悲劇的《紅樓夢》意蘊

　　志摩情事，世人皆知。然而種種傳記，不是堆砌史蹟，索然無趣，就是捕風捉影，人云亦云。更有一種風月筆墨，涉及淫濫，曲解詩人心性，致失其真。今思其生平，追其緣起緣滅，轉覺借鑒「紅樓」賈、林之情事敘其原委，頗為貼切。紅樓夢曰：「都道是金玉良姻，俺只念木石前盟。空對著，山中高士晶瑩雪，終不忘，世外仙姝寂寞林。歎人間，美中不足今方信：縱然是齊眉舉案，到底意難平」，這一條線索，實是解讀徐氏生平愛情悲劇的關鍵。於是一時心血來潮，趁閑來無聊，輒成左章，亦無非想另闢蹊徑，自述情理，轉成新鮮。但如此套用，開口才子，閉口佳人，豈又不落俗套？況徐氏生前情事雜沓，湮沒難尋，拙筆淺陋，力不從心，又豈能述其生平絕世風華於萬一？所以按蹤追跡，展開合理想像，大膽穿鑿，正不敢拋棄史實藍本，致其虛妄。其中得失，讀者諸君，請自鑒明。

　　　　　　　　　　　　　　　　　　　　　　　　——題記

一、一個精神史問題的索引：「木石前盟」的現代重演

　　徐志摩與林徽因之間的感情故事，在現代文學史上幾乎無人不曉。因為眾說紛紜，所以迷離惝恍；因為才子佳人，所以成為人們茶餘飯後的談資，流傳久遠；而筆者想要說的是，因為美麗憂傷，所以贏得欣賞。在此，筆者不想以時間、地點與人物以及情節的發生和發展來重複那段大家耳熟能詳的故

事，而想借助賈寶玉和林黛玉之間的愛情悲劇意蘊，即嵌入那個「木石前盟」的角度，來解悟徐志摩和林徽因之間的緣起緣滅。

也許有人要說，這樣套用小說中虛構的人事來解悟現實人物，且不失之穿鑿附會、敷衍荒唐？但筆者所指的是，徐林二人的相遇相知以及徐志摩最後「魂歸白馬山」的悲劇命運，與《紅樓夢》中賈林二人的相遇相知以及賈寶玉最後重返大荒山所具有的悲劇意蘊，包括徐志摩與賈寶玉的癡頑的孩子般的性情，以及林徽因與林黛玉美麗柔弱、優雅敏感的內涵氣質，無不具有驚人的同構性。且看《紅樓夢》這樣講述賈林愛情的「緣起」：「……西方靈河岸上三生石畔，有絳珠草一株，日日被神瑛侍者以甘露灌溉」(《紅樓夢》第 1 回)——徐志摩與林徽因的緣起正是這樣開始的：他們相逢在西方英國劍橋大學康河畔（正是「西方靈河岸上三生石畔」），其時，少女林徽因恰似一株稚嫩的仙草，讓徐志摩這位神瑛侍者憐愛有加，忍不住用真情的「甘露」日日灌溉，想要喚醒那顆內斂含蓄的冰清玉潔的芳心，他們的故事由此一路展開。——「一切眾生從無始際，由有種種恩愛、貪欲，故有輪迴」。在此，筆者並不迷信愛情的輪迴，卻知道《紅樓夢》在對賈寶玉的塑造中其實有作者生平的投射，賈寶玉和林黛玉的愛情悲劇，毋寧是作者自己歷經紅塵的心靈痛史，儘管不排除藝術的虛構，但誰也不能否定，這懷金悼玉的栩栩如生的一幕曾確實在作者的人生中真實地上演過。紅學中的「自傳派」，曾考證出作者自身乃是主人公賈寶玉的原型這一重大發現：賈寶玉就是曹雪芹，曹雪芹就是賈寶玉，《紅樓夢》乃是作者借塑造賈寶玉這個角色而展開的靈魂自敘。從這個意義上出發，將徐志摩與賈寶玉聯繫起來也就並不是荒誕不經了。傳統文化對中國人的性情自來具有潛移默化的塑造與影響，同樣出生在溫柔富貴之鄉的徐志摩，自幼熟讀詩書，也就有幸受到中國詩性文化一脈的濡染與滋養：從老子的思想譜系，到莊子的自由飄逸；從禪宗的空靈頓悟，到魏晉晚唐的風流雅意；從陸王心學與晚明人文思潮的興起再到《紅樓夢》對純淨女兒國的發現與頌美——中國文化中最精粹的一系命脈，在徐志摩的身上得到了綿延，他似乎天生具有了賈寶玉式的性情。雖說他遇到林徽因具有偶然性，但如果沒有這樣自由純真的性情前提，他們之間的情節也就無從詩意化地展開。當然，由於時間與空間的變異，他們與寶黛之間具有不同的情節，甚至林徽因的性情很大程度上也並不同於林黛玉，而是有獨立思想的現代女性，她曾獨具慧眼地指出，徐志摩愛的其實並不是她，而是愛上了一個他用

詩人情緒編造出來的完美幻象。而徐志摩縱然癡情，也曾抱怨她背棄了前世的「木石前盟」，卻終於「發乎於情而止乎於禮」，他們之間後來形成終生不渝的真正友情，凝成了現代文學史上一道令人懷想的風景線。這是他們的故事有異於紅樓夢的地方。但他們之間始終潛在的情感整體走向以及最終的悲劇命運，卻又大致是《紅樓夢》賈林愛情悲劇的現實翻版，具異曲同工之妙。從某種意義上來說，徐志摩正是通過自己的情愛，將《紅樓夢》開闢的重情感重精神的偉大人文傳統在「五四」新文化運動中演繹得更加完美輝煌，他的愛情詩由此成為演繹這愛情詩劇時的生動臺詞（所以他的朋友們都說：生活中的徐志摩比作為詩人的徐志摩更可愛，更偉大）。在此需要附加申明的是：從《紅樓夢》意蘊裏走出來的徐志摩，曾給中國現代文藝復興帶來一股春天般的氣象，然而審美向度嚴重闕如的中國傳統社會的現實荒原，以它自身的冷漠和殘忍把它扼殺於無形，所以，不管在引用《紅樓夢》的悲劇意蘊對其命運進行闡釋時有多少心領神會，不管行文時有多少激昂，也不管這段最終用生命的代價寫下的真情故事，曾換來了這個冷漠塵世的多少感動，面對一個曠世天才在傳統「共犯結構」中的被毀滅，筆者的心中，總也抹不去一種無可名狀的悲涼。

徐志摩與賈寶玉愛情故事的神似並不只是偶然的巧合，而是源於某種歷史文化的淵源和重疊。作為現代個性解放思想偉大開端的《紅樓夢》，其主人公賈寶玉在封建禮教中的反叛以及對愛情的追尋具有鮮明的個體獨立意識，這一獨立意識的覺醒與「五四」新文化運動的精神內核可謂一脈相承。而近代西方文藝復興思潮的興起則為徐志摩向《紅樓夢》精神的回歸提供了契機。當徐志摩留學英倫，受到西方社會「自由、平等、博愛、民主」等現代思想的衝擊與洗禮，他的自我意識的胚胎得到了萌芽（參看《我所知道的康橋》一文中徐氏自述：「我的眼是康橋教我睜的，我的求知欲是康橋給我撥動的，我的自我意識是康橋給我胚胎的」），他看清了中國傳統社會的名教之於自我性靈的束縛。正是在這意識的覺醒下，他邂逅了美麗清純的少女林徽因，便開始極力掙脫那套在自己靈魂上的包辦婚姻之枷鎖，義無反顧地追求戀愛的自由。他的人生愛情故事由此與賈寶玉的人生愛情故事產生了驚人的類似，所不同的只是：賈寶玉在認識林黛玉時尚是自由之身，後因家長的撮合無奈與薛寶釵結合，但他仍念念不忘林黛玉，最終在林黛玉淚逝後看破紅塵，離家出走；徐志摩則是由家長作主與張幼儀結婚在先，後邂逅林徽因，而毅然離

婚展開追求，最終在林徽因離他而去之後死於追尋愛情的途中。情節略有差異，但導致他們共同人生悲劇結局的感情糾葛的內在線索是如此一致。當然，現代詩人徐志摩並不完全等同於《紅樓夢》中的賈寶玉，與賈寶玉不敢在行動上與封建家長發生正面衝突的猶疑與感傷不同，徐志摩那激烈燃燒式的性情多少濡染了西方近代個性解放思潮中的叛逆因素，特別是拜倫式的反叛精神。縱觀「五四」一代作家當中，乃至於中國新文學史上，沒有誰比徐志摩在愛情的路上走得更為徹底。他那拼抵一切的氣概和人格力量，在愛情的道路上對作為愛和美在塵世上的象徵——美麗女性的推崇備至與無所畏懼的追求，凸顯的是西方貴族文化慷慨勇敢的騎士精神。在追尋真愛的途上，他斷然撕毀傳統禮教溫情脈脈的面紗，因而在愛情的態度上比賈寶玉更積極更明確，是以他們情愛的悲劇意味也不盡相同。相比於《紅樓夢》中賈寶玉大徹大悟後最終出走的從容與蒼涼，徐志摩在感情追尋的途中意外地死於非命的痛苦與遺憾，則顯得分外的慘烈與悲壯。

　　要解答徐志摩的愛情悲劇之謎，答案只能在林徽因的身上：徐志摩因在倫敦康橋遇到林徽因而動情，最終又因為趕赴林徽因的演講會而墜機殞命，緣起緣滅，到底還是因為林徽因。而林徽因當年為什麼要離開徐志摩而轉嫁梁思成，從而辜負了一段來之不易的「木石前盟」，以致其破壞力居然導致至情至性的詩人最終走向賈寶玉式的殉情？這依然可以從《紅樓夢》的角度來看。「都道是金玉良姻，俺只念木石前盟。空對著山中高士晶瑩雪，終不忘世外仙姝寂寞林。歎人間美中不足今方信。縱然是齊眉舉案，到底意難平。」——借用李劼先生在其《紅樓十五章》中的精彩解說，所謂「金玉良緣」，是指「賈寶玉被拋入人世後而被強加的家族聯姻」；所謂「木石前盟」，則是指「賈寶玉命定的那場先行於自身而最終由色而空地實現自身的生死之戀」。賈寶玉在面對這種截然不同的選擇時，「開始時並不是十分明瞭的，並且還受到過薛寶釵之豐潤肌膚的誘惑」，但不管他在塵世沉淪得有多深，他最終還是省悟了這種「被強加於自身的世俗婚姻與那種導向生命自身的愛情之間的根本不同」。《紅樓夢》第36回中有一個意味深長的細節：「這裡寶釵只剛做了兩三個花瓣，忽見寶玉在夢中喊罵，說：『和尚道士的話如何信得？什麼金玉姻緣？我偏說木石姻緣！』」這個被安排在薛寶釵像妻子似的坐在寶玉身邊做活計出現的絕非偶然的細節表明，「即便賈寶玉在沉淪中接受誘惑，作為靈魂的頑石在夢中也絕不會答應」！賈寶玉的靈魂就在這種先行於自身的木石前盟

和寓世沉淪的金玉良緣的矛盾之間輾轉反側,「這種狀態給整個故事提供了無限的戲劇性,而賈寶玉本身的混沌未開又好比一個喪失了記憶的孩子,來到一個他全然陌生的世界。紅樓夢的故事,就是這樣開始的。」〔註1〕——深具意味的是,小說中這樣的開場,被同構成了徐志摩人生故事的開始。當年輕懵懂的徐志摩奉父命與出身名門望族的張幼儀結成連理後,他發現自己根本不愛她,即使相處久了,所謂的一種感情也只是親情。張幼儀賢淑達理,外貌端莊大方,嫁入徐家後更以其精明強幹輔佐徐志摩之父打理家族企業,使徐家生意更加有聲有色,這樣的妻子,拿在一般人來看,可謂門當戶對的理想人選,可她偏偏遇到了一個賈寶玉似的徐志摩。徐志摩一開始儘管也會沉湎於那種舉案齊眉、耳鬢廝磨的出雙入對,沉湎於那種子孫繁衍的世俗歡樂,但對於具有薛寶釵似精明強乾和端莊儀容的張幼儀,卻打心裏愛不起來。也許是覺得沒有讀過多少書的妻子始終不能與自己產生真正的性靈的溝通與交流,他潛意識裏對這段與家族利益相銜接的「金玉良緣」抱有本能的隱隱厭惡,而對那份潔淨出塵的「木石之盟」,儘管不知何時會出現,卻抱著天然的渴望。這種感覺,在沒有遇到林徽因之前,多少有些混沌不清。但當他留學英倫,在風景秀麗的康橋邊,也是在西方文藝復興思想誘發他生命中與生俱來的對「愛、美與自由」的嚮往時,冰清玉潔的少女林徽因的出現,使他內心的柔情被徹底地勾動。就像賈寶玉初次遇見林黛玉時似曾相識一般,他內心那塊混沌的寶玉,面對林徽因的晶瑩,瞬間爍亮起來:「那天我初望到你,│你閃亮得如同一顆星」(徐志摩:《愛的靈感》)——他的內心彷彿受到了一種「偉大的震撼」,那明澈的雙眸、風姿的綽約和清逸出塵的氣質讓他激動無比:他夢中的天使出現了,他生命中期待已久的「木石前盟」出現了。而對於林徽因來說,一個擁有儒雅風度和清俊面容的男子,作為父親的忘年好友,那雙夢幻般狹長的眼睛裏時不時閃現出柔柔的目光,時不時對自己表示溫存的關切,又擁有風趣的幽默,這一切,又怎能自己那顆處在寂寞異國的少女之心保持平靜如水?茫茫人海中偶然的相遇,對於兩顆情竇初開的心靈來說,彷彿萬家燈火裏不期然開啟的兩扇幽窗。於是,在相識後相處的日子裏,他們時常徘徊在如詩如畫的康橋邊,有時紛披著落日的餘暉,有時沐浴著微細的雨,有時在星光下默默前行,有時在月色中依依揮別,彷彿有說不完的話題,從文字到音樂,從現實到夢境,從昨天到明天……,那「同聽過的鳥啼,

---

〔註1〕李劼:《紅樓十五章》,第 21、20～21、152～154 頁。

同看過的花好」（林徽因：《秋天，這秋天》），伴隨著他們心緒的抽長，伴隨著彼此心湖的蕩漾。這一切在雙方的心靈裏種下了玫瑰色的夢。這夢是如此旖旎，以致多年以後，當愛已成往事，徐志摩最後一次作別康橋時，凝望昔日熟悉的一切，情不自禁，寫下了如下「尋夢」的詩句：

> 尋夢？撐一支長篙，
> 向青草更青處漫溯，
> 載一船星輝，
> 在星輝斑斕裏放歌。（徐志摩：《再別康橋》）

——「無悔覓者清如水，飄颻伊人宛如夢」——此情此景，主客一體、情景交融，構成了耐人尋味的藝術意境。古老詩經中「所謂伊人，在水一方。溯洄從之，道阻且長。溯游從之，宛在水中央」的醇厚憂傷的意境再度得以浮現！詩經中那位主人公反覆詠歎的由於河水的阻隔而與意中人可望而不可及、可求而不可得的淒美心境，又何嘗不是詩人此刻的心境？在康橋的柔波裏，他多想化作一條水草，永遠沉迷不醒。然而「人生長恨水長東」，清醒的現實告訴他，旖旎的夢想已如那榆蔭下的清潭，沉澱成天上虹，在此，由色而空產生痛悟的詩人可能沒有料到：有一天自己的生命會因此由情入死，當然，也包括向死而生，一如賈寶玉當年的生存方式。而林徽因同樣的刻骨銘心，她後來曾在詩中多次回憶當年的場景，例如《那一晚》：

> 那一晚我的船推出了河心，
> 澄藍的天上拖著秘密的星。
> 那一晚你的手牽著我的手，
> 迷惘的星夜封鎖起重愁。

但可惜的是，無論賈寶玉多麼愛林妹妹，他們之間注定要令人扼腕地錯過。儘管徐志摩比賈寶玉當年更進一步，與原配夫人張幼儀離婚，主動拋棄了現世的「金玉良緣」，但還是沒能徹底抓住林徽因的那顆芳心。靈魂的交和，止步於現實中的陰影。林徽因在顧忌什麼呢？有人說林徽因顧忌徐志摩的已婚身份，即使徐志摩為他離婚，她也害怕日後的動盪；也有人說，林徽因因為其父親納妾使其母親受辱的經歷而對自己嫁給離婚再娶的徐志摩抱有一種本能的羞辱，這些，都有道理。也許，她害怕傷害張幼儀，也害怕徐志摩的家庭不能容忍自己作為第三者的插足，擔憂有可能冷不防投擲過來的閒言碎語的冷刺，讓自己受到傷害，還有，生活也不總是風花雪月，更多的

是柴米油鹽醬醋茶，這份愛酷烈得讓人沉重，純潔得讓人害怕，而自己，難道就真是他內心中的那個人嗎？不，應該只是他內心一個完美幻象的寄託……徐志摩性靈純粹之光的朗照，並不能使她完全摒除心靈上世俗的雜念，這是她的庸常，也是她的清醒。於是她選擇了逃離那一段美麗得有些不太真實的詩情畫意，不辭而別地歸國，把無端的「孽海情天」，留給了失魂落魄的「寶哥哥」。她曾經奢侈地享用過他的寵愛，卻沒有足夠的勇氣回報他以同樣的熱情。從這一點來看，林徽因雖然與林黛玉有相異之處，但其實卻是本質相同的兩個人。林徽因與林黛玉一樣潔淨出塵，骨子裏清雅浪漫，但她們柔弱的心靈都或多或少帶有封建意識的陰影，譬如當愛情最初從內心萌發時，林黛玉首先想到的不是愛情的幸福，而是「寶玉昔日雖素習和睦，終有嫌疑」（《紅樓夢》第 45 回），同樣，林徽因曾在給胡適的信（1932 年 1 月 1 日）中坦言：「我的教育是舊的，我變不出什麼新的人來……」，為了過回一種「舉案齊眉」的庸常生活，她甚至可以容忍「到底意難平」的隱痛。玲瓏剔透的少女林徽因，其時儘管如林黛玉一樣靈性十足，但卻處於一種混沌未開的內斂狀態，面對徐志摩那激情四溢的性靈強光的朗照，猶如初浴狂潮的嫩苗，固然會滋生幸福的昏眩，但多少有些惶惑無措，以至於當時林父長民先生「護犢心切」而代林徽因寫信（1922 年）回覆徐志摩：「閣下用情之烈，令人感悚，徽亦惶恐，不知何以為答……」。而多年以後，當愛已成往事，林徽因卻在給胡適的信（1927 年 3 月 15 日）中如此寫道：「舊時的志摩我是真真透徹地明白了，……我只永遠紀念著」——舊時混沌的性靈經過愛情初潮的沖洗，在漫長歲月的冷靜滲悟中終於醒悟過來，一首首細膩憂傷的詩歌，從她復蘇的性靈深處汩汩地流淌出來，寫滿了對愛的懷念。從這個角度看，他們之間相隔八歲的年齡差距，也是導致他們當初分手的一個不容忽視的因素（作為一個從傳統文化桎梏裏掙脫出來的新女性，其時的林徽因還不能夠坦蕩無畏、心安理得地表達「我願」和「我愛」，徐志摩那種散發自生命內部最根源處的天真和浪漫，執著和熱情，正是沉靜內斂而克制的林徽因所欠缺的。稚嫩的少女林徽因，害怕那烈焰的燃燒，還不能也不想過早地負起那帶有抗爭意味的愛情的重擔）。——只是當她邁著怯怯的步伐逃離夢中的大觀園時，可能沒有料到，傷心欲絕的「寶哥哥」，有一天會為了追回她的倩影而單獨地奔赴天荒地老。

　　她最終逃離了大觀園，而讓我們的怡紅公子，在狼藉滿地的大觀園裏，

獨自面對前世那場始終不能圓滿的懷金悼玉的紅樓夢而傷情滿懷：

> 水粼粼，夜冥冥，思悠悠，
>
> 何處是我戀的多情友？
>
> 風颼颼，柳飄飄，榆錢斗斗，
>
> 令人長憶傷春的歌喉。（徐志摩：《月下待杜鵑不來》）

好不容易出現的夢中的「木石前盟」，終於還是止步於現實中的種種陰影。也許一段純粹的感情注定只能依靠信仰和詩意結成連理，而無法在世俗中尋求婚姻的成全，正如美麗的童話往往只能留存於夢幻之國。雖然林徽因後來參加徐志摩組建的新月派，經常互相唱酬，探討詩藝兼交流評品，在「此情可待成追憶」的惺惺相惜中，彼此之間往往蘊藉無語而又心照不宣，這一點，也與賈寶玉和林黛玉在美麗的大觀園中才情並茂地結社作詩以及彼此間牧歌般的抒情吟唱極為相似，但這種時過境遷的追演，終歸是「曾經滄海難為水，除卻巫山不是雲」的陌路惋歎了，何況他們已經擁有各自的家室，要回頭已經太難。他們之間一如冥冥之中的那個「木石前盟」，有性靈之交而沒有身體的結合，有緣之中也包含了無緣：「若說沒奇緣，今生偏又遇著他；若說有奇緣，如何心事終虛化！」

二、詩性風月：「詩史互證」下的情感密碼

那一段「康橋絕戀」，宛如一段夢魂中的秘密，在他們傳世的詩文中，處處留下了芬芳的痕跡。那種人性熱度和詩性才華在心靈意義上的交相輝映，照亮了現代文學史的精神天空，凝成了現代文學史上一道醒目的人文景觀。林徽因多次在詩歌中旨意幽微地回應徐志摩那靈魂的呼喚，諸如在《無題》一詩中用「登上城樓，更聽那一聲鐘響」，來呼應徐志摩《我所知道的康橋》中的「我只要那晚鐘撼動的黃昏」；諸如在《那一晚》中用「那一晚你和我分定了方向，兩人各認取個生活的模樣」，來對應徐志摩的《偶然》中的「你有你的，我有我的，方向」；諸如在《前後》一詩中用「橋──三環洞的橋基，｜上面再添了足跡」（留意那個「再」字），來回應徐志摩《翡冷翠的一夜》中的「我到了那三環洞的橋上再停步，｜聽你在這兒抱著我半暖的身體」；諸如在《深夜裏聽到樂聲》中寫「這一定又是你的手指｜輕彈著｜在這深夜｜稠密的悲思｜我不禁頰邊也泛起了紅｜靜聽著」，來呼應徐志摩《半夜深巷琵琶》中的「又被它從睡夢中驚醒｜深夜裏的琵琶｜是誰的悲思｜是誰的手指｜像

一陣淒風｜像一陣慘雨｜像一陣落花｜在這夜深時｜在這睡昏昏時」；諸如在《給秋天》中寫「好像只是昨天，你還在我的窗前」，來感應徐志摩為她所寫的《山中》：「我想攀附月色｜化一陣清風｜吹醒群松春醉｜去山中浮動｜吹下一針新碧｜掉在你窗前｜輕柔如同歎息｜不驚你安眠！」諸如在《紫藤花開》中寫「紫藤花開了，｜輕輕地放著香，｜沒有人知道」，表面看似乎只是抒發一種孤寂的心境，其實其深意要聯繫到林徽因《悼志摩》一文中的一段來看：「又有一次他望著我園裏一帶的斷牆半晌不語，過後他告訴我說，他正在默默體會，想要描寫那牆上向晚的豔陽和剛剛入秋的藤蘿。」原來她是在抒發失去了知音的悲哀！林徽因的一首《無題》開頭兩段：「什麼時候再能有｜那一片靜；｜溶溶在春風中立著，面對著山，面對著小河流？什麼時候還能那樣｜滿掬著希望；｜披拂新綠，耳語似的詩思，｜登上城樓，更聽那一聲鐘響？」那一片靜、那春風、那山那小河流、那新綠、那城樓、那鐘響，和徐志摩《我所知道的康橋》一文所敘述的情景存在著非常之高的重疊部分。這麼多的重疊，絕非偶然的巧合。如果有人仍然懷疑，認為這些不免有主觀的臆測，那麼林徽因在徐志摩逝世後寫給胡適的一封信（1932年春）則可以作為明證：「一方面我又因為也是愛康河的一個人。對康橋英國晚春景致有特殊感情的一個人，……他那文章裏所引的事，我也好像全徹底明白……」。而徐志摩更為這段感情寫下了大量的詩文，例如詩歌《月夜聽琴》、《月下待杜鵑不來》、《希望的埋葬》、《偶然》、《你去》、《我等候你》等等。而最令人深思的是徐志摩有一段詩歌，可謂是對自己最終死亡的情形與內在的誘因作了預言般真實的闡釋：

> 我信我確然是癡；
> 但我不能轉撥一支已然定向的舵，
> 萬方的風息都不容許我猶豫——
> 我不能回頭，運命驅策著我！
> 我也知道這多半是走向
> 毀滅的路，但
> 為了你，為了你，
> 我什麼都甘願；
> 這不僅我的熱情，
> 我的僅有理性亦如此說。

　　癡！想磔碎一個生命的纖維

　　為要感動一個女人的心！（徐志摩：《我等候你》）

　　原來徐志摩在飛機失事的猛烈撞擊中磔碎自己生命的纖維，只是為要感動一個女人的心！原來是詩人的一往情深，在冥冥中導演了他那飛蛾撲火般殉愛的人生結局，導演了他在向精神天空作最後飛躍中的靈魂的救贖，讓他死得其所。

　　值得指出的是，在徐志摩逝世前夕，曾和林徽因有過一段密切的交往。前文說過，林徽因曾在 1927 年給胡適的信中如此寫道：「舊時的志摩我是真真透徹地明白了，……我只永遠紀念著」——舊時混沌的性靈經過愛情初潮的沖洗，在漫長歲月的冷靜滲悟中終於醒悟過來——這種醒悟，在林徽因 1930～1931 年因病療養而與頻頻探望的徐志摩的交往期間得到了全面的復蘇。固然，兩個已經各有家室的人都會受到倫理的約束，一方面林徽因這邊是倫理價值高於個人情感，另一方面徐志摩也不願再傷害陸小曼，但其時林徽因正與梁思成因性格的衝突而經常爆發家庭矛盾（據林徽因堂弟林宣回憶），而徐志摩則正因為與陸小曼的不合而黯然神傷，這種心理的創傷，也就極易誘使兩顆「惺惺相惜」的心靈對「一把過往的熱情」的追憶，也就並不妨礙兩人以文學知音的方式交往，在文學因緣中尋找精神交流與寄託。當年那在歲月中平息的激情，在風光清新秀麗的香山中，重新演繹成了山高水長的深情，纏綿於病榻的林徽因在窗前明月與山澗鳥鳴的薰染下，一連寫了九首詩。其中與徐志摩有關的有《那一晚》、《深夜裏聽到樂聲》、《情願》和《仍然》等。詩緣情，在情感的交匯中他們開始了心靈的唱和。對此，藍棣之在其《作為修辭的抒情——林徽因的文學成就與文學史地位》一文中曾有過精彩的剖析：「林徽因在詩裏說『情願』化成『流雲一朵，在澄藍天，和大地再沒一些牽連』，『但抱緊那傷心的標誌，去觸遇沒著落的悵惘』。徐志摩敏感到這『情願』背後的真實情緒，創作了《雲遊》，沿用原詩中白雲澗水的比喻說，『那天你翩翩地在空際雲遊』，然而『他在為你消瘦，那一流澗水在無能地盼望，盼望你飛回！』對於這種『盼望』，林徽因寫了《仍然》『答謝』說『儘管你舒伸得像一湖水向著晴空裏白雲，又像是一流冷澗澄清』，『我卻仍然沒有回答，一片地沉靜，永遠守住我的魂靈。』」〔註2〕對於這種矜持的回應，徐志摩則寫

<hr />

〔註 2〕藍棣之：《作為修辭的抒情——林徽因的文學成就與文學史地位》，《清華大學學報（哲社版）》2005 年第 2 期。

下輕柔明快的《山中》一詩剖白心跡：

> 庭院是一片靜，
> 聽市謠圍抱；
> 織成一地松影
> 看當頭月好！
> 不知今夜山中，
> 是何等光景；
> 想也有月，有松，
> 有更深的靜。
> 我想攀附月色，
> 化一陣清風，
> 吹醒群松春醉，
> 去山中浮動；
> 吹下一針新碧，
> 掉在你窗前；
> 輕柔如同歎息
> 不驚你安眠！

　　陳從周先生曾在《徐志摩與雙栝老人》一文中記敘了關於他們此時交往的一個不大為人注意的內幕：「民國十九年（1930）秋，徽音病肺居長春，志摩探視之，執手嗚咽，徽音出自作小說一部，言其主角即伊等二人，重複申婚嫁之議，事前徽音曾有一照一詩寄志摩，志摩黯然者移時，遲遲未成行，徽音再以電催之，始行。其時徽音病甚重，於是遵徐囑遷北京西山療養，適胡適之長北大教務長，遂辭光華教職單身前往北京。次年冬以飛機蒙難。年三十有六，此小曼告我者。」〔註3〕——陳從周的這篇文章寫於 1950 年，其記敘的事實是否只是聽信了陸小曼的一面之詞？可就是同一個陳從周，在1981 年寫的《記徐志摩》一文中又再次「舊話重提」：「志摩死的上半年農曆三月初六，母親去世硤石，徽音正在病中，寄給志摩一張她在病榻中的照，背面還題了詩。他偷偷地給我妻看過。」〔註4〕——陳從周的妻子蔣定，是徐

〔註3〕陳從周：《徐志摩：年譜與評述》，上海書店出版社，2008 年，第 122～123 頁。
〔註4〕陳從周：《徐志摩：年譜與評述》，第 138 頁。

志摩表妹，這次，又多了她這樣一個證人，想來，即使是說謊，也用不著如此處心積慮吧？其實陳從周所記敘的這件事如果聯繫到當時二人密切的交往事蹟來看，可信度極高。如果這些還不足以證明那種舊情復萌的程度，那麼，來自比外界更瞭解內幕細節的林徽因之子梁從誡先生晚年的現身說法則是直接證據了：「我一直在替徐想，他在 1931 年飛機墜毀中失事身亡是件好事，若多活幾年對他來說更是個悲劇，和陸小曼肯定過不下去。若同陸離婚，徐從感情上肯定要回到林這裡，將來就攪不清楚，大家都很難辦的。林也很心痛他，不忍心傷害他，徐又陷得很深……」〔註5〕由此話可以看出，一種已經發展到對梁思成的家庭產生威脅那樣程度的感情，即使用最嚴格的定義來衡量，也可以稱之為愛情了。事實上林徽因後來給胡適的書信中也曾如此談到：「志摩警醒了我，他變成一種 stimulant（激勵）在我生命中，……想到志摩今夏的 inspiring friendship and love（富於啟迪性的友誼和愛）對於我，我難過極了。」如果這話彷彿是對好友的傷悼而顯得含混其詞，那麼在 1933 年 2 月寫給沈從文的一封信中，林徽因則將自己情感最隱秘的領域作了徹底的剖白：

> 我方才所說到極端的愉快，靈質的、透明的、美麗的快樂，不知道你有否同一樣感覺？我的確有過，我不忘卻我的幸福。我認為最愉快的事都是一閃亮的，在一段較短的時間內迸出神奇的，如同兩個人透澈的瞭解：一句話打到你心裏，使得你理智感情全覺得一萬萬分滿足；如同相愛：在一個時候裏，你同你自身以外另一個人互相以彼此存在為極端的幸福；如同戀愛：在那時那刻，眼所見，耳所聞，心所觸，無所不是美麗，情感如詩歌自然的流動，如花香那樣不知其所以。這些種種，便都是一生中不可多得的瑰寶。世界上沒有多少人有那機會，且沒有多少人有那種天賦的敏感和柔情來嘗味那經驗，所以就有那種機會也無用。如果有詩劇神話般的實景，當時當事者本身卻沒有領會詩的情感又如何行？

在這段話中林徽因明確承認自己那種戀愛中的幸福感覺「的確有過」，並且在一個時候裏她同她「自身以外另一個人互相以彼此存在為極端的幸福」，「情感如詩歌自然的流動」──這「另一個人」到底是誰呢？查考林徽因生平經歷，與她有過美好相處並自始至終與詩歌密不可分的，除了徐志摩，不

〔註 5〕見《梁從誡與文藝報記者的對話》，2000 年 5 月 6 日《文藝報》第 4 版。

可能有第二個人。而那句「如果有詩劇神話般的實景，當時當事者本身卻沒有領會詩的情感又如何行」更是包含著對當年康橋之戀的追悔。從以上種種跡象可以看出，不管是在徐志摩生前還是生後，林徽因之於他對自己的一往情深所激發的感情回應，早已超越了一般世俗意義上的友誼，而上升到了一種精神和心靈的感應。世人之所以喋喋不休地糾結於「林徽因是否愛過徐志摩」這個假命題，實質上是沒有釐清他們之間感情的「深層結構」。須知，「女詩人林徽因畢生保留著一個精神上的、『永遠紀念著』的情人，並且對於他的『inspiring friend ship and love』常懷感激，這無損於她的倫理形象，亦不能減現實之婚戀正劇的真摯與堅貞」〔註6〕，如果以最終的選擇作為愛情的評判標準，那麼現實中很多名副其實的夫婦，擁有美好愛情的又有幾人呢？如果說一切只是徐志摩一廂情願而林徽因是出於感激而沒有發生過心靈的震顫，那麼她何以會將二人 1921 年交往中如詩如畫的情節牽縈於心而在十二年之後（其時徐已逝世兩年）仍然發而為詩：「那同聽過的鳥啼，｜同看過的花好……」──「此情可待成追憶，只是當時已惘然」──我想這在每個人的心中，其實都已經有了自己的答案：他們正是那種「靈魂之伴侶」。

　　──之所以要花費一番筆墨來理清他們這種交往中「不足為外人道」的內涵，不是出於對名人隱私的獵奇，而是知人論世，為更好地進行文本解讀構築一個必要的前提。從這樣的層面出發，我們才能夠更深地明白，是一種內在的強有力的感情線索，牽引著徐志摩在生命的最後關頭不顧頭疼欲裂而堅持登上了一去不復返的飛機；是一種無言的感動，導致林徽因把那塊飛機失事時的殘骸掛在自己臥室裏直到去世為止。也才能更好地解讀，林徽因在徐志摩去世後寫下的那麼多淒美的詩句中，為什麼包含的並不僅有愧疚和悔恨，而是對往昔真情的深深追懷。的確，林徽因許多旨意深微的詩歌都在曲折地傳遞自己的一份悲傷，那分明是對一個從自己生命裏抽身而去的靈魂隔著時空的對話，溫馨而悽楚，深情而絕望。一種懷念，在無人的時候，總是如歌如泣，如低抑的淒涼的弦子。例如那首《別丟掉》：「別丟掉｜這一把過往的熱情｜……一樣是月明，｜一樣是隔山燈火，｜漫天的星，｜只有人不見……」例如那首隱晦曲折的《無題》中所懷念的那個「昨天的人」：「什麼時候，又什

〔註 6〕文心、劉秀秀：《愛──關於徐林情詩的詠歎沉思》，楊國良主編：《古典與現代》（第七卷），桂林：灕江出版社，2015 年，第 211 頁。

麼時候，心｜才真能懂得｜這時間的距離；山河的年歲；｜昨天的靜，鐘聲｜昨天的人｜怎樣又在今天裏劃下一道影？」例如那首晦澀難懂的《展緩》：

　　當所有的情感

　　都併入一股哀怨

　　如小河，大河，匯向著

　　無邊的大海，不論——

　　怎麼沖激，怎樣盤旋，——

　　那河上勁風，大小石卵，

　　所做成的幾處逆流

　　小小港灣，就如同

　　那生命中，無意的寧靜

　　避開了主流；情緒的

　　平波越出了悲愁。

　　停吧，這奔馳的血液；

　　它們不必全然廢弛的

　　都去造成眼淚。

　　不妨多幾次輾轉，溯回流水，

　　任憑眼前這一切繚亂，

　　這所有，去建築邏輯。

　　把絕望的結論，稍稍

　　遲緩，拖延時間，——

　　拖延理智的判斷，——

　　會再給純情感一種希望！

　　這首詩如果聯繫那段感情來看，其實不難理解：哀怨已讓「奔馳的血液」化成「淚水」，她後悔「建築邏輯」（林徽因後來嫁給梁思成而從事建築事業）的理性曾讓她「避開了主流」而導致這「絕望的結論」！如果「多幾次輾轉」讓一切重新再來過，她要去「溯回流水」，迎向主流，「拖延理智的判斷」，「再給純情感一種希望！」（此處又出現了那個「再」字）〔註7〕看得出，林

〔註7〕參閱廖鍾慶：《人生自是有情癡——談徐志摩的〈我不知道風是在哪一個方向吹〉與林徽因的〈展緩〉二詩》，http://www.360doc.com/content/10/0715/12/191190_39155088.shtml。

徽因渴望重新回到那個純然的感情世界，然而可歎的是，「當時若愛韓公子，埋骨成灰恨未休」，當年的「寶哥哥」，已經重返荒山變成了一塊頑石！此時的林徽因，恰似紅樓夢故事緣起中的那棵絳珠草，昔日西方靈河岸上三生石畔日日以真情淚水灌溉自身的神瑛侍者的灌溉之情，在她胸中鬱結了一段纏綿不盡之意，她要以自己一生的淚水來償還報答他的甘露之惠。然而比紅樓夢更為悲情的是，林黛玉尚且可以託警幻仙子下凡一了「還淚」的夙願，林徽因卻只能讓滿懷傷情傾注在稿紙上，默默地流向那條他們最初相遇的夢中的靈河。

　　時間彷彿永遠凝固在了那個令人悲咽的秋天。「志摩墜機身亡的『秋天』，超越『人間的季候永遠在轉變』（《時間》）中的常在，成為徽因悼詩中一再出現的意象，香山有過『繽紛的花雨』，落下來延伸成無可奈何但憑落去的惆悵，對於徐志摩之死的震痛、扼腕，對韶華光陰早去人間的幽幽感歎，對逝情的追憶或思索，佔據了林詩的情感天空。一系列『秋詩』創作，是她懷念死者的最恰當、充分的方式。」[註8]譬如那首《紅葉裏的信念》：「年年不是要看西山的紅葉，｜誰敢看西山紅葉？不是｜要聽異樣的鳥鳴，停在｜那一個靜幽的樹枝頭，｜是腳步不能自己的走——｜走，邁向理想的山坳子｜尋覓從未曾尋著的夢」，而「夢在哪裏，你的一縷笑，｜一句話，在雲浪中尋遍｜不知落到哪一處？流水已經｜漸漸的清寒，載著落葉｜穿過空的石橋，白欄杆，｜叫人不忍再看，紅葉去年｜同踏過的腳跡火一般。｜好，抬頭，這是高處，心｜捲起｜隨著那白雲浮過蒼茫，｜別計算在哪裏駐腳，去，｜相信千里外還有霞光，｜像希望，記得那煙霞顏色，｜就不為編織美麗的明天，｜為此刻空的歌唱，空的｜淒惻，空的纏綿，也該放｜多一點勇敢，不怕連牽｜斑駁金銀般舊積的創傷！」回憶往昔相處的時光，「心仍不信，只因是午後，｜那片竹林子陽光穿過｜照暖了石頭，赤紅小山坡，｜影子長長兩條，你同我｜曾經參差那亭子石路前，｜淺碧波光老樹幹旁邊！｜生命中的謊再不能比這把｜顏色更鮮豔！記得那一片｜黃金天，珊瑚般玲瓏葉子｜秋風裏掛，即使自己感覺｜內心流血，又怎樣一個說話？誰能問這美麗的後面是什麼？」是什麼呢？是生命個體美永不再現的消失。所以，女詩人「發誓地，指著西山，｜別忘記，今天你，我，紅葉，｜連成這一片血色的傷愴！」（林徽因：《紅葉裏

〔註8〕文心、劉秀秀：《愛——關於徐林情詩的詠歎沉思》，楊國良主編：《古典與現代》（第七卷），第213～214頁。

的信念》）譬如那首《秋天，這秋天》，詩中那導致冷霧迷住女詩人的雙眼的，是「一夜的風，一夜的幻變」，縱使「忘不掉｜那同聽過的鳥啼；｜同看過的花好，信仰｜該在過往的中間安睡」，那「抵不住」的「殘酷」和造物「摧毀的工匠」所導致的「流血的哀惶」卻已摧毀了一世的情緣，那個秋天的「慘的變換」，已經讓她無力去「哭泣或是呼喚」，或是「閉上眼祈禱」，而只能默默地「在靜裏」低下困倦的頭來承受命運殘酷的宣判，聽憑秋風在心頭「扯緊了絃索自歌挽」（林徽因：《秋天，這秋天》）；又譬如那首《給秋天》：

> 正與生命裏一切相同，
> 我們愛得太是匆匆；
> 好像只是昨天，
> 你還在我的窗前！
>
> 笑臉向著晴空，
> 你的林葉笑聲裏染紅；
> 你把黃光當金子般散開，
> 稚氣、豪侈，你沒有悲哀。
>
> 你的紅也是親切的牽絆，拿零亂
> 每早必來纏住我的晨光。
> 我也吻你，不顧你的背影隔過玻璃！
> 你常淘氣的閃過，卻不對我忸怩。
>
> 可是我愛得多麼瘋狂，
> 竟未覺察淒厲的夜晚
> 已在你背後尾隨，──
> 等候著把你殘忍的摧毀！
>
> 一夜呼號的風聲，
> 果然沒有把我驚醒，
> 等到太晚的那個早晨。
> 啊。天！你已經不見了蹤影。
>
> 我苛刻地詛咒自己
> 但現在有誰走過這裡
> 除卻嚴冬鐵樣長臉

陰霧中，偶然一見。

──「漫言紅袖啼痕重，更有情癡抱恨長」！志摩的形象，已經化身為「秋天」。林徽因終於承認自己在與「秋天」相戀，並且「愛得多麼瘋狂」，那個淘氣的大男孩，「每早必來纏住我的晨光」，他的「笑臉向著晴空」，將楓葉染紅，如黃金般散發出迷人的光芒。「志摩 1931 年空難逝世後，徽因從來沒有停止關於他的言說。她不時對朋友談起他，常常援引他的詩，自己創作的意象、意境也與之存在非常高的重疊部分；她對著秋天絮語十六年，把一首首悼亡輓歌寫成愛的情語，更習慣了使用『你』作稱謂構建對話性空間，樸素中包蘊悽愴；當年為了苦覓理想的愛和美，他遠去萬里、皈依康橋，她則踏著香山紅葉尋夢，追憶當初黃月輕籠、兩情相悅的山中舊事，了悟天命大戒、生死真諦；她懷念他獨上蘭舟、在康橋柔波裏撐篙的身影，喜歡他雨中等虹的詩意信仰，模仿他紫藤花下觀日落……徐林的詩意情戀綿延多年，真正相戀的時間卻太短，『遙遠是你我的距離』（《愛的靈感》）、『任何的癡想與祈禱，不能縮短一小寸你我的距離』（《我等候你》），愛得太是匆匆！」[註9]那個風一樣的男子，彷彿是一隻慕光明的飛蛾，終究不悔在熱情的火焰裏成灰；而自己彷彿那地面上的一流澗水，只能在生命暗淡的歲月裏，無望地盼望他那飄逸輕盈的影子，能重新投射進清澈孤寂的心扉。那一塊徐志摩飛機失事時的殘骸，掛在林徽因臥室的床頭，是徐志摩靈魂蛻變後的一塊「頑石」，凝聚著一段纏綿悱惻的愛情往事，伴隨了林徽因終身。也許每一個最終白髮蒼蒼的少女，回首那場青春深處的花事，以及那麼尾被風雨摧殘的傷逝，都會情不自禁地溢出懷念的淚水，發出蒼涼的歡惋。這淒婉的一幕無言地兌現了紅樓夢中林黛玉之於愛情期待過程中的「以淚洗石」意蘊，其中的差異，僅僅是故事本身演繹的時序錯綜。

三、尾聲：悠遠的餘韻

在晚年飽受肺病折磨之際，林徽因特意約見了徐志摩的前妻張幼儀，她始終忘不掉自己少女時所犯下的那個錯誤，也理解一個在婚姻中遭受不幸的女人的深刻哀怨。《小腳與西服》中這樣記敘張幼儀的自述：「一個朋友來對我說，林徽因在醫院裏，剛熬過肺結核大手術，大概活不久了。做啥林徽因

〔註 9〕文心、劉秀秀：《愛──關於徐林情詩的詠歎沉思》，楊國良主編：《古典與現代》（第七卷），第 158～159 頁。

要見我？要我帶著阿歡和孫輩去。她虛弱得不能說話，只看著我們……我想，她此刻要見我一面，是因為她愛徐志摩，也想看一眼他的孩子。她即使嫁給了梁思成，也一直愛著徐志摩。」〔註10〕女性的天生直覺告訴張幼儀，林徽因仍深愛著徐志摩，她想在生命的最後時刻見到心中想念的徐志摩，哪怕在徐志摩之子的身上看見他的影子也好！確實，張幼儀是有理由哀怨的，因為命運既然賦予給了她一段「金玉良緣」，偏偏又讓她遇到了一個念念不忘「木石前盟」的賈寶玉式的徐志摩。不過，他們的婚變其實不能全部怪罪於林徽因，因為就算林徽因當時沒有出現，他們的婚姻得以延緩時日，但徐志摩以後還是有機會遇到另外一個林徽因，譬如，陸小曼後來的出現。既然如此，所有關於那個男人而起的恩怨糾葛，在生命終結之前，都應該得到諒解。事實上，張幼儀也恨過林徽因，不過並不是恨她使自己的男人離開了身邊，而是恨林徽因和徐志摩相戀，卻又潛逃，讓徐志摩沒有得到幸福，在這一點上，她不恨陸小曼，因為陸小曼畢竟和徐志摩共同締造過轟轟烈烈的愛情和婚姻──最為徐志摩「漠視」的張幼儀，是值得尊敬的，默默無悔地為他承受了那麼多，包括一種不需要回報的愛。

徐志摩當年離婚行為中的堅決和徹底，源於對愛情的執著追求，但從另一面看也使他與當年不顧薛寶釵懷有身孕而離家出走的賈寶玉一樣「乖張殘忍」，所以世人之於他主動離婚的行為對結髮妻子的傷害充滿了非議。這種非議表面上看源於人們對弱者張幼儀的同情，實際上卻牽涉到中國自魏晉以來「名教與性情」的思想衝突──性情慾衝破名教的束縛，必然會斷然撕毀傳統禮教溫情脈脈的面紗，這無疑是一個二律背反的矛盾。這裡並不是為徐志摩當年的離婚行為予以辯護，而是想指出，置身於這種思想矛盾漩渦中的當事人的種種行為，必然會在中國傳統的世俗社會中引起巨大的爭議。也許在徐志摩看來，沒有愛情的婚姻是不道德的，中國婦女幾千年來沒有地位是因為男人從來沒有真正愛過他們的妻子，因為不懂得愛就不懂得尊重，因為不懂得尊重才會狎妓養妾終日流連歡場，甚而把這種三妻四妾的事情視之為理所當然。所以他情願離婚當一個千夫所指的人，也不願意占盡了男人的特權回頭再戴上一頂禮教的破爛帽子去維繫徐家那一點虛偽的面子！在徐張婚變中有一幕讓外人看不懂的是，他們在離婚後依然相敬如賓，情同兄妹。而張

〔註10〕〔美〕張邦梅：《小腳與西服──張幼儀與徐志摩的家變》，譚佳瑜譯，合肥：黃山書社，2011年，第200頁。

幼儀在此婚變後幡然覺醒，從幾千年女性一直成為男人附屬品的可憐地位中覺醒，走上了自尊自強之路，成為一個事業有成令人矚目的新女性。徐志摩曾為張幼儀離婚後的人格獨立感到欣慰，且看他的一段日記：「C（指張幼儀，筆者注）可是一個有志氣有膽量的女子，她這兩年來進步不少，獨立的步子已經站得穩，思想確有通道，……她現在真是『什麼都不怕』，將來準備丟幾個炸彈，驚驚中國鼠膽的社會，你們看著吧！」以此再來回頭看徐志摩的「離婚通告」：「解除辱沒人格的婚姻，是逃靈魂的命，……誰也不必抱怨誰，現在我們覺悟──我們已經自動，掙脫了黑暗的地獄，已經解散煩惱的繩結，已經恢復了自由和獨立人格……」〔註11〕──便不難看出徐志摩離婚的真正動機和理由，並不是不明其裏的輿論所說的「見異思遷」的卑下，而是基於某種性靈的覺悟和人生信念的崇高。當那位《紅樓夢》中的怡紅公子最終離家出走，拋妻棄子的一幕出現時，人們會因為它只存在於小說的虛幻中而不以為意，甚至津津樂道而欣賞，但當現實中有人真的背負自以為崇高的使命義無反顧地兌現這一幕時，人們會立刻群起而攻之，會對這種性情之於名教的過激反動視為反人道主義的自私與殘忍。天真的徐志摩，一心追求他那「戀愛的神聖夢境」的實現，忽視了現實傳統道德底線反彈的強大威力，以致失歡於父母，得罪於社會，不得不在經濟拮据時接受朋友好心贈送的免費機票而屢次乘坐當時安全系數還很低的飛機，終於為之付出了慘烈的生存代價。換一句話說，他那愛的正常願望和權利與家族聯姻的世俗利益和權力之間的衝突，是導致他悲劇性人生結局的一個重要內因，更何況他的愛情要求中所蘊含的還是過於理想化的純潔和高尚。

　　拉雜至此，似乎一直在抱怨林徽因沒有很好地配合我們的怡紅公子，和他一起頤養天年，兒女滿堂，從而將一幕悲劇的《紅樓夢》演繹成看客皆大歡喜的團圓喜劇──我們當然不能作出這樣荒謬的干涉。只是縱覽徐林二人的起伏跌宕，我們有足夠的理由來表達足夠的憾惜：這一對沿著「西方靈河界三生石畔」款款而來的絕代佳人，本可以結伴而行，合璧演繹「五四」新文學運動舞臺上浪漫清新的春天氣象，但命運的捉弄，曲終人散的結局，卻最終只留下了朦朧感傷的短暫一幕，以及一代文學天才在其中橫遭摧折的無限唏噓。這一點誠如梁錫華先生所說：「徐林二人，可以說是天生的一對，

〔註11〕《徐志摩、張幼儀離婚通告》，《新浙江》副刊「新朋友」離婚號，1922 年 11 月 8 日。

林父長民先生在英國看他們並肩散步而發出讚歎之言，是不無理由的。志摩的已婚以及後來的離婚，給二人的結合造成絕對的障礙，以致好事難諧。假如這一雙金童玉女姻緣成就，志摩早死的事，很可能不會發生，而二人的創作，自然會可觀多了。此外，徐氏若有一個理想的妻子而又像他的朋友胡適、趙元任等同登壽域，他對文學會多有貢獻；對整個廣大的文學界，也會多有裨益，因為他的興趣廣、活力大而又人緣好。……這不單指徐林這一段情的可哀，也兼指中國文學界以至文化界，因太早失去徐志摩而永難去懷的哀傷。」〔註12〕

林徽因的離開始終是詩人心靈上無法打開的死結：「有時候│我自己也覺得真奇怪，│心窩裏的牢結是誰給│打上的？為什麼打不開？│那一天我初次望到你，│你閃亮得如同一顆星」，「那天愛的結打上我的│心頭，我就望見死，那個│美麗的永恆的世界」（徐志摩：《愛的靈感》），最終，為了追回那顆始終閃亮在心底的「星」，他真的如追趕流星一般，走進了「那個美麗的永恆的世界」。可見，猶如「李白撈月」一樣，詩人實際上死於一種美麗心象的自我追尋，追尋的動機源自內心真情的欲罷不能。這種自我理想心象的執著追尋，同樣見於詩人的一首《為要尋一顆明星》，詩中描述了一位「為要尋一顆明星」而「向黑夜不斷加鞭」的馬鞍上的騎手形象，騎手最終因為勞累而倒在一片「天上透出的水晶似的光明」裏──詩歌結尾對明星尋求者靜穆莊嚴的祭奠的獨特寫照，無疑是詩人對自我浪漫主義精神的潛意識的認同，也隱然預示著詩人人生命運的悲劇結局。這裡，並不是說熱愛生命的詩人能夠未卜先知而主動踏上那條不歸之路，而是說，正是一種對愛情強烈的執著精神，支配了詩人現實中的行為意志，使他最終倒在一片「水晶似的光明裏」的殉愛結局具備了可能：從「為要尋一顆明星」的愛的理想與衝動，到不顧一切地去見林徽因一面而最終折戟沉沙，這其中，透析的其實是一種命運的邏輯！從這一點來看，徐志摩身上的「賈寶玉情結」似乎太深，在他的靈魂深處，始終忘不掉曾經「還淚」於自己前身的那位絳珠仙子，而執著於木石前盟的現世踐約，始終對林徽因抱有最真切的夢想，而不肯放棄和林徽因「重修舊好」的任何一絲機會。

當然，不完全等同於《紅樓夢》中的古典詩意內涵，徐志摩的情愛追求已經鎔鑄了新時代「啟蒙」的內涵。誠如論者所言：「徐對林縈繞一生的魂夢，

〔註12〕梁錫華：《說人‧話文‧道情》，《今夜月圓》，人民日報出版社，1997年。

就如『五四』文學中那來自於意大利文藝復興時期的維納斯情——志摩始終堅定地把『五四』新文化運動稱為中國的『文藝復興』，也結合了神聖之愛和人間之愛的探詢，是絕對忠實地實踐了靈肉一致的愛情理想的。他出於藝術的志向追求戀愛，有意或無意地忽略道德評判的價值，從新的藝術傾向、新的藝術語彙、新的藝術主旨看，其進行的新的藝術探索，呈現了一種全新的藝術精神和超越世俗的深度模式。」〔註13〕而這段故事最終的戲劇性與傳奇性在於：當曾經「背棄」「木石之盟」的林妹妹頻頻向他招手而他義無反顧地奔赴那命定的約定之旅時，喜歡捉弄的命運之神以弔詭的方式把他那天才煥發的生命無情地毀滅在世人面前，卻又多情地使他魂歸白馬山，一如賈寶玉當年重返大荒山無稽崖，投其所好地將他的人生成全為一場《紅樓夢》式的愛情悲劇——也許在當初他拋棄現實的「金玉良緣」而投奔夢中的「木石前盟」時，他的愛情悲劇，就已經注定了。

　　《紅樓夢》中那塊歷盡人間劫幻的頑石，最終還是回到了鴻蒙太初的青埂峰下，在這個不屬於他精神家園的擾攘紅塵，他只是和絳珠仙草攜手偶然地路過，也正如徐志摩與林徽因在紅塵中偶然的相遇，雖然剎那間風流雲散，卻留下了悠然不盡的餘韻。就此意義而言，徐志摩那首傳世的美麗小詩《偶然》，輕靈簡淨而又悠遠綿長，足以涵蓋他與林徽因之間的全部故事。那是一首心靈的愛的絕唱，不管歷史的風雲如何變幻，總是能逾越漫長的時空，頑強定格在我們回眸的瞬間：

> 我是天空裏的一片雲，
>
> 偶而投影在你的波心——
>
> 你不必驚異，
>
> 更無須歡喜——
>
> 在轉瞬間消滅了蹤影。
>
> 你我相逢在黑夜的海上，
>
> 你有你的，我有我的，方向；
>
> 你記得也好，
>
> 最好你忘掉，
>
> 在這交會時互放的光亮。

〔註13〕文心、劉秀秀：《愛——關於徐林情詩的詠歎沉思》，楊國良主編：《古典與現代》（第七卷），第 193～194 頁。

第十二章　歷史遺落的藝術風韻
——略論徐志摩的美術觀及其藝術實踐

　　志摩的興趣是極廣泛的。……他的興趣對於戲劇繪畫都極深濃，戲劇不用說，與詩文是那麼接近，他領略繪畫的天才也頗為可觀，後期印象派的幾個畫家，他都有極精密的愛惡，對於文藝復興時代那幾位，他也很熟悉，他最愛鮑蒂切利和達文騫。自然他也常承認文人喜畫常是間接地受了別人論文的影響……

——林徽因：《悼志摩》

　　他的書法學北碑張猛龍，有才華，自存風格，在近代文學家中是少見的。　　　　　　　　　　——陳從周：《記徐志摩》

　　要真正的鑒賞文學，你就得對於繪畫音樂，有相當心靈上的訓練。這是一條大道的旁支。你們研究文學的人，更不應該放棄了這兩位文學的姊妹——繪畫與音樂，前者是空間的藝術，後者是時間的藝術，同樣是觸著心靈而發的。　　　　——徐志摩語〔註1〕

　　儘管世人之於徐志摩詩文與情事的記取，已屬歷史的垂青，但其過早隱沒於地平線下的生命之韶華，還是被掩抑了太多的光芒，不經意間，竟固化了其纖巧薄弱的輪廓。新時期詩名的如日中天，在給其黃袍加身的同時，依

〔註1〕轉引自趙家璧：《寫給飛去了的志摩》，趙遐秋、曾慶瑞、潘柏生編：《徐志摩全集》（第3卷）。

然造成了不及其餘的遮蔽。而被商業浪潮邊緣化的「小眾」學術圈內，雖不乏有識之士的通觀審視，細心爬梳其在「五四」文藝復興運動中諸如──戲劇、美術、書法、翻譯、音樂、教育、政論等領域的卓識、實踐及貢獻，對於其生命內蘊之廣大多有精微發覆之論，但整體上仍顯得零星而不系統。──就此而言，本文欲拾掇其作為「詩人」身份之外的「花絮」──美術與「書畫」方面的考辨與梳理，依然不過是一次勉力為之的嘗試。

一、借鏡後的傳統回歸：從「二徐之爭」說起

關於上世紀 20 年代末在中國現代美術史上意義深遠的「二徐之爭」，新時期已有眾多的梳理與辨析，這裡不擬重複其具體經過，〔註 2〕只想就他們作為「專業美術家」與作為「藝術批評家」的「身份錯位」之爭辯中隱含的「價值功能的錯位」（也即功利與審美之爭）略作一點引申，從而引出本文的論述。

民國之初，藝術家們首次接觸到西方文化及其技術革新後，即嘗試用西方的「寫實再現」風格來彌補中國傳統寫意畫難以描繪現代生活之不足。在這一過程中，曾求學於巴黎而自幼深受儒家教化浸染的徐悲鴻，秉承的仍然是保守的西方學院派傳統，他對那些激進的新銳派諸如「野獸派、立體派和達達派的藝術感到既震驚又困惑，認為這些只能算是『空洞的形式主義者』」〔註3〕。這即為後來國內美展期間他以「庸俗浮劣」四字抨擊西方後印象派引起徐志摩「挺身辯護」從而引發著名的「二徐之爭」埋下了伏筆。表面看，「二徐之爭」似乎源於批評者的保守與辯護者的西化，而後者為現代派的藝術張目類似西方羅傑・弗萊（徐志摩譯為傳來義）與格林伯格等用形式主義為抽象表現派鳴鑼開道，其從藝術本體出發的宏觀開放視野更易為現代人所接受（這尤成為時下許多研究論文的「後見之明」）；徐悲鴻當時也並不是空泛地反對西方現代派風格，其以「走向民眾」的「寫實」來修正傳統「寫意」

〔註 2〕具體可參閱戈巴編：《徐悲鴻 PK 徐志摩──「惑」與「不惑」：1929 年去全國美術展覽會始末》，湖南美術出版社，2010 年。另可參看許永寧：《概念的含混與爭論的錯位──1920 年代「二徐之爭」的一種再考察》（《綿陽師範學院學報》第 37 卷第 6 期）、肖偉：《現實功利與審美認同──論民國「二徐之爭」語境下的西畫接受》（《南京藝術學院學報》2016 年 06 期）等期刊論文。

〔註 3〕方聞：《兩種文化之間：近現代中國繪畫》，趙佳譯，上海：上海書畫出版社，2020 年，第 15 頁。

之筆墨的藝術實踐，衝擊了乾嘉以來中國畫壇陳陳相因、粗疏苟簡的積習，自有時代革新的必然。他也認為西方現代畫有選擇性接受的餘地，所謂「可採入者，融之」〔註4〕，然而他擔心當時的人們會在一味趨新的因襲模仿中走上急功近利的彎路，認為「我們的圖案藝術，應紹述宋人之高雅趣味。而以寫生為一切造型藝術之基礎；因藝術作家，如不在寫生上立下堅強基礎，必成先天不足現象，而乞靈抄襲摹仿，乃勢所必然的。」〔註5〕所以「欲振中國之藝術，必須重倡吾國美術之古典主義，如尊宋人尚繁密平等，畫材不專山水。欲救目前之弊，必採歐洲之寫實主義。」〔註6〕但在其對寫實才是中國美術唯一出路的強烈堅持中，在其對近代文人畫「捨棄其真感以殉筆墨」〔註7〕的一再抨擊而對宋代宮廷畫講究「形似」技巧的強調中，還是相應忽視了中國繪畫史中潛藏的早期現代性元素。〔註8〕

〔註4〕徐悲鴻：《中國畫改良論》，轉引自肖偉：《現實功利與審美認同——論民國「二徐之爭」語境下的西畫接受》，《南京藝術學院學報》2016年06期。

〔註5〕徐悲鴻：《當前中國之藝術問題》，1947年11月28日天津《益世報》。

〔註6〕徐悲鴻：《美的解剖——在上海開洛公司講演辭》，轉引自肖偉：《現實功利與審美認同——論民國「二徐之爭」語境下的西畫接受》，《南京藝術學院學報》2016年06期。

〔註7〕徐悲鴻：《新藝術運動之回顧與前瞻》，徐伯陽、金山編：《徐悲鴻藝術文集》，臺北：藝術家出版社，1987年，第429頁。

〔註8〕應該指出的是，徐悲鴻在其發表於1926年2月《申報》上的《在中華藝術大學講演辭》中，曾對西方現代畫派有過較為客觀公允的評價：「歐洲繪畫界，自十九世紀以來，畫派漸變。其各派在藝術上之價值，並無何優劣之點，此不過因歐洲繪畫之發達，若干畫家製作之手法稍有出入，詳為分列耳。如馬奈、塞尚、馬蒂斯諸人，各因其表現手法不同，列入各派，猶中國古詩中瀟灑比李太白，雄厚比杜工部者也。」他任藝術學校校長後聘請多位傳統畫家（如張大千），也部分包容了中國傳統畫之寫意。他上述對繪畫「寫實」功能的近乎偏執的堅持，雖說不無以之改良社會的「功利」一面，但並非一開始就拘囿在文藝的政治意識形態屬性上，而實際上包蘊著寫實與寫意、形象與本體、視覺與聯想、模仿與創造等具複雜內涵的藝術美學問題。誠如王德威先生指出：「持平而論，徐悲鴻推動寫實主義、重建中國藝術傳承的努力，充分顯示他力挽狂瀾的使命感。他對中國繪畫現代性的堅持不容小覷。然而徐悲鴻的努力也滋生了內在的弔詭：因為他既強調現實與時俱變的必然，卻同時又將其本質化，捕捉不變的真實。在徐悲鴻的支持下，中國繪畫的寫實主義將原被視為天經地義的典律歷史化了，但又戰戰兢兢地規範了一種替代品，暴露了他對新本體論的渴求。尤有甚者，當徐以道德尺度來判斷一個畫家的作品，宣告中國畫家必須表達他們『真切的』內在源泉，他有意無意地向他先前批判的傳統教條靠攏。他對西方學院寫實主義無條件的堅持甚至可能重

　　方聞先生指出：「14 世紀的文人畫見證了中國畫從『狀物形』向『表吾意』或『寫意』的演變。這種演變與 20 世紀初的保羅‧塞尚（Paul Cezanne）、巴布羅‧畢加索（Pablo Picasso）等人以表現取代模仿的做法如出一轍」；「現代藝術家對形似的擯棄暗示著一種東西方藝術傳統殊途同歸的可能。」〔註 9〕的確，當西方現代繪畫超越焦點透視的近代油畫而賦予藝術本身一種新型的「線的藝術」模式，即與中國傳統繪畫有了融合的可能。以被稱為西方「現代繪畫之父」的塞尚而論，其晚年以獨立的馬賽克式色塊自由組合事物印象的方式，就與中國元明清以來以書法式的節奏和律動來暗示自然氣韻的畫法有異曲同工之妙。對於大自然的領悟，使得晚年的塞尚擺脫了歐洲古典繪畫靜態的寫實，就像中國傳統藝人在「澄懷味象」的審美體悟中消除了人與物之間的二元對立，他筆下的景觀也呈現了呼吸吐納的生動氣韻。其「《聖維克多山》將近景中的松葉與遠景中的山峰的輪廓做了大膽的平行處理，從而實現了最大程度的二維平面與深度透視的張力。塞尚的這種畫法，無疑拋棄了文藝復興以來西方繪畫苦心經營建立起來的線性透視理論，無意中卻與中國繪畫的『經營位置』的理念相吻合」，而與黃賓虹晚年的《棲霞嶺》具有驚人的相似。這充分說明，「無論是在器與術的層面──筆法與構圖，還是在形而上的道的層面──對世界的根本理解，塞尚都達到了與中國畫（尤其是文人畫）互通的境界。」〔註 10〕──從徐志摩當時的論述來看，他從塞尚的畫中意識到這種「東西方藝術傳統殊途同歸的可能」是存在的，其「用藝術來喚起藝術」的審美熱情與中西融通視野，無疑蘊藏著出於借鏡需要的互相發明。

　　「志摩的興趣是極廣泛的。……他的興趣對於戲劇繪畫都極深濃，戲劇

新建立（而未必超越）古典中國文學藝術中的載道主義。」〔〔美〕王德威：《史詩時代的抒情聲音：二十世紀中期的中國知識分子與藝術家》，第 313 頁。）──事實也正是如此。徐悲鴻「獨持偏見，一意孤行」的藝術性格和某些個人化的見解和立場（包括對西方現代藝術的褊狹認識和排斥態度），在以救亡為主導的現實環境和特定的激進政治文化氛圍下，被利用並放大了。特別是到了新中國成立後的一段時間內，美術界開始一味推崇蘇式的寫實主義和現實主義，而對西方現代藝術流派進行排斥，上述學術問題遂被上升到諸如「革命」與「反革命」、「資產階級」與「無產階級」的地步。徐志摩則被扣上「資產階級頹廢詩人」、「形式主義的衛道士」等帽子，被視為資產階級藝術的代言人而加以否定，這大概是徐悲鴻本人生前沒有想到也不願意看到的吧？！

〔註 9〕方聞：《兩種文化之間：近現代中國繪畫》，第 33～34 頁。
〔註10〕沈語冰：《塞尚與中國畫》，https://www.sohu.com/a/339982720_100087519。

不用說，與詩文是那麼接近，他領略繪畫的天才也頗為可觀，後期印象派的幾個畫家，他都有極精密的愛惡，對於文藝復興時代那幾位，他也很熟悉，他最愛鮑蒂切利和達文騫。自然他也常承認文人喜畫常是間接地受了別人論文的影響……」〔註11〕——知人論世的林徽因並非虛言，種種跡象表明，徐氏遊學英國通過狄更生教授結識 20 世紀初頗具名氣的新派畫家羅傑·弗萊後，得以神交於塞尚等後印象派畫家——林徽因所說的「間接地受了別人論文的影響」，即是指此。〔註12〕徐志摩之所以傾心於塞尚，一來源自他敏感於色彩的藝術天賦，二來源自塞尚「安排他的『色調的建築』，實現他的不得不表現的『靈性的經驗』」（徐志摩：《我也「惑」：與徐悲鴻先生書》）與其追求性靈藝術審美的契合。應該說，他歸國之初在其《藝術與人生》演講稿中歸納指出藝術感受力與內在創造精神之間的關係與此也不無關聯：「內在之物的開發有賴於從外部吸收的東西中得到靈感和效驗。在這方面，美的鑒賞是一個重要因素。美的敏感比強烈的理智或道德品性對人生的意義更重要，更富有成效。只要努力追求藝術的激情，你就能懂得美和生活的意義。」（徐志摩：《藝術與人生》）

此種融通審美觀奠定了徐志摩藝術批評上兼收並蓄的包容態度。他在評價劉海粟時即認為：其畫作既有現代氣息，又有傳統文人畫的意趣，其意象「寫的是『意』，不是體。他寫山海是為它們的大，波瀾為它們的壯闊，泉為它們的神秘，枯木為它們的蒼勁。」（徐志摩：《詩刊弁言》）作為「藝術叛徒」劉海粟當時「唯一的知己」〔註13〕，徐志摩還認為：「『有他的性情才有他的發見，因他的發見更確定了他的性情。』所以從他的崇仰（指劉海粟對西方米其朗基羅、羅丹、塞尚、梵高，對東方八大、石濤的崇拜）及他自己的作品裏我們看出海粟一生精神的趨向。』徐志摩對中國繪畫從新舊文化角度作了區分，實際上探討了五四新文化運動以來中國傳統美術現代轉化的可能性。」〔註14〕所以在上世紀初，他儘管借鑒西方現代藝術資源來分析中國美術，卻

〔註11〕林徽因：《悼志摩》，王任編：《哭摩》，北京：金城出版社，2012 年。

〔註12〕參閱田豐：《詩與畫的聯姻——徐志摩與西方後印象派繪畫》，《嘉興學院學報》2012 年 3 月第 24 卷第 2 期。此外，汪亞塵也曾談到他拜訪徐志摩時，徐給他展示羅傑·弗萊送他作品的情景（汪亞塵：《英國畫家羅傑·弗賴》，《時事新報》1924 年 5 月 18 日）。

〔註13〕傅雷：《談藝錄及其他》，北京：人民文學出版社，2017 年，第 17 頁。

〔註14〕李徽昭：《徐志摩美術思想論》，《淮陰師範學院學報（哲學社會科學版）》2019 年 04 期。

並未像徐悲鴻那樣全盤抨擊傳統「文人畫」而拒斥可供其轉化的西方視覺現代性。對於徐志摩而言,「文化的一個意義是意識的擴大與深湛,『盲』不是進化的道上的路碑。」他以中國美術不能脫離世界潮流的宏觀通識和比較藝術眼光,暗示那種偏執於歐洲 19 世紀寫實主義的做法實際上忽視了世界藝術史的流變:「我國近幾十年事事模仿歐西,那是個必然的傾向,固然是無喜悅可言,抱憾卻也沒有必要」(徐志摩:《我也惑:與徐悲鴻先生書》)。

毋庸諱言,徐志摩「藝術批評是獨立的,不容納道德的觀念」等「為藝術而藝術」的觀念容或有可議之處(徐志摩:《我也惑:與徐悲鴻先生書》),但在特定的歷史時期,其理論與主張對於「鼓勵個性解放,反對文藝為封建禮教和官僚政治服務,卻具有一定的進步意義。況且,藝術畢竟不等於政治宣言,特別是作為視覺藝術的繪畫,並不是非帶上政治色彩不可,有些藝術形式,如花鳥畫、山水畫、靜物畫、書法等雖然毫無政治傾向性,卻廣為大眾所喜聞樂見。因人生的目的不可能是一個模式,大眾也是各種層次,即使是為大眾、為人生而藝術,藝術家也有權利選擇各種各樣的藝術表現形式。」〔註15〕同時,片面以西方比例正確之幾何圖形來切割中國傳統筆劃的氣韻生動之線(徐悲鴻具體改良中國畫學的「新七法」,第一是「位置得宜」,第二是「比例正確」),以西方畫的排斥時間的純空間造型來替代中國畫的時空合一之境,以西方畫的焦點透視來過濾掉中國畫中「以流盼的眼光綢繆於身所盤桓的形形色色」(宗白華語),把中國畫的筆墨納入具有普遍性的點線面基礎──如此「改良社會」與「走向大眾」之「寫實」,必然導致中國藝術民族本體特色的失落。──「二徐」的論辯,某種程度上正凸顯了此一時代情境中筆墨轉型的新問題意識:「中國繪畫如何經由西方源泉予以更新,本土形式如何和全球潮流進行協商,現代性如何借由各種形式彰顯意圖與風格的『真確性』,以及藝術如何銘刻民族危機的可能」等等,〔註16〕總之,如何突破因襲的模仿而又實現與之有機結合的創造(就像徐志摩既與西方接軌而又兼顧中國古典傳統的新詩實踐一樣),成了他們共同有所「惑」的核心。就此而言,徐志摩當時用來想像中西文化衝撞交匯中美術觀賞者心態的一段話,至今仍

〔註15〕顏廷頌:《論「惑」與「不惑」──1929 年關於西方現代藝術的一場戰爭》,戈巴編:《徐悲鴻 PK 徐志摩──「惑」與「不惑」:1929 年去全國美術展覽會始末》,第 71~72 頁。

〔註16〕〔美〕王德威:《史詩時代的抒情聲音:二十世紀中期的中國知識分子與藝術家》,第 310 頁。

是值得反芻的精彩發言：

> 凡事一經過大變動，往往陷入一種昏迷的狀態，你得容許他一個相當時期等他蘇醒過來，然後看他有否一種新氣象，新來的精力的表現。——我們生活的革命化（現代化）的程度還是極淺，種種類似革命的勢力，雖則依然激起不少外表的波動，還不說到是已經影響到生命的根柢去解放他的潛在的力量。或者換一邊說，我們民族內心裏要求適應時代的一點熱（一點革命精神），還不曾完全突破層層因襲的外殼，去和外來的在活動中的勢力相圍合，只有在這個條件下革命才有完成的希望。（徐志摩：《想像的輿論》）

——這種之於實質性精神變革的期望，正是上世紀初徐志摩為中國現代美術發展所指明的方向。〔註17〕

二、藝術融通視域下的「徐陸」書畫

1. 詩與畫的聯姻

不同於西方追求「無限」之現代性浮士德精神，在丘壑花鳥中發現和表現「無限」的中國人所獲得的「悠然意遠而又怡然自足」的心靈境界和情感體驗，大多來自道法自然的「體合為一」〔註18〕。所以流連於風花雪月之間，玩賞於山石林泉之下，涵泳於書畫琴棋之中，向來就是中國人陶養性靈、超拔情志的主要悅樂方式。心靈的沖淡融和，成為融入中國傳統繪畫翰逸神飛藝術境界的前提與根本。所謂「須胸中廓然無一物，然後煙雲秀色與天地生生之氣自然湊泊」（〔明〕李日華：《竹懶論畫》），才能「離卻自然，脫彩色濃縟之束縛，遊於水墨疏澹之境，置技巧於度外，可謂得魚忘筌，得言忘象。」〔註19〕——歷代善得個中消息的文人雅士，往往在「逸筆草草，不求形似，聊以自娛」中將胸中丘壑之氣韻託於紙上，借自然之物象以寫胸中之逸氣，是為「文人畫」。

「文人畫由來久矣，自漢時蔡邕、張衡輩，皆以畫名，雖未睹其畫之如

〔註17〕 參閱李徽昭：《徐志摩美術思想論》，《淮陰師範學院學報（哲學社會科學版）》2019 年 04 期。

〔註18〕 參閱宗白華：《中國古代繪畫美學思想》，《美學散步》，武漢：長江文藝出版社，2019 年，第 163～164 頁。

〔註19〕 陳師曾著譯：《中國文人畫之研究》，杭州：浙江人民美術出版社，2016 年，第 33 頁。

何，固已載諸史籍，六朝莊老學說盛行，當時之文人，含有超世界之思想，欲脫離物質之束縛，發揮自由之情致，寄託於高曠清靜之境，如宗炳、王微其人者，以山水露頭角，表示其思想與人格，故兩家皆有畫論，東坡有題宗炳畫之詩，足見其文人思想之契合矣。王廙、王羲之、王獻之一家，則皆旗幟鮮明。漸漸發展，至唐之王維、張洽、王宰、鄭虔輩，更蔚然成一代之風，而唐王維又推為南宗之祖。當時詩歌論說，皆與畫有密切關係。流風所被，歷宋元明清，綿綿不絕」〔註20〕。——從現有的資料來看，深受倪瓚、沈周清幽畫風影響的近代女畫家陸小曼（1903～1965），正是從臨摹古畫入手的。其母親吳曼華（其父吳籽禾曾是常州顯赫的「白馬三司徒中丞第」）多才多藝，擅長工筆劃——置身於這樣的家教中，又加上長期的拜師學習，到認識詩人徐志摩的「五四」時期，其工筆花卉和淡墨山水已頗得宋人院本的神韻。〔註21〕雖然陸小曼的畫吸收了西方靜物寫生的元素，部分仕女畫透露出現代女性之美，但從其整體風格來看，無論是柔而有骨的煙雲流潤，還是轉折靈變的奇境迭出，均呈現出濃厚的傳統「文人畫」之審美意趣，故可稱其畫為傳統「文人畫」的近代傳承。

陸小曼的藝術靈性，讓徐志摩其時已然成型的審美藝術觀，有了借助彼此之間的愛情而付諸實踐的可能。「白朗寧夫婦」藝術模範夫妻的激勵，成為徐志摩日常敦促陸小曼不忘上進的動力所在：「既然你專心而且誠意學畫，那就非得取法乎上（不可），第一得眼界高而寬。……眼界不高，腕下是不能有神的。憑你的聰明，決不是臨摹就算完畢事。就說在上海，你也得想法去多看佳品。手固然要勤，腦子也得常轉動，才能有趣味發生。」（徐志摩致陸小曼，1931年6月25日）徐志摩的苦心布種，催萌了陸小曼繪畫藝術的清芬，為她後來成為一名頗有成就的女畫家打下了堅實的基礎。他們的婚姻生活也藉此塗抹上了一抹罕見的亮色：那正是具有藝術稟賦的夫婦互相提攜唱和的典範。從流傳下來的徐陸合作完成的書畫來看，極具藝術觀賞價值。通常是陸小曼作畫，徐志摩作題跋。畫作秀潤清雅，往往是疏淡幾筆，即勾勒出一幅天然景致，而徐志摩書法灑脫俊逸，氣吐霓虹，或題小詩一首，或書古文一闋，或附感觸數語，皆行雲流水，由此，詩情與畫意俱融，筆墨共山水一色，志摩詩之「有聲之畫」與小曼畫之「無聲之詩」契合無間，堪稱天作之合

〔註20〕陳師曾著譯：《中國文人畫之研究》，第9頁。
〔註21〕劉海粟：《回憶老友徐志摩與陸小曼》，韓石山、伍漁編：《徐志摩評說八十年》。

（圖一——圖五）。很顯然，詩、書皆有造詣的徐志摩是在陸小曼的身上寄託自己的繪畫理想。古人所謂「林泉之志，煙霞之侶，夢寐在焉。耳目斷絕，今得妙手鬱然出之，不下堂筵，坐窮泉壑，猿聲鳥啼，依約在耳，山光水色，滉漾奪目，斯豈不快人意，實獲我心哉！」（〔宋〕郭熙：《林泉高致‧山水訓》）——實可用來形容徐志摩對陸小曼繪畫藝術上的一片深情厚望。

圖一　徐志摩與陸小曼合作書畫之一，攝自王秀莉編：《陸小曼詩‧文‧畫》，南京：譯林出版社，2016年，第 67 頁。

圖二　徐志摩與陸小曼合作書畫之二，攝自王秀莉編：《陸小曼詩‧文‧畫》，南京：譯林出版社，2016年，第 93 頁。

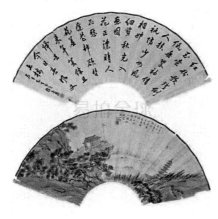

圖三　徐志摩與陸小曼合作書畫之三，轉自網絡。

圖四　徐志摩與陸小曼合作書畫之四，轉自網絡。

圖五　徐志摩與陸小曼合作書畫之五，轉自網絡。

　　中國書畫自古以來異體而同源。傳統書法的結構體勢，無論是一氣呵成的往返開合，還是隨心應變的轉折頓挫，一旦融入同樣以線條來模擬形似的繪畫藝術，便使得文人畫家捨棄狀物的「形似」而追求性靈的「寫意」，所以自從元初書畫大家趙孟頫發揮唐代張彥遠「書畫同體」命題而提倡以書入畫〔註22〕以來，書法性的「表吾意」便取代再現性的「狀物形」〔註23〕，將繪畫帶入超越「形似」的境界。「畫家以流盼的眼光綢繆於身所盤桓的形形色色。所看到的不是一個個透視的焦點，所採的不是一個固定的立場，所畫出來的是具有音樂的節奏與和諧的境界。」〔註24〕此種「節奏化了的自然」，經由中國書畫藝術與詩歌的表達，貫通其中「筆走蛇龍」的樂舞氣韻，實構成華夏藝術中書、畫、詩、樂涵融一體的藝術精神。從這個意義上說，陸小曼畫中氤氳萬千之氣象，正如徐志摩詩中之意象；其筆墨線條纏繞和合處自然流瀉的氣脈之節奏與旋律，又與徐志摩詩歌內在的韻律相通；其以疏淡工筆寫意敷染胸中丘壑所呈現的紙上山水，恰是徐志摩心中常想望的「草青人遠，一流冷澗」之隱逸境界的再現。

〔註22〕所謂「石如飛白木如籀，寫竹還應八法通。若也有人能會此，須知書畫本來同。」（〔元〕趙孟頫：《秀石疏林圖（題）》，周積寅：《中國畫論輯要》，南京：江蘇美術出版社，1985 年，第 574 頁。）
〔註23〕參閱方聞：《兩種繪畫之間：近現代中國繪畫》，第 23 頁。
〔註24〕宗白華：《美學散步》，第 98 頁。

2. 翰墨與丹青的唱和

上世紀初，隨著現代性生活的降臨，傳統的修身養性、天人合一等似乎變得不合時宜，傳統文人畫的師法造化之寫意更變得陳腐不堪，一再受到抨擊，但具有節奏、音樂和韻律的藝術意境不啻是對劫難世界的撫慰，具有傳統情懷的文人們依然會將遙遠的過去融入對未來的想像，從而調校當下的生活方式。從異域歸來的徐志摩，念念不忘「草青人遠，一流冷澗」的康橋，認識陸小曼後，閒時之於蘇杭山水的飽遊飫看便成為他們日常的功課。她筆下的那片林泉煙霞世界，同樣成為他「愛夫山水」之外的寄寓所在。他的書法素養與「領略繪畫的天才」，也自然地融入到彼此日常的唱和與交流中。

「腕底煙雲筆底山，胸中丘壑意清閒；道升畫裏無斤骨，天際真人想像間。」〔註25〕這是時人對陸小曼畫作的評價。從其傳世的眾多畫作來看，不乏褚絳青綠渲染的濃墨重彩，但更多的是用色淡雅素潔，皴法自然率真，淡遠重於瑰麗，其淡煙疏柳、枯木亂石、小亭空屋、遠山孤舟等意象的疏遠空淡，恰與傳統莊禪的清空虛靜契合，為心的優游提供了一個「可行，可望，可遊，可居」的流動性空間，也是中國傳統美學「澄懷味象」的體現。故心有靈犀的徐志摩嘗為其畫作跋云：「蠻姑老筆氣清蒼，無限江山入混茫；曾向鷗波窺畫訣，毫端截取郭河陽。」（圖六）——「蠻姑」，是陸小曼的筆名，「鷗波」，指元代書畫大家趙孟頫，「郭河陽」，則指宋代山水畫大家郭熙。徐志摩稱陸小曼的作品取法於趙孟頫、郭熙，既是一種讚美，也是一種勉勵。才女陸小曼能畫也能寫娟秀的字，其腕底雲山向來是「松風澗水天然調，攜得琴來不用彈」（陸小曼《松風澗水》畫自題詩，圖七）而自成一番天地的，但有了徐志摩「自存風格」（陳從周語）的書法之幫襯兼具深意的唱和，更增添了一脈風流醇厚的人文雅意。

〔註25〕柴草：《圖說陸小曼》，哈爾濱出版社，2006年，第136頁。

圖六　陸小曼《河陽秋深》，攝自王秀莉編：《陸小曼詩・文・畫》，南京：譯林出版
社，2016年，第82頁。

圖七　陸小曼《松風澗水》，轉自網絡。

圖八　吳德健、虞坤林編：《徐志摩墨蹟》，西泠印社出版社，2008 年。

　　也許是文名太盛，徐志摩向來在現代書法史上「名不經傳」，但近年來卻不脛而走，一套裝幀素雅精美而彙集其生平書法作品和手書墨蹟的《徐志摩墨蹟》（圖八）一時紙貴，可見人們對其書法的重視已日漸見長。事實上，徐志摩來自於毛筆文化未曾斷裂的傳統社會，在私塾時就打下了良好的書法基礎。少年時代楷書學顏、歐，行書則大體取法顏真卿《祭侄稿》、二王，故其 15 歲謄寫的岳飛《滿江紅》詞，已得遒勁舒和、神定氣若的書法要髓。拜梁啟超為師後，受其影響，又從晉唐溯流而上，轉而汲取北魏《張猛龍碑》以及《張黑女碑》的挺勁以強骨力（以上資料參閱自百度）。所以陳從周先生曾指出：「他的書法學北碑張猛龍，有才華，自存風格，在近代文學家中是少見的。」〔註26〕當代書畫家唐方吟則指出：「（徐志摩的）筆墨風流灑脫，

〔註26〕陳從周：《記徐志摩》，《徐志摩：年譜與評述》，第 138 頁。

提按頓挫敏捷圓滿，意致與鄭孝胥書法相近。」〔註27〕這些均大致道出了徐志摩書法的特徵、地位及師承淵源。今觀其書法作品，謀篇布局閒雅疏朗、氣韻貫通，清遠中含秀雅，散逸中見天真，圓潤流走的連綿揮灑中不乏渾厚遒美，正所謂「寓剛健於婀娜，行遒勁於婉媚」。不妨隨錄幾幀，與眾分享（圖九～十三）：

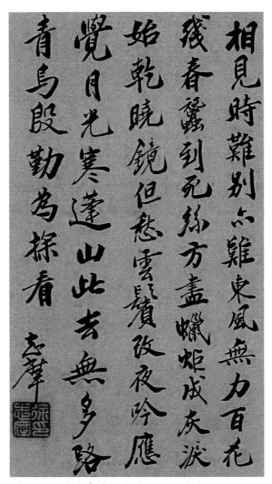

圖九　徐志摩書法選錄之一，轉自網絡。

〔註27〕以上資料參閱自百度。關於徐志摩與民國大書法家鄭孝胥的師從關係，限於實證的缺乏，不能遽下結論。不過，從鄭孝胥一九一四年六月十八日日記所載「徐申如來求書『白水泉』匾及沈貫齋祠聯」，以及一九二八年五月五日日記所載「志摩贈《新月》雜誌，且求明日來觀作字」的前後關聯來看（李慶西：《從徐志摩與鄭孝胥說到徐申如》，《話語之徑》，復旦大學出版社，2011年），徐志摩縱使不曾投身其門下，但師法其書法當無疑義（徐志摩部分書法與其酷似也提供了旁證）。

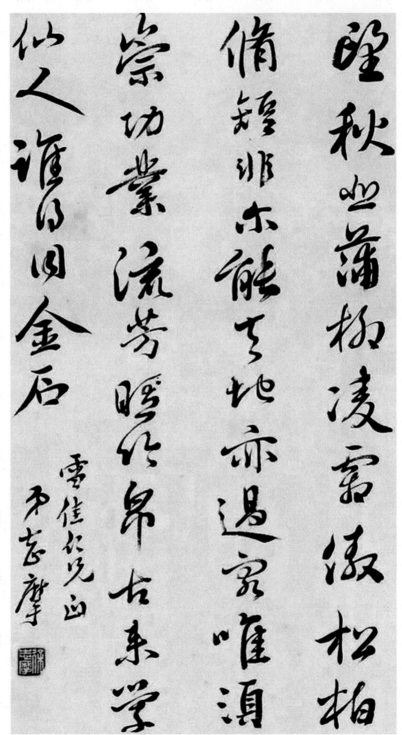

圖十　徐志摩書法選錄之二，轉自網絡。

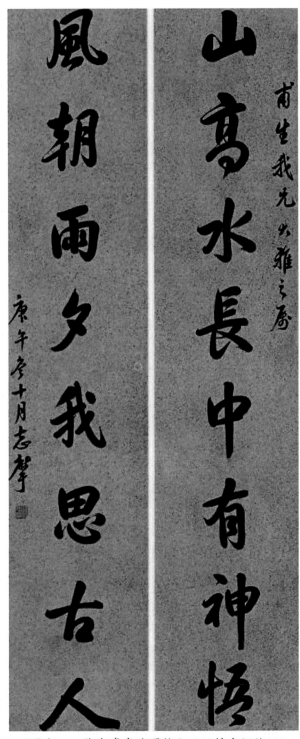

圖十一　徐志摩書法選錄之三，轉自網絡。

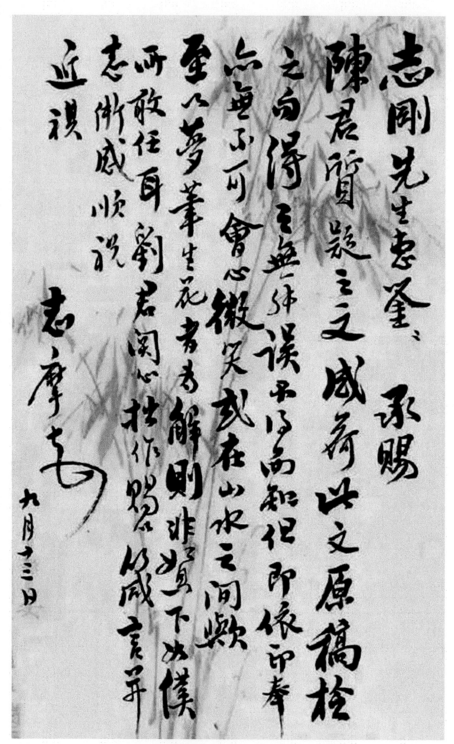

圖十二　徐志摩書法選錄之四，轉自網絡。

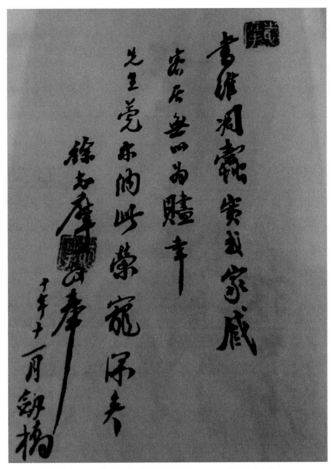

圖十三　徐志摩書法選錄之五，轉自網絡。

　　書畫同源，為其有筆氣也。北魏碑體上承漢隸下開唐楷的演變，是早期書法筆法由「象形的圖畫模擬逐漸變而為純粹化了的抽象的線條和結構」的關鍵，此後，一種「淨化了的線條──書法美，以其掙脫和超越形體模擬的筆劃（後代成為所謂『永字八法』）的自由開展，構造出一個個一篇篇錯綜交織、豐富多樣的紙上的音樂和舞蹈」〔註28〕，與人們對於筆墨所要求的凸顯時間屬性的精神理念互為表裏，同構於道體發用流行的宇宙氣化理念，極大地影響了中國繪畫美學形式的構造格局。徐志摩的書法能夠與陸小曼秀逸的畫作聯袂而行，成為現代書畫界逸品，蓋源於此。

　　中國傳統題畫詩素有講究，「畫上題款詩，各有定位，非可冒昧，蓋補畫之空處也。如左有高山右邊宜虛，款詩即在右。右邊亦然，不可侵畫位」（〔清〕

──────────
〔註28〕李澤厚：《美的歷程》，北京：生活‧讀書‧新知三聯書店，2009 年，第 45 頁。

孔衍栻：《石村畫訣》）。以徐志摩題跋陸小曼「貴妃出浴圖」為例（圖十四）：
其節錄白居易《長恨歌》四句之題跋，即顯得曲直適宜，縱橫合度；而其翰墨
逸飛氣脈通連之象，於筆斷意連之際，盡顯圓潤秀逸，顧盼生姿，恰與圖中
出浴貴妃之嬌憨神態妙合而凝，渾然一體。又如徐志摩借古人詩句為陸小曼
「雙猿」畫所作之題跋：「畫莫難於工寫生，玃猿移得上幽屏。相逢平野初驚
顧，共向薰風適性靈。」（圖十五）〔註29〕──也顯得結體自如，布局完滿；
而詩中意境則賦予了畫中「雙猿」活潑的靈性，相映成趣，正所謂畫寫物外
形，詩傳畫中意。

圖十四　攝自王秀莉編：《陸小曼詩・文・畫》，南京：譯林出版社，2016年，目錄後頁。

圖十五　攝自王秀莉編：《陸小曼詩・文・畫》，南京：譯林出版社，2016年，第78頁。

〔註29〕該題畫詩節引自〔宋〕蔡襄：《和楊龍圖獐猿屏》。蔡詩原為：畫莫難於工寫
　　　　生，獐猿移得上幽屏。相逢平野初驚顧，共向薰風適性靈。引子畫遊新草綠，
　　　　嘯群時望故山青。可憐官省沉迷處，每到中軒頓覺醒。

　　陸小曼秀逸雋永的人文底蘊，引發了徐志摩藝術的共鳴，也滋哺了其飛揚的才情與性靈。無論是《春的投生》中的纏綿繾綣，還是《鯉跳》中婀娜秀麗的身姿，或是《別擰我，疼》中的閨閣情趣，均留下了他們琴瑟和鳴、伉儷情深的印記。最典型的是傳為陸小曼而寫的名詩《雪花的快樂》，以輕音樂般的旋律，伴奏雪花在半空中翩翩飛揚的姿態，以朱砂梅的清香，襯托「她」輕盈的體態，同時也將梅花意象作為整個畫面的古典布景，從而徐徐展開了一幅「紅梅飛雪圖」。此詩現存一份極為難得的「手稿」版本（圖十五）：

圖十六　徐志摩《雪花的快樂》手稿。係近年從日本回流後為上海收藏家王金聲先生
　　　　收藏。

　　——其「提按頓挫敏捷圓滿」的筆勢，明顯可見出鄭孝胥書法的影響（如圖十七，與之對比，《雪花的快樂》手稿中「雪」「舞」「飛」等字多見神似之處）。整幅手稿於端莊凝練中顯婉媚幽峭的書法藝術風格，契入詩中清幽雅逸的畫面，燦合以詩裏行間洋溢的旋律感，構成了詩、書、畫、樂的高度融合。

圖十七　鄭孝胥書法，轉自網絡。

3. 歷史遺落的藝術風韻

　　中國畫的演進在近代所面臨的一個最重要的問題，就是「如何在靜止二維平面的紙帛上，體現氣化宇宙中具有時空合一性質的氣韻生動的物象。從實質上看，就是繪畫如何與文化觀念相應合的問題。」〔註30〕對於其時秉承傳統人文藝術精神的中國畫家們來說，中國畫的真正本質和審美結構，在面臨西方現代視覺形式衝擊的「離形」與「得似」之充滿張力的「中間態」中，依然離不開生命本心與自然萬物的相互交融，「只有『筆劃』『筆墨』『形色』『空間』等具象化的構型要素融匯於天地萬物的生命律動之中（『畫化』），真正的『畫意』（即畫者對天地自然以及自身生命體驗與『道』之『未分化基底』的『交融與互滲』）或畫的『真諦』才得以顯現（『畫生』）。」〔註31〕1931 年，在徐志摩的鼓動下，定居上海的陸小曼開始創作其生平重要代表作「仿董其昌山水手卷」（圖十八）：

〔註30〕張法：《「線的藝術」說：質疑與反思》，《文藝爭鳴》2018 年 9 期。

〔註31〕鮑遠福：《中國文人畫論的正確打開方式──評朱利安〈大象無形──或論繪畫之非客體〉》，王邦維、陳明主編：《文學與圖像》，北京：北京大學出版社，2019 年，第 268 頁。

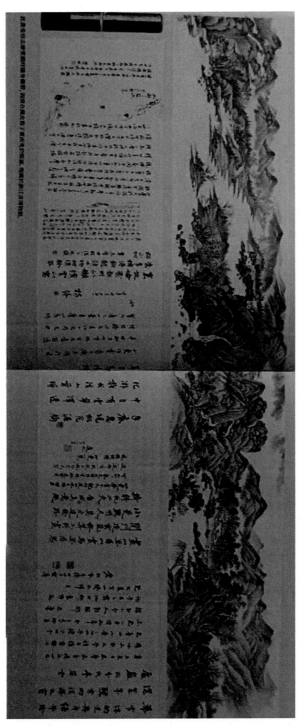

圖十八　陸小曼代表作「仿董其昌山水手卷」，攝自章怡主編：《曼廬墨戲——陸小曼
的藝術世界》，上海：東方出版社，2020 年，第 52～53 頁。

這是一幅恢宏開闊的江南山水長卷,「圖中山脈呈龍延迴環之勢,盤迤中,於卷之右部呈一分合之闕,屋宇亭榭,鑲綴其間。中部為圖卷之主體,群巒翠疊,茫蒼森嚴,山泉一泓如練,潺然躍出幽澗。圖卷左部水波浩淼,遠岫浮諸煙霞,江干坡渚一帶,石拱略彴,水築曲欄歷歷見。通卷模山范水,法度井然,然無宋人之刻結;潤澤蘊藉,用實於虛,卻有元人之風韻。」〔註32〕
——在個體情感精神煉獄中(喻指陸小曼與徐志摩之間飽受世俗爭議的不倫之戀,詳見本章附錄篇)勾畫永恆田園之夢的陸小曼,猶如一個刀尖上的舞者,在「形似」與「得道」之間躑躅盤桓,凝神觀照,努力解悟超越的「山水」之「道」,企圖於煙霞縹緲世界中逃離世俗生活的韁鎖,打開對「天地大道」和生命「完滿性」憧憬之門的秘匙,由此,一個完整而靈動的有機生命體,在其有限畫帛的時空延展中得到了舒展吐納。此種以筆墨的時空合一和虛實相生來重新闡釋中國山水那「華滋渾厚」境界的情懷之發抒,儼然有北宋王希孟《千里江山圖》之氣勢神韻,置身於家國憂患之際(「九一八」事變之前),毋寧也是民族精神氣節之提振與展現。難怪此畫一出,徐志摩即引以為豪,欣然攜卷北上。作為那個時代得風氣之先的新文學健將,徐志摩的人脈圈中名流藝術家雲集,他也樂得拿陸小曼的畫作去給他們品鑒,作題跋鼓勵。一番「修禊雅集」下來,「歸而重展,居然題跋名家綴滿紙尾」(圖十九中陳蝶野題跋語),不期然間又牽引出一樁「學術公案」,肇啟於其間胡適之題跋:「畫山要看山,畫馬要看馬,閉門造雲嵐,終算不得畫,小曼聰明人,莫走這條路。拼得死工夫,自成真意趣。小曼學畫不久,就做這山水大幅,功力可不小!我是不懂得畫的,但我對於這一道卻有一點很固執的意見,寫成韻語,博小曼一笑。」(圖十九山水手卷中題跋釋文)胡適的態度,與徐悲鴻類似,無疑是反對一味寫意而提倡「對景寫真」的。楊杏佛看了,卻不買帳,針對性地跋云:「手底忽現桃花源,胸中自有雲夢澤;造化遊戲成溪山,莫將耳目為桎梏。小曼作畫,適之譏其閉門造車,不知天下事物,皆出意匠,過信經驗,必為造化小兒所笑也。質之適之,小曼、志摩以為如何?」(圖十九山水手卷中題跋釋文)賀天健見後,則以一首絕句支持楊杏佛的觀念:「東坡論畫鄙形似,懶瓚雲山寫意多。摘得驪龍頷下物,何須粉本拓山阿。」(圖十九山水手卷中題跋釋文)——凡此種種,圍繞著山水畫寫實還是寫意的問題而展

〔註32〕陳世強:《玉顏空自惜 冷意無人識——陸小曼及其清逸雲山中的人文底蘊》,《南京藝術學報(美術與設計版)》2007年第2期。

開，依稀是當年「二徐之爭」問題意識的延伸。可歎的是，此時因京滬兩地奔波而疲於生計的徐志摩，還來不及留心發聲，重續當年意猶未盡的精彩發言，〔註33〕即告罹難殞逝！這幅一直為他所珍愛而隨身攜帶的山水長卷，飛機失事時因放在鐵篋內而得以幸存。從此起，那一方隱喻其愛情悲劇的「殘山剩水」，連帶他曾因和而不同而奮力衛護抗爭的那份藝術獨立之赤誠，連帶他與陸小曼純真的愛情以及「書畫」唱和的人文藝術理想，逸響天外而於煙火人間再也無處安放。徐志摩「論敵」徐悲鴻曾指出的「夫有真實之山川，而煙雲方可怡悅，今不把握一物，而欲以筆墨寄其氣韻，放其逸響，試問筆墨將於何處著落？！」〔註34〕——不幸在其遭遇中一語成讖！往後歲月裏，陸小曼睹物思人，黯然神傷，畫風漸趨清冷蒼茫，其「別有關情處」的暗香，縱使「金粉不肯凋，豔色年年在」，卻因了徐志摩的雲遊不歸，終歸只能是「吹罷瓊簫咽鳳塵，粉痕暗減鏡中春」〔註35〕了。此番「玉顏空自惜，冷意無人識」〔註36〕的幽情冷懷，一直要待到新中國成立重新得到相關賞識與關懷後，才得以再濡筆硯，重整河山。〔註37〕

〔註33〕據楊清磬當年關於「二徐之爭」所作的總結性陳詞透露：「『惑之不解』付排後。志摩兄又來洋洋大文，計長六七千言。本刊地位及時間上均不能容。惟有暫為保存，俟有繼續出版之機會再為刊布。」（楊清磬：《「惑」後小言》，「全國美術展覽會編輯組」編：《美展》增刊，1929年5月。）但是非常遺憾的是，徐志摩這篇洋洋「六七千言」大文，不但因「本刊地位及時間上均不能容」而自此失去了關於「現代藝術」的再一次精彩發言的機會，也至今仍然失落在所有關於徐志摩的文獻之外——回顧其被歷史遺落的藝術風韻，不經意間，總令人唏噓不止。

〔註34〕徐悲鴻：《新藝術運動之回顧與前瞻》，徐伯陽、金山編：《徐悲鴻藝術文集》，第429頁。

〔註35〕陸小曼「百花齊放」圖款識，轉引自羅德豔：《陸小曼繪畫研究》，江蘇大學碩士學位論文，來源於中國知網。

〔註36〕楊杏佛題徐志摩陸小曼愛情紀念冊詩，徐志摩：《愛眉小札》，北京：經濟日報出版社，2000年，第329頁。

〔註37〕上世紀50年代，貧病交加的陸小曼仍滯留上海，且無力醫治。適巧毛澤東來上海視察。在一次偶然的談話中他向文化界人士詢問：「從前有位很漂亮又很有才氣的女畫家陸小曼還在嗎？」「主席也知道她？」上海文化界人士答道。「怎麼不知道！大名鼎鼎的女才子，徐志摩詩人的妻子嘛！」毛澤東說。當文化界人士告知毛澤東陸小曼的真實情況後，他立即批示：要幫助解決困難，並適當安排一個位置。於是，陸小曼被上海市人民政府聘為文史館員，並安排到華東醫院住院治療（參閱劉海粟：《回憶老友徐志摩與陸小曼》，載韓石山、伍漁編：《徐志摩評說八十年》）。1956年，陸小曼還被上海中國畫院吸收為專業畫師，成為上海美術家協會會員。

三、徐志摩詩文中的構繪元素與圖像化修辭

清末民初，西方現代文化的湧入，模糊、沖淡、分解了中國古典主義的圖騰，使得傳統人文精神世界和諧完整的畫面呈現出支離破碎的狀態。文學與圖像之間的關係也因此出現了劇變。一方面宋元明清以來繁盛的文人畫傳統幾成空谷足音，「文學與繪畫兼長（如鄭板橋那樣可以在自己的畫上題寫詩文的文人類型）在現代中國幾不可見。大量的文學不再承擔精神家園的責任，在經濟規律的支配下，崇尚自由精神的文學創作理性地轉變成了旨在換取利益的流水線式機械性碼字工作，各種充斥商業氣息的逼真的影視圖像與先鋒性的離散的形象同時洶湧而來」〔註38〕；另一方面，在這種目迷五色的應接不暇中，也出現了傳統主義的回歸與堅守。尤其是「五四」時期，文學與圖像的關係在古典與現代的錯綜滲透中更呈現出複雜多變的分合與雜糅。

在現代新文學史上，具有美術愛好與藝術素養的新文學家不乏其人，如魯迅、聞一多、徐志摩、豐子愷、傅雷、葉靈鳳、艾青、張愛玲等等。如果就文學與美術兼擅而言，豐子愷應是唯一的一個——以散文名世的同時也是久負盛名的漫畫家。但如果以詩文中畫面美感的濃鬱與醇厚而言，徐志摩無疑是其中最醒目的一個。

1. 虛實結合的水彩寫意

豐子愷曾就「文學的繪畫」發表自己的感言，認為其在「求形式的美之外，又兼重題材的意義與思想」，「前者在近代西洋畫中最多，後者則古來大多數的中國畫皆是其例」，並認為後者更能帶給他「深切的感動」，「因為這種畫兼有形象的美與意義的美……，換言之，便是兼有繪畫的效果與文學的效果的原故。這種畫不僅描寫美的形象，又必在形象中表出一種美的意義。也可說是用形象來代替了文字而作詩」。〔註39〕無獨有偶，徐志摩也曾說過：「要真正的鑒賞文學，你就得對於繪畫音樂，有相當心靈上的訓練。這是一條大道的旁支。你們研究文學的人，更不應該放棄了這兩位文學的姊妹——繪畫與音樂，前者是空間的藝術，後者是時間的藝術，同樣是觸著心靈而發的。」（趙家璧：《寫給飛去了的志摩》）由此，圖像元素融入他藝術的通感，繪畫色彩作為獨特的表現符號成為其詩文中傳情達意的重要手段（另一個重要的

〔註38〕原小平：《中國現代文學圖像論》，北京：新華出版社，2016年，第30頁。
〔註39〕豐子愷：《繪畫與文學》，豐陳寶、豐一吟、豐元草編：《豐子愷文集》（第二卷），浙江文藝出版社、浙江教育出版社，1990年，第490～491頁。

表現手段是音樂的和諧）。〔註40〕不但其散文中多次渲染色彩激發的感應（如「濃得化不開」系列），細節描繪上呈現出繁複濃鬱的流動畫面感（如《我所知道的康橋》、《印度洋上的秋思》、《北戴河海濱的幻想》等），詩中也常借助色彩詞彙釀造繽紛的意象（如《再別康橋》中以「金柳、青荇、豔影、清泉、天上虹、青草、星輝」等意象徐徐開啟一幅明麗柔婉、清雅幽深的康橋晚景圖；《灰色人生》中將「落葉的顏色、秋月的明輝、嫩芽的光澤、落日的霞彩、遠山的露靄」糅合，在開闊的視景中組合一幅磅礡雄渾的畫圖，等等）。

　　中國傳統繪畫藝術向來遵循所謂「外師造化，中得心源」的原則，如方士庶在《天慵庵隨筆》中說：「山川草木，造化自然，此實境也。因心造境，以手運心，此虛境也。虛而為實，是在筆墨有無之間，故古人筆墨具此山蒼水秀，水活石潤，於天地之外，別構一種靈奇。或率意揮灑，亦皆煉金成液，棄滓存精，曲盡蹈虛揖影之妙。」現代美學家宗白華先生於此深有體會：「中國古代的詩人、畫家為了表達萬物的動態，刻畫真實的生命與氣韻，就採取虛實結合的方法，通過『離形得似』，『不似而似』的表現手法來把握事物生命的本質。」〔註41〕應該說，這種直探物象本源而覺幻悟真的審美傳統，在徐志摩那裡，均源於一顆「超於天地未生之先，出色遠相，晶瑩無染」的心靈之「妙悟」，誠如其早年的心靈自白：「養心制物，惟聖人能之；束心遠物，常人所可幾也。今人操物自染，而忘其真，視而可見者，形與色也。形色之不遂，謀所以發之；名聲之不至，謀所以發之，而獨忽於心。」〔註42〕——面對自然界的「形與色」，他常是以心攝之、感之。林徽因曾回憶：「他喜歡色彩，雖然他自己不會作畫，暑假裏他曾從杭州給我幾封信，他自己叫它們做「描寫的水彩畫」，他用英文極細緻地寫出西（邊？）桑田的顏色，每一分嫩綠，每一色鵝黃，他都仔細地觀察到。又有一次他望著我園裏一帶斷牆半晌不語，過後他告訴我說，他正在默默體會，想要描寫那牆上向晚的豔陽和剛剛入秋的藤蘿。」（林徽因：《悼志摩》）徐志摩的學生趙家璧也曾記載這樣一則軼事：徐志摩有一次帶領他們去參觀汪亞塵美術展覽會，「記得那裡有一幅

〔註40〕葉公超曾說：「志摩最喜歡看濃厚強烈的顏色，如金贊、馬蒂士、俄萬斯特約翰等的油畫都是他生平最愛的東西。他散文裏最好的地方好像也是得力於顏色的領略和音樂的和諧」（葉功超：《志摩的風趣》，舒玲娥編：《雲遊：朋友心中的徐志摩》）。
〔註41〕宗白華：《形與影——羅丹作品學習劄記》，《美學散步》，第 276 頁。
〔註42〕徐志摩：《說發篇一》，陳建軍、徐志東編：《遠山：徐志摩佚作集》，第 31 頁。

臨摹的畫，畫中有一個裸體的婦人，一手提著壺，一手放在下掛的泉水裏，你就問我們看到了這一幅畫，我們自己的手掌裏，是否也有一種流水的感覺。我們起先很驚異你的問題，及後覺得所謂藝術的感化力了。」（趙家璧：《寫給飛去了的志摩》）可見，在文學理想與美術理想的互動融合中，徐志摩非常注重從日常生活的細節中去發現美，以在生活藝術化的基礎上提升和淘養自己藝術審美的通感。那些微妙幽雅的自然風韻，無論是清雅秀絕的景色，還是飄渺傳神的月亮，蘊藏在若即若離的心物之間，生成於審美視野的變幻之際，總是使得詩人在有無虛實間深深玩味於事物的形與影，不期然間湧現「妙性無寄，天真朗然」的靈幻感、通透感：

案上插了一支花便不寂寞。最宜人是月移花影上窗紗。（徐志摩：《眉軒瑣語》）

昨夜二更時分與適之遠眺著靜偃的湖與堤與印在波光裏的堤影，清絕秀絕媚絕，真是理想的美人，隨她怎樣的姿態妙，也比擬不得的絕色。我們便想出去拿舟玩月；拿一支輕如秋葉的小舟，悄悄的滑上了夜湖的柔胸；拿一支輕如蘆梗的小槳，幽幽的拍著她光潤，蜜糯的芳容；挑破她霧縠似的夢殼，扁著身子偷偷的挨了進去，也好分嘗她貪飲月光醉了的妙趣！（徐志摩：《西湖記》）

清晨的晴爽，不曾消醒我初起時睡態；但夢思卻半被曉風吹斷。我闔緊眼簾內視，只見一斑斑消殘的顏色，一似晚霞的餘赭，留戀地膠附在天邊。廊前的馬櫻、紫荊、藤蘿、青翠的葉與鮮紅的花，都將他們的妙影映印在水汀上，幻出幽媚的情態無數；我的臂上與胸前，亦滿綴了綠蔭的斜紋。（徐志摩：《北戴河海濱的幻想》）

置身於東方悠久的自然山水中，西方後印象派濃墨重彩流淌的畫意，不期然間轉化作疏澹迷離的水墨寫意。朦朧恍惚的自然妙態，與飄忽不定難以捕捉的「美的餘情」共同形成的文字視覺構圖，正宜以陸小曼纖纖素手執工筆描之。所謂丘壑在胸，煙雲出手，陸小曼的筆墨在不「忽於心」的同時，恰恰是有所「忽」的，「如寫一石一樹，必有草草點染取態處。寫長景必有意到筆不到，為神氣所吞處。是非有心於忽，蓋不得不忽也。」（〔明〕李日華：《竹懶論畫》）所以其山水畫卷大多「山蒼水秀，水活石潤，於天地之外，別構一種靈奇」，於筆墨有無之際，因心造境，「曲盡蹈虛揖影之妙」。——凡此種種，與徐志摩筆底清幽雅逸之「描寫的水彩畫」無不契合，所以他曾欣然手書顧

愷之「以形寫神」四個圓潤有力的大字為其畫作題跋（圖十九）。

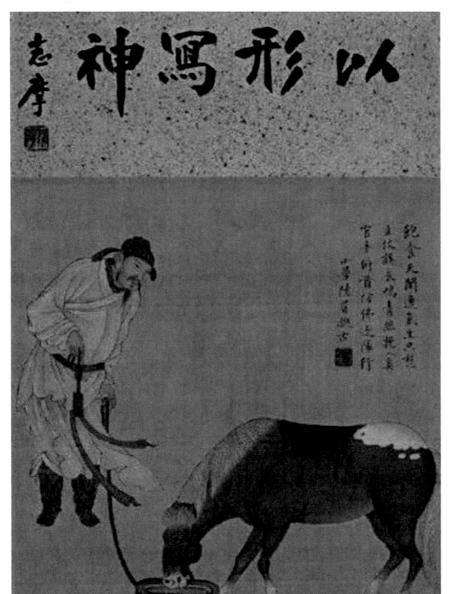

圖十九　陸小曼飲馬圖，攝自王秀莉編：《陸小曼詩・文・畫》，南京：譯林出版社，
　　　　2016 年，第 68 頁。

2. 濃墨重彩的精謹設色

　　雖然作為視覺藝術的繪畫與文學中具抽象意指性功能的語言不可一概而論，但繪畫的色彩曾賦予徐志摩的文字以繪形寫色的靈感是無可辯駁的事實。

出於對語言驚人的敏感和異乎尋常的藝術直覺，徐志摩曾以精警無倫的連翩譬喻解悟象形文字直接由原始圖像符號演化而來的秘密，他說：「中國字形具有一種獨一的嫵媚，有幾個字的結構，我看來純是藝術家的匠心：這也是我們國粹之尤粹者之一。譬如『秋』字，已是一個極美的字形；『愁』字更是文字史上有數的傑作：有石開湖暈，風掃松針的妙處，這一群點畫的配置，簡直經過柯羅的書篆，米仡朗其羅的雕圭，Chopin 的神感；像──用一個科學的比喻──原子的結構，將旋轉宇宙的大力收縮成一個無形無蹤的電核；這十三筆造成的象徵，似乎是宇宙和人生悲慘的現象和經驗，籲喟和涕淚，所凝成最純粹精密的結晶，滿充了催迷的秘力，你若然有高蒂閒（Gautier）異超的知感性，定然可以夢到，愁字變形為秋霞黯綠色的通明寶玉，若用銀槌輕擊之，當吐銀色的幽咽電蛇似騰入雲天。」（徐志摩：《印度洋上的秋思》）在徐志摩看來，圖像與文學其實有著互文的可能性。這也使得他在語言的運用上彷彿一位精謹設色的丹青高手。

如其散文《泰山日出》中一段對朝霞的描繪：

> 東方有的是玫瑰榮華的色彩，東方有的是偉大普照的光明──出現了，到了，在這裡了……玫瑰汁、葡萄漿、紫荊液、瑪瑙精、霜楓葉──大量的染工，在層累的雲底工作；無數魚龍的蜿蜒，爬進了蒼白色的雲堆。

濃墨重彩的精謹著色，帶來鮮明的視覺衝擊，使人賞心悅目。如其《印度洋上的秋思》中描寫秋月顏色的一段：

> 昨夜吃過晚飯上甲板的時候，船右一海銀波，在犀利之中涵有幽秘的彩色，淒清的表情，引起了我的凝視。那放銀光的圓球正掛在你頭上，如其起靠著船頭仰望。她今夜並不十分鮮豔：她精圓的芳容上似乎輕籠著一層藕灰色的薄紗；輕漾著一種悲唱的音調；輕染著幾痕淚化的霧靄。她並不十分鮮豔，然而她素潔溫柔的光線中，猶之少女淺藍妙眼的斜睇；猶之春陽融解在山巔白雲反映的嫩色，含有不可解的迷力，媚態，世間凡具有感覺性的人，只要承沐著她的清輝，就發生也是不可理解的反應，引起隱復的內心境界的緊張，──像琴弦一樣，──人生最微妙的情緒，戟震生命所蘊藏高潔名貴創現的衝動。有時在心理狀態之前，或於同時，撼動軀體的組織，

使感覺血液中突起冰流之冰流，喚神經難禁之酸辛，內藏洶湧之跳動，淚腺之驟熱與潤濕。那就是秋月興起的秋思──愁。

在這段描寫中，海波是「銀」的，且含有幽秘的「彩色」和感覺上的「淒清」，月上輕籠的薄紗是「藕灰色」的，光線是「素潔溫柔」的，猶如少女「淺藍」妙眼的斜睇，猶如春陽融解在山巔白雲反映的「嫩色」。──這些冷暖色調的調配薰染，勾勒出明晰的視覺想像寫意鏡頭，惟妙惟肖地反襯出詩人內心溫柔繾綣、純淨熱烈而又朦朧迷離的情感體驗。再如其《我所知道的康橋》中的一段：

> 我常常在夕陽西曬時騎了車迎著天邊扁大的日頭直追。日頭是追不到的，我沒有夸父的荒誕，但晚景的溫存卻被我這樣偷嘗了不少。有三兩幅畫圖似的經驗至今還是栩栩的留著。只說看夕陽，我們平常只知道登山或是臨海，但實際只須遼闊的天際，平地上的晚霞有時也是一樣的神奇。有一次我趕到一個地方，手把著一家村莊的籬笆，隔著一大田的麥浪，看西天的變幻。有一次是正衝著一條寬廣的大道，過來一大群羊，放草歸來的，偌大的太陽在它們後背放射著萬縷的金輝，天上卻是烏青青的，只剩這不可逼視的威光中的一條大路，一群生物，我心頭頓時感著神異性的壓迫，我真的跪下了，對著這冉冉漸翳的金光。再有一次是更不可忘的奇景，那是臨著一大片望不到頭的草原，滿開著豔紅的罌粟，在青草裏亭亭像是萬盞的金燈，陽光從褐色雲斜著過來，幻成一種異樣紫色，透明似的不可逼視，剎那間在我迷眩了的視覺中，這草田變成了……不說也罷，說來你們也是不信的！

這段對夕陽異樣光芒的描寫可謂同樣的令我們「不可逼視」，惟有在視覺「迷眩」中印象深刻：太陽是放射著萬丈的「金」輝，天是「烏青青」的，「豔紅」的罌粟，像是萬盞的「金」燈，云是「褐色」的，從雲隙斜射出的陽光又幻成一種異樣「紫色」，「透明」似的不可逼視──凡此種種，彷彿是「濃得化不開」的，但他那描摹之細膩清晰卻又是「化得開」的──「借取異域的富麗高貴的喻體雖使散文染上了濃重的富貴色，然而這富貴色依然是雅潔超凡的」〔註43〕。

─────────────

〔註43〕轉引自《文學史上的徐志摩》，載韓石山、伍漁編：《徐志摩評說八十年》。

3.「得其形似」的物象摹寫

除了虛實結合的寫意、移步換形的鏡頭推送與精謹華麗的著色，徐志摩還善於運用精準的詞語勾勒物形的外部輪廓。如《濃得化不開之二》中寫主人公俯身下看時的奇妙感受：「綠的一角海，灰的一隴山，白的方的房屋」——簡簡幾筆，先觸其色，再觀其形，最後辨識其物，色形盡出，正切合人物感官知覺的順序，令人擊節歡賞。其他諸如：

> 明月正在雲岩中間，周圍有一圈黃色的彩暈，一陣陣的輕靄，在她面前扯過。海上幾百道起伏的銀溝，一齊在微叱淒其的音節，此外不受清輝的波域，在暗中墳墳漲落，不知是怨是慕。（徐志摩：《印度洋上的秋思》）

> 這是秋月的特色，不論她是懸在落日殘照邊的新鐮，與「黃昏曉」競豔的眉鉤，中宵斗沒西陸的金碗，星雲參差間的銀床，以至一輪腴滿的中秋，不論盈昃高下，總在原來澄爽明秋之中，遍灑著一種我只能稱之為「悲哀的輕靄」，和「傳愁的以太」。（徐志摩：《印度洋上的秋思》）

> 這早起是看炊煙的時辰：朝霧漸漸的升起，揭開了這灰蒼蒼的天幕（最好是微霰後的光景），遠近的炊煙，成絲的、成縷的、成卷的、輕快的、遲重的、濃灰的、淡青的、慘白的，在靜定的朝氣裏漸漸的上騰，漸漸的不見，彷彿是朝來人們的祈禱，參差的羼入了天聽。（徐志摩：《我所知道的康橋》）

——「思於心」而「得其真」的意境營造與「處於身」而「得其情」的情感體驗，處處烘托出「了然鏡像」而「得其形似」的物象摹寫。此外，作為新月派的代表詩人，他響應聞一多倡導的「三美」（音樂美、繪畫美、建築美）原則，在詩體聽覺形式與視覺形式方面，能夠以錯綜多變的排列組合與空間造型來滿足藝術作品「特定形式本體所要求滿足的條件」（徐志摩：《湯麥司哈代的詩》）。總之，「他將美術造型藝術的形象性與現代語言思維溝通牽連，以對真善美的感知貫通著視覺藝術與語言藝術」〔註44〕，創造了現代與古典融匯的藝術新篇章。其豐富的圖像化修辭尤其為文學與圖像這一傳統母題在現代的轉化與生成創造了文本的範例。

〔註44〕李徹昭：《徐志摩美術思想論》，《淮陰師範學院學報（哲學社會科學版）》2019年 04 期。

餘論：天才的鱗爪與未竟的文藝復興

　　徐志摩在其文學編輯生涯中也異常注重美術的元素。「早在編輯《晨報副刊》時，徐志摩便十分重視篇首圖案的使用，曾為此專門致信孫伏園，談及對琵亞詞侶畫作的借用問題，指出『黑白素繪圖案，就比如我們何子貞、張廉卿的字，是最不可錯誤的作品。』對於其主持的《晨報副刊》專欄《詩鐫》，徐志摩注意美術設計因素，其刊頭由聞一多設計：『一匹神馬，展開雙翼，正在騰空躍起。馬的後腿下面，是一個圓圈，裏面寫著醒目的兩個大字：詩鐫。』徐志摩對傳媒出版中美術設計的重視體現著視覺審美現代性的覺醒，也是美術與文學在現代傳媒文化中互相影響的例證。」〔註45〕這些，均形成了他在多種藝術類型間進行審美通觀的良好藝術感受力，所以他曾在對音樂與詩歌、傳統書畫與現代美術以及戲劇與舞臺間進行的互文對比中，得出「高品的藝術」具有相近似的藝術形式、在藝術共通感下能夠形成形式與內容協調統一的新觀念，強調藝術是「從真豐富的生命裏自然地流出來或是強迫地榨出來的」，「藝術與生命是互為因果的」（徐志摩：《看了〈黑將軍〉以後》），從而突出了藝術審美形塑個體生命與現代生活的重要作用。〔註46〕凡此種種，與蔡元培的「以審美代宗教」的美育思想均具有內在一致性。

　　中西古今融通的審美觀及其全方位的人文藝術實踐，包括其卓識獨具的「人化文評」（藝術批評），〔註47〕使得徐志摩的身上分明已呈現出一種極為

〔註45〕李徽昭：《徐志摩美術思想論》，出處同上。

〔註46〕李徽昭：《徐志摩美術思想論》，出處同上。

〔註47〕所謂「人化文評」，借用錢鍾書先生的話來說，即是「把文章通盤的人化或生命化」，也就是以「氣骨神脈」等人體的「機能和構造」來評論詩文，它是「中國固有的文學批評的一個特點」（錢鍾書：《中國固有的文學批評的一個特點》，周振甫、龔勤編著：《錢鍾書〈談藝錄〉讀本》，成都：巴蜀書社，2019年）。「如劉勰《文心雕龍·附會篇》所云『以情志為神明，事義為骨髓，辭采為肌膚』，曹丕《典論·論文》所云『孔融體氣高妙』，鍾嶸《詩品》所云『陳思骨氣奇高，體被文質』，均是傳統『人化文評』中的顯例。概而言之，傳統文學批評中常見術語如『氣』、『骨』、『力』、『魄』、『神』、『脈』、『髓』、『文心』、『句眼』等，作為『人化』的詩學範疇或『生命化名詞』，均是『人化文評』的體現。」（龔剛：《錢鍾書與文藝的西潮》，天津：南開大學出版社，2014年，第79～80頁。）徐志摩的藝術文評也呈現出此一特點。其「文學可以實現生命」的觀點，包括詩論中性靈、性情、境界、神韻、雄渾、沉鬱等名詞的頻繁使用，以及以「血脈的流通」和「心臟的跳動」等比喻詩歌中「內含的音節的勻稱」和「原動的詩意」的流轉等取譬用語（徐志摩：《詩刊放假》），均呈現出這一跡象。他在中西文化藝術的辨析與比勘中，往往是抉

難得的「藝術全才」式文藝復興的氣象。但猶如一輪懷抱著一個未來的圓滿的新月，還未來得及湧現更大的輝煌，就令人扼腕地過早凋殘——1931年，那場不期而至而又命中注定的空難，遂導致中國文學界乃至文化界因太早失掉徐志摩而永難去懷的哀傷。梁實秋當時便發出了這樣的哀歎：「在現代諸作家中，我一向以為他是最有發展的希望，他生前所有的著作不過是他的天才表現的發端，他若不遇到這樣的厄運，他一定還要有更偉大的貢獻。讀他的作品的人，……沒有不感覺他的活躍的力量的。……文壇上損失了一員最有希望的健將，我個人失了一個可愛的朋友，這真令人痛心極了。」〔註48〕其生平摯友、一代書畫大家劉海粟則如此感慨繫之：「我沒有一支妙筆可以描寫他那真的姿態。……他如雪萊、格列柯一樣，是一個偉大的半成品。……他們給予後人的印象，同是個永遠偉大的青年。……志摩說不定也將由他的詩，在世界文學史占得不朽的位置。不，不但是他的詩，他的藝術批評也同樣是不朽的。可惜因為他的詩名太顯著，於是，他藝術批評上的價值被人所忘卻了。他其實有多方面的才能。」〔註49〕

　　天才身上偶然閃耀的鱗爪，並非無關緊要的「玩票」或「雜耍」，而是古今中西文化調和下藝術通感在個體身上煥發的象徵，也是那場過於短暫的文藝復興運動曾繁榮興盛的某些徵兆。它所催生的藝術花絮固然因居於「少數」和過於「嬌貴」而曾被歷史的風雨摧折，但對於當下學科分化而視野愈益逼仄的文化格局而言，卻不亞於曾經宣告春天的花蕾。令人欣慰的是，徐氏身上這些彌足珍貴的文藝復興內涵，在今天學界溫情關注的目光下，重又煥發出其應有的光澤。姑且以一段今人頗富穿透性的概述，為其總括：

　　　　發其中共同蘊藏的「文心」、「詩心」以及內在契合點，譬如涉及西方作家及
　　　　文學藝術的評品時（諸如《濟慈的夜鶯歌》、《白朗寧夫人的情詩》、《拜倫》、
　　　　《湯麥斯哈代的詩》等），常是從人格氣質與作品底蘊的關聯上著眼，不採理
　　　　論的分析而取心靈代入式的感悟，從而形成了一系列包含敏銳藝術通感在內
　　　　的「人化文評」。

〔註48〕梁實秋：致世莊信（1931年11月29日），原載《北晨學園·哀悼志摩專號》。
　　　　類似極高的評價，在當代學者中也有：「徐志摩人性之飽滿，情感之激越，學
　　　　力之深厚，識見之高遠，詩文之超詣與纖穠，人生之短暫與豐沛，就單項而
　　　　言別人可以超過他，但綜合起來沒有人可以與他相比。」（徐迅雷：《徐志摩
　　　　的詩文與遠方》，《文學自由談》2022年第2期。）
〔註49〕劉海粟：《回憶老友徐志摩與陸小曼》，載韓石山、伍漁編：《徐志摩評說八十
　　　　年》。

　　總體而言，作為 20 世紀初走出國門的一代詩人、學人，徐志摩有著深厚的舊學背景，也因此有著良好的全人化的藝術共通感，由此形成了中西古今調和的文化取向，可以說徐志摩是中國古典文化向現代文化轉換的歷史中間物。綜合徐志摩幾十年的詩歌與美術實踐來看，審美共通感是其詩歌與美術、語言與視覺等不同思維與話語方式的基礎，徐志摩的藝術觀念也有著特別突出的古典為底色的現代文化取向，這尤為值得當下文學與美術研究深入思考與審視，走向 21 世紀的中國文學與美術，學科界限日益加深，彼此的文化視野愈益逼仄，過於注重自我的審美取向也限制了文學與美術的發展，我們的文學與美術顯示出單薄的文化面向，而徐志摩的美術行動及其提出的一系列觀念無疑是一面鏡子，需要我們重新觀照。〔註 50〕

附錄：戀愛・啟蒙・救贖——《傷逝》的現代鏡像：徐陸情感歷程的人文透視

　　儘管徐志摩反抗名教，追求理想的真愛，「從茫茫人海中訪我惟一靈魂之伴侶」的努力，最後以並不完美的情感悲劇而告終，但他的愛情歷程見證了一個時代的困惑和悲哀，從而也就超越了一般名人的風流韻事，而具有文化的內涵和審思。

　　　　——陳子善：《「你是人間的四月天」——關於愛眉小札及其他》

一、「有女懷春，吉士誘之」：從柳夢梅與杜麗娘到徐志摩與陸小曼

想起陸小曼，筆者腦海中總會莫名地浮現出《牡丹亭》中杜麗娘的身影。

《牡丹亭》中的杜麗娘在森嚴的禮教與閨閣中長成，但她一旦來到生機盎然的後花園中便發出「一生兒愛好是天然」的由衷感歎，青春的覺醒，懷春的衝動，使她脫口唱出：「原來奼紫嫣紅開遍，似這般都付與斷井頹垣，良辰美景奈何天，賞心樂事誰家院。」——作為女性情愛意識啟蒙象徵的《牡

〔註 50〕李徽昭：《徐志摩美術思想論》，《淮陰師範學院學報（哲學社會科學版）》2019年 04 期。

丹亭》所體現的「對現世歡愉和愛的生命的讚美」（胡適語），幾百年來，激起的總是嫋嫋不絕的心靈共振，譬如《小曼日記》中初識徐志摩時情竇初開的欣悅：

> 摩，你知道我看見了什麼？咳，只恨我這筆沒有力量來描寫那時我眼底所見的奇景！真美！從上往下斜著下去只看見一片白，對面山坡上照過來的斜陽，更使它無限的鮮麗，那時我恨不能將我的全身滾下去，到花間去打一個滾，可是又恐怕我壓壞了粉嫩的花瓣兒。在山腳下又看見一片碧綠的草，幾間茅屋，三兩聲狗吠聲，一個田家的景象，滿都現在我的眼前，蕩漾著無限的溫柔。〔註51〕

——此情此景，恰與內心無限的春色映襯，生發出的是與杜麗娘相似的旖旎春情。而與杜麗娘和柳夢梅歷盡曲折終成眷屬時的「普天下做鬼的有情誰似咱！」那種呼喊相仿，陸小曼在徐志摩的激勵下也成為新時代裏覺醒的女性，曾一再表達對真愛的嚮往：

> 摩……我要往前走，不管前面有幾多的荊棘，我一定要直著脖子走，非到精疲力盡我決不回頭的。因為你是真正地認識了我，你不但認識我表面，你還認清了我的內心。我本來老是自恨為什麼沒有人認識我，為什麼人家全拿我當一個只會玩只會穿的女子；可是我雖恨，我並不怪人家，本來人們只看外表，誰又能真生一雙妙眼來看透人的內心呢？……在這個黑暗的世界有幾個是肯拿真性靈透露出來的？像我自己，還不是一樣成天埋沒了本性以假對人的麼？只有你，摩！第一個人能從一切的假言假笑中看透我的真心，認識我的苦痛，叫我怎能不從此收起以往的假而真正給你一片真呢！我自從認識了你，我就有改變生活的決心，為你我一定認真的做人了。〔註52〕

——《小曼日記》中，表達的滿滿是對自己「養在深閨人不知」的一顆寂寞春心一朝被徐志摩發現並呵護的深心感恩和喜悅。那種隱藏在心靈深處的纏綿纏綿一旦被激發出來，就會使得那樣柔弱的女子，也化生出那樣清剛決絕、百折不撓的對抗傳統世俗力量的勇氣：「一顆熱騰騰的心還留在此地等——等著你回來將它帶去啊！」正所謂「情不知所起，一往而深」（湯顯

〔註51〕王秀莉編：《陸小曼詩・文・畫》，南京：譯林出版社，2016年，第41頁。
〔註52〕王秀莉編：《陸小曼詩・文・畫》，第15～16頁。

祖語），她和徐志摩的故事也如杜麗娘與柳夢梅一樣，在歷經曲折後終於修成正果——成就為一段現代文史佳話。

毋庸置疑，「五四」反傳統的強勁東風，吹開了隱藏在陸小曼心中的一簾懷春的幽夢，而弄潮兒徐志摩的「誘引」，更使得她借機把傳統「私奔」的暗中行事，理直氣壯地高舉成了現代自由戀愛的公開旗幟。由此出發，人們大多想當然地認為，他們的愛情悲劇就是那種激烈燃燒的愛之火帶來的「懲罰」，其實，成也杜麗娘，敗也杜麗娘。當陸小曼在徐志摩熱情鼓舞下勇敢地跨出婚姻的圍城時，人們之於其對倫理道德的破壞不無同情與理解，但當其「修成正果」後故態復萌，依然「紅杏出牆」而與他人玩曖昧陷徐志摩於痛苦，堅持不肯隨徐志摩北上而導致彼此感情陷入破裂危機，並最終在一次激烈爭吵中將詩人「逼出」家門而無意中成為詩人不幸飛機失事的最大幕後推手時，「半生萎謝紅塵」的陸小曼不出意外地遭到了世人普遍的詬病。

當然，把他們的愛情悲劇全部歸於陸小曼一方並不公正，畢竟詩人是死於一次意外的交通事故。他們後期「儘管情感不睦，或許也會像大多數現代都市的家庭悲喜劇一樣，當初的浪漫時段已過，雞雞狗狗也未嘗不可過一世。最後志摩去京，還帶去小曼的山水長卷，友人交相稱讚，他頗為得意。小曼縱有種種不合健康的習慣，在藝術上能如此用心，精神上也不見得墮落到哪裏去。她一再叮囑志摩『飛機還是不坐的好』，此種關愛，也決非泛泛。只因志摩驟然失事，一切都是後話，也使這一羅曼史的結局，以犧牲『天才』為代價，後人為之扼腕，而對陸小曼來說，在『未亡』的不幸之外，更得滿足我們道義上的優越感。」〔註53〕就此而言，決不應忽略對他們兩性自由結合造成深度障礙的社會現實；也有必要說一說與他們的愛情悲劇情節頗為相似的另一現實版本：魯迅小說《傷逝》中的「涓生」與「子君」。

二、無奈的「傷逝」：「涓生」與「子君」的民國現實版

《傷逝》是魯迅唯一一篇以愛情為題材反映「五四」時期知識分子悲劇命運的短篇小說，簡短卻內涵深廣：主人公涓生和子君都是「五四」新青年，子君認識涓生後在其新觀念的影響下與之相戀，並堅決地表示：「我是我自己的，他們誰也沒有干涉我的權利！」接著不顧親朋的反對而與涓生一起同居並建立小家庭。但婚後柴米油鹽的庸常生活很快消耗了他們熱戀中的深情

〔註53〕陳建華：《陸小曼・1927・上海》，商務印書館，2017年，第31～32頁。

與新婚時的喜悅。不久，涓生為當局所辭，失業後生活無著的惶恐使涓生壓力越來越大，而子君此時安於家庭小主婦的角色，樂於做飯做菜喂雞喂狗，為油雞而和房東太太明爭暗鬥，不再讀書，不再思想，甚至連過去戀愛時「偶有議論的衝突和意思的誤會」也沒有了，變得平庸起來，這使涓生逐漸不滿，對子君的愛情也隨之消減以致最後消失，但涓生又不便說出口，只好外出躲避。迫於生計，涓生還丟掉了子君所餵養的狗，由此摧毀了君心裏「純情」的信念，使她倍感生活的淒慘，逐漸滋生了對涓生的不滿和冷淡。涓生在萬般無奈中錯誤地認為解除生活的困境只能是與子君分離，於是便對子君決絕地說出「我已經不愛你了」的話。最後，子君便被其父領回了家，並在父親烈日般的威嚴和旁人賽過冰霜的冷眼中死去。當涓生得知實際上是自己說出的真實導致了子君的死時，追悔莫及，長歌當哭，寫下了這篇淒婉的手記紀念子君。

——通過對涓生與子君愛情悲劇演化過程的描述，《傷逝》似乎在暗示人們：戀愛自由如果僅靠個性解放與個人奮鬥在當時的環境下是行不通的，「娜拉出走後」最終依然不得不回到其當初抗爭過的舊傳統家庭。只有實行社會的根本變革，才能在嚴酷的現實中站穩腳跟。李澤厚先生後來便這樣分析指出：「娜拉走後怎樣？魯迅當時便尖銳地提出了這個問題。不是回到舊規範的懷抱，便是像子君那樣的悲慘死去，或者進入政界商界，成為社會上的某種花瓶。就是男性的娜拉，命運也好不了多少，連指導和積極參加五四運動的《新青年》一夥和《新潮》一夥也都『或被黑暗吞噬，或自身成了黑暗的一部分』、『有的高升，有的退隱』麼？」〔註54〕——李先生的話不幸在徐志摩這位民國時期「男性的娜拉」的悲劇命運中得到了印證。

如果說在魯迅的小說中，涓生是在人生最「寂寞」最「虛空」的時候碰上了「臉上帶著微笑酒窩」的子君，從而使得涓生以一個先知先覺者的姿態對子君進行西方價值理念的思想啟蒙的話，那麼徐志摩同樣是在感情空虛失落的時期（失戀）遇到了強顏歡笑的陸小曼，「用真摯的感情」勸陸小曼不要再在騙人騙己中苟活，從而激發了陸小曼的心靈感應。——涓生與子君，志摩與小曼，他們的故事在此一層面上呈現出驚人的同構。

陸小曼與徐志摩認識時已是有夫之婦，她後來回憶說：「婚後一年多才稍

〔註54〕李澤厚：《啟蒙與救亡的雙重變奏》，《中國現代思想史論》，北京：生活·讀書·新知三聯書店，2008年，第20～21頁。

懂人事，明白兩性的結合不是可以隨便聽憑別人安排的，在性情與思想上不能相謀而勉強結合是人世間最痛苦的一件事。當時因家庭間不能得著安慰，我就改變了常態，埋沒了自己的意志，葬身在熱鬧生活中去忘記我內心的痛苦。又因為我驕慢的天性不允許我吐露真情，於是直著脖子在人面前唱戲似的唱著，絕對不肯讓一個人知道我是一個失意者，是一個不快樂的人。這樣的生活一直到無意間認識了志摩，叫他那雙放射神輝的眼睛照徹了我內心的肺腑，認明了我的隱痛，更用真摯的感情勸我不要再在騙人騙己中偷活，不要毀滅自己前程，他那種傾心相向的真情，才使我的生活轉換了方向，而同時也就跌入了戀愛了。」（陸小曼：《愛眉小札·序》）

這種「離經叛道」的結合，即使置身在抵制舊傳統的環境下，依然激起巨大反響，可謂「百口嘲謗，萬目睚眥」，但他們是不管不顧地走到了一起，建立了小家庭。用徐志摩後來致英國友人魏雷的信中的一段話來說則是：「我經過一場苦鬥，忍受了許多創痛……擊敗了一股強悍無比的惡勢力，就是人類社會賴以為基的無知和偏見……」（徐志摩致魏雷，1927 年 1 月 5 日）但在度過了如膠似漆的短暫的新婚生活後，與涓生與子君婚後陷入困境的情形相似，性喜熱鬧的小曼故態復萌，追逐犬馬聲色與沉湎於牌局而不能自拔。為了維持巨大的家庭開銷，徐志摩不得不為盡可能地多拿薪酬而兼任三個大學的教授，並拼命寫稿以賺取稿費。但頗有繪畫才能的陸小曼並沒有走他期盼的女畫家的發展路線，這與他當初所期盼的夫婦在共同藝術志趣上唱酬互攜的「白朗寧夫婦」的愛情模式相去甚遠。更致命的是，當他迫於經濟壓力不得不去從事他所厭惡的商業操作，文學創作也因生計奔波而靈感全無時，在家中的陸小曼竟然在沉湎鴉片之餘與別人玩起了曖昧。

徐志摩遇難前與陸小曼的婚姻瀕於破裂已是昭然若揭，這不僅表現在此前陸小曼一再拒絕隨徐志摩北上的要求，而且其最後一次發生口角後的粗暴態度，更無意中成為徐志摩離家出走奔赴向林徽因時空難喪生的直接推手。順便說一句，也正因如此，徐家後人一直耿耿於懷，直到 21 世紀後依然斷然拒絕了陸小曼臨終前希望與徐志摩合葬的願望，而「理由」正是：「先父最後一次與陸小曼話別，遭小曼以物擊之，以致眼鏡破碎，其情感之惡劣，可以見之」，並斷言他們之間的感情——「如先父不死，難以持久。」〔註55〕

〔註55〕〔美〕徐善曾：《志在摩登：我的祖父徐志摩》，楊世祥、周思思譯，北京中信出版社，2018 年，第 279 頁。

　　陸小曼最為可貴的地方，就在當初能回應徐志摩的熱情而衝破傳統道德觀念的束縛，但充斥在陸小曼靈魂中的，並非西方人文精神中的個性解放思想。在這點上她與魯迅筆下的子君是一個類型。可以說，她們為愛情的叛逆和決絕，均出於杜麗娘和崔鶯鶯式對傳統「鴛鴦成雙」、「花團錦簇」式「小團圓」愛情的嚮往，而不是娜拉那種現代女性獨立意識的人格覺醒。與子君相似，當愛情完成婚姻的使命後，傳統女性的本質特徵開始在她身上復現，徐志摩的愛情啟蒙在她心靈上所激發的熱忱，雖不可能驟然消失，但卻在其對家的歸宿感中慢慢擱淺，並最終走向消解——陸小曼在婚前的那種叛逆與勇敢，以及在徐志摩愛的啟蒙下的熱烈迎合，與其婚後沉湎於牌局和追逐聲色犬馬的故態復萌看似截然相反，實則順理成章——這正是她與徐志摩的婚姻慢慢走向破裂的內因。

　　與陸小曼似是而非，徐志摩表面上固然是一個類似柳夢梅與賈寶玉式的癡情種子，但沐浴過西方人文主義理念的他，卻具有現代啟蒙知識分子的覺悟。他固然也嚮往並沉湎過花前月下的卿卿我我，也不能拒絕夫唱婦隨式的世俗生活，但在他內心深處，卻希望在互相砥礪中提升彼此心靈的境界，在彼此性靈的唱和中共同締造藝術的事業，締造有意義的人生。這是他與美夢團圓後即沉湎於世俗歡娛的陸小曼本質上的不同，也是他們感情瀕臨破裂時徐志摩毅然飛向具有現代啟蒙氣質的女詩人林徽因的根本原由。然而，猶如蝴蝶飛不過滄海，總是想飛的詩人意外墜落於這追尋的途中，無意中以生命的代價保全了他們沒有公然破裂在世人面前的愛情，也成全了他浪漫人生最後的傳奇。

　　徐志摩與陸小曼婚戀的最終結局，也如涓生與子君一樣，一「傷」一「逝」，其中的差異，只不過將傷心懺悔的男主人公涓生換成了徐志摩逝世後的陸小曼。陸小曼後來長歌當哭的《哭摩》一文，也彷彿涓生筆下的那篇手記，在淒婉中唱出了無盡的悔恨與悲哀。

三、抗爭的意義：帶有啟蒙意義的戀愛是自我救贖的完成

　　有學者認為，《傷逝》是對五四啟蒙話語的反諷與質疑，戳破了五四精英們企圖借助「娜拉出走」重塑女性解放的皇帝新裝式的虛妄的啟蒙想像。讓「娜拉」從「父家」走到「夫家」，並不等同於西方真正意義上的個性解放——所以子君才會懷著對傳統愛情的憧憬步入涓生啟蒙話語設下的陷阱。

「因為『啟蒙者』涓生『戀愛自由』的隨意性，其本身就表現為時代意識的
盲目性。如果說『啟蒙者』只是在『被啟蒙者』的戀愛中，去尋求自己思想
苦悶的靈魂逃避，那麼被啟蒙者則必然會因『啟蒙者』的絕對『自由』，使
自己原本就不堪一擊的脆弱情感再受重創。」《傷逝》所講述的，就是一個
現代版『始亂終棄』的悲情故事。子君離家出走並與涓生同居，與其說是『五
四』個性解放思想啟蒙的必然結果，還不如說是『有女懷春，吉士誘之』古
典愛情的現代演繹。」〔註56〕——應該說，這些頗為切中徐陸的愛情內涵，
特別是涓生以啟蒙話語為自我中心的姿態，頗為切中徐志摩的心態。誠如有
分析指出：

> 戀愛對徐志摩而言更像是一種完成自我的儀式，不過這個儀式
> 還需要一個合適的對象。在他與陸小曼戀愛初期所寫的日記中，他
> 是這樣對陸小曼循循善誘的：「眉，醒起來，眉，起來，你一生最重
> 要的關交已經到門了，你再不可含糊，再不可因循。你成人的機會
> 到了，真的到了……聽著：你現在的選擇，一邊是苟且，曖昧的涓
> 生，一邊是認真的生活；一邊是骯髒的社會，一邊是光榮的戀愛；
> 一邊是無可理喻的家庭，一邊是海闊天空的世界與人生……」不同
> 於私人化的情愛，這種勸說完全是一種啟蒙主義的聲音，是典型的
> 「五四」知識分子啟蒙角色的扮演。對徐志摩而言，接受戀愛成了
> 陸小曼「成人的機會」，的確，對於已婚的陸小曼而言，離婚追求自
> 由戀愛在那個時代是一種革命性的舉措，而他在這個戀愛中所扮演
> 的一直是一種引路人的角色，愛語中啟蒙之聲更響亮。對於這場戀
> 愛，徐志摩一再地強調：「他們（朋友們）要看我們做到一般人做不
> 到的事，實現一般人夢想的境界。他們，我敢說，相信你我有這天
> 賦，有這能力；他們的期望是最難得的，但同時你我負著的責任，
> 那不是玩兒，對己，對友，對社會，對天，我們有奮鬥到底、做到
> 十全的責任！」顯然，徐志摩自己非常清楚他們戀愛所具有的社會
> 代表性，而他也非常願意加入這場公演劇幕的演出，他有意將這場
> 戀愛變成大眾或者史家願意看到的樣子，並且賦予它當時主流的社
> 會意義。對於浪漫的徐志摩而言，以一種本身具有浪漫色彩的戀愛

〔註56〕宋劍華：《「娜拉現象」的中國言說》，北京：人民文學出版社，2016 年，第
294、298 頁。

來實現自己的英雄角色，是最符合他氣質的。〔註57〕

——從這個角度而言，徐志摩與魯迅筆下的涓生有著同樣的文化心理結構，只不過，將帶有啟蒙意義的戀愛視作自我救贖的徐志摩具有更強烈的浪漫主義色彩和時代使命感，其對自由戀愛的追求由於忽略諸多現實因素而必然受挫的走向，固然與涓生的遭遇類似，但卻激起了其為愛殉情的崇高的形上衝動。與徐志摩和涓生的同中有異相比，子君與陸小曼的精神結構更趨於同構。相比於子君在涓生的引導下積極回應「我是我自己的，他們誰也沒有干涉我的權利」，陸小曼在徐志摩的愛情啟蒙下的最初反應如出一轍：「完全是你的，我的身體，我的靈魂！」但是成為妻子後的陸小曼，卻再也無法接受徐志摩的第二次啟蒙，無力走出讓她陷入「墮落」狀態的上海之家，成為真正意義上的「娜拉」。這種無力出走，表面上看是陸小曼割捨不下她已習慣了的生活環境，包括對調理其病軀的翁瑞午之依賴，但根源卻是「女性啟蒙的未完成性」。須知，「婦女解放是基於女性『為人』和『為女』的兩重自覺，這是婦女解放運動的常識。而僅僅完成了其中一重自覺的中國女性，實際仍然沒有擺脫自身的半依附人格狀態。」〔註58〕

這種半依附性人格狀態，不僅體現在陸小曼因追求物質的奢靡而陷入對徐志摩經濟的依賴上，而且也使得她在徐志摩去世後一下子陷入孤立無援的恐慌：「天呀，可憐我，再讓你回來一次吧！我沒有得罪你，為什麼罰我呢？」「可是你將我從此就斷送了，你從前不是說要我清風似的常在你的左右麼？」「嗨，你叫我從此怎樣度此孤單的歲月呢？正是叫天天不應，叫地地不響，蒼天因何給我這樣殘酷的刑罰呢！」「願你的靈魂在冥冥中給我一點勇氣，讓我在這生命的道上不受到孤單的恐慌。」「摩，你是不是真的忍心永遠的拋棄我了麼？……你不要一個人在外逍遙，忘記了閨中還有我等著呢！」（陸小曼：《哭摩》）——一種從此無依靠的恐慌明顯多於失去徐志摩之痛（此處分析似乎不近人情，但只是事實陳述）。此時的陸小曼，就彷彿丁玲筆下的「夢珂」，在沒有任何心理準備的困境面前發出痛苦的「絕叫」後，不可避免地走向了「墮落」——在一種孤立無援中不得不依賴和「委身」於已有家室的翁瑞午。

〔註57〕余婷婷：《徐志摩詩歌的宗教文化內涵》，張桃洲主編：《中國現代詩人的思想文化闡釋》，第130頁。

〔註58〕王桂妹：《重讀「娜拉」的兩個中國文本》，周海波主編：《中國現代文體理論論集》，中國海洋大學出版社，2019年，第41頁。

也正是那種半依附性不成熟的人格狀態，使得理想與現實的悖謬在徐陸婚後的生活中一再呈現出來。當陸小曼在上海大「洋場」光怪陸離的交易酬酢中如魚得水時，少不了逢迎其間的詩人還來不及舒遣內心深處倚紅偎翠的文人夢即倍感身份錯位的荒謬和苦澀，在一次陪陸小曼上臺演戲後，他在日記中寫道：「我想在冬至節獨自到一個偏僻的教堂裏去聽幾折聖誕的和歌，但我卻穿上了臃腫的袍服上舞臺去串演不自在的腐戲。我想在霜濃月澹的冬夜獨自寫幾行從性靈暖處來的詩句，但我卻跟著人們到塗蠟的跳舞廳去豔羨仕女們發金光的鞋襪。」（徐志摩日記，1927 年 12 月 27 日）當年藐視陳規、沖決羅網的「士女遇合」之浪漫傳奇，在民國情色慾望與商業權力征逐的現代性十里洋場中，不期然間被翻新成了桃色新聞，頂著「詩人」光環而「跨界遊走」的徐志摩，更成為當時話題腥膻、捕風捉影的報章花邊中「光顧」的「常客」，不但新文化陣營內部對其發出了諸如「凡有緋剛的評論都要逼得翹辮兒」的「熹微翠樸的硬漢」式的「劣馬樣兒」等不無嚴厲的諷喻（魯迅：《評心雕龍》），而且詩人自身也強烈感覺到了「墮落」的「危險」。他在致陸小曼的信中一再規勸道：「什麼繁華，什麼聲色，都是甘蔗渣，前天有人很熱心的要介紹電影明星，我一點也沒興趣，一概婉辭謝絕。上海可不了，這班所謂明星，簡直是『火腿』的變相，哪裏還是乾淨的職業，眉眉，你想上銀幕的意思趁早打消了罷！我看你還是往文學美術方面，耐心的做去。不要貪快，以你的聰明，只要耐心，什麼事不成，你真的爭口氣，羞羞這勢利世界也好！」（1926 年 6 月 26 日致陸小曼）「在這最近兩年，多因循復因循，我可說是完全同化了。但這終究不是道理！因為我是我，不是洋場人物。於我固然有損，於你亦無是處。」（1931 年 3 月 19 日致陸小曼）「眉眉，北京實在比是比上海有意思得多，你何妨來玩玩。我到此不滿一月，漸覺五官美通，內心舒泰；上海只是銷蝕筋骨，一無好處。」（1931 年 3 月 22 日致陸小曼）「我已在上海遷就了這多年，再下去實在太危險，所以不得不猛省。我是無法勉強你的；我要你來，你不肯來，我有甚麼法想？明知勉強的事是不徹底的，所以看情形，恐怕只能各是其是。」（1931 年 6 月 25 日致陸小曼）但話雖如此說，癡情的他到底還是捨不下陸小曼：「眉愛，你知我是怎樣的想念你！……你從我來北平住一時，看是如何。你的身體當然宜北不宜南！……眉，你到那天才肯聽從我的主張？我一人在此，處處覺得不合式；

你又不肯來，我又為責任所羈，這真是難死人也！」（1931 年 10 月 29 日致陸小曼）然而，任憑詩人如何點醒和苦口婆心，恃寵而驕的陸小曼始終不願離開「銷蝕筋骨」的上海隨其「北上」，從而埋下了詩人日後不斷往返兩地終至墜機的悲劇性伏筆。

當然，與子君只是涓生男性啟蒙話語中心的順從者不同，陸小曼在婚後的「任性」，也表明了她並不會很快成為徐志摩啟蒙話語下的「附庸」部分，而是始終頑強地保持著屬於自己的那一部分（儘管這一點為許多人所詬病）。天真純厚、始終如一的徐志摩也與詭薄無常的涓生有質的不同，即使是陸小曼遠比子君更「墮落」，沉湎於鴉片並與他人玩曖昧，徐志摩也沒有如涓生一樣殘忍決絕地對陸小曼說出「我已經不愛你了」之類的話，如果說出了這樣的話，徐志摩就不是徐志摩了。李歐梵曾指出：「對於徐志摩而言，所有人類的生活便是『自我的顯現』；同時，如他對他的愛人陸小曼所建議的，對一個真正的人而言，一個最基本的行為便是『維護你自己的人格』，這便是徐志摩自娜拉身上所學到的一個教訓。在他的觀念中，娜拉必須將她個人的自尊及人格放在所有謙讓及羞辱之上，不論如此做的後果會如何地影響到她的家庭及孩子身上。因此，徐志摩所不同於胡適的，便是他認為個人的本質本身為所欲達成的目標。也就是說，個人並不需要依靠任何神聖的體制或組織來完成自我。」〔註 59〕這也使得他的愛情雖同樣以悲劇收場，卻彰顯了涓生與子君的愛情所不具備的主人公於逆境中至死不渝奮鬥不息的動人一面。

由此，我們也就可以接著魯迅當年提出的問題繼續追問：當社會變革條件還不成熟時，社會還是封建思想迷霧重重而嚴重束縛人性時，置身於其中的男女是否只能無動於衷而不去抗爭？是否在「真愛」面前只能隱忍不發而循規蹈矩？在筆者看來，在這個問題上，當代學者鄧曉芒已經給出了答案：「『娜拉走後怎樣』的問題是第二位的問題，『娜拉為什麼出走、怎樣出走』才是最重要的根本問題；前者只涉及肉體上的生存，後者則有關個體人格的存在，決不能用第二位的問題掩蓋、沖淡了第一位的問題。」〔註 60〕

〔註 59〕李歐梵：《現代中國文學中的浪漫個人主義》，《中國現代文學與現代性十講》，第 25～26 頁。

〔註 60〕鄧曉芒：《繼承五四，超越五四》，《批判與啟蒙》，武漢：崇文書局，2019 年，第 199 頁。

結語：愛是人間不死的光芒

　　綜上所述，徐志摩與陸小曼固然也是一場「錯位」中開始的愛情悲劇，也是一曲一如魯迅筆下涓生與子君式在舊式環境「無物之陣」的「圍剿」下失敗的現實案例，但不以成敗論英雄，其對愛情的赤忱與抗爭過程，仍是值得肯定的。其追求自我價值實現的個體啟蒙思想在嚴酷的社會環境中必然碰壁的時代困境，已超出了其作為「風流韻事」的「故事」本身而具有了文化的內涵和審思。誠如徐氏生平摯友胡適對他作出的「蓋棺定論」：

> 　　他的失敗是一個單純的理想主義者的失敗。他的追求，使我們慚愧，因為我們的信心太小了，從不敢夢想他的夢想。他的失敗，也應該使我們對他表示更深厚的恭敬與同情，因為偌大的世界之中，只有他有這信心，冒了絕大的危險，費了無數的麻煩，犧牲了一切平凡安逸，犧牲家庭的親誼和人間的名譽，去追求，去試驗一個「夢想之神聖境界」，而終於免不了慘酷的失敗，也不完全是他的人生觀的失敗。他的失敗是因為他的信仰太單純了，而這個世界太複雜了，他的單純的信仰禁不起這個現實世界的摧毀；正如易卜生的詩劇 Brand 裏的那個理想主義者，抱著他的理想，在人間處處碰釘子，碰的焦頭爛額，失敗而死。〔註61〕

　　——那個勇於為愛獻身的愛情騎士，可以直面無畏地反抗世俗，卻無以抵抗來自內部的侵蝕，這也使得一曲《牡丹亭》式的浪漫絕響，最終令人扼腕地演變成了《紅樓夢》式的沉重感傷。然而，愛始終是人間不死的光芒，它永遠超越時間——誠如徐志摩自己所言：「我們雙手空空來到人間，當我們滑進墳墓的時辰，金錢和功名像一縷輕煙般散得無蹤無影，唯有曾經創建的、不經意間釀成的美不死在人間。」（徐志摩：《曼殊斐兒》）

〔註61〕胡適：《追悼志摩》，韓石山、伍漁編：《徐志摩評說八十年》，第 22 頁。

參考文獻

一、徐志摩著作

1. 趙遐秋、曾慶瑞、潘百生編：《徐志摩全集》(5 卷本)，廣西民族出版社，1991 年。
2. 陳建軍、徐志東編：《遠山：徐志摩佚作集》，北京：商務印書館，2018 年。
3. 虞坤林整理：《徐志摩未刊日記(外四種)》，北京圖書館出版社，2003 年。
4. 張秀楓主編：《徐志摩散文精選》，北京：北京工業大學出版社，2012 年。
5. 梁仁編：《徐志摩詩全編（編年體)》，浙江文藝出版社，1990 年。

二、徐志摩研究資料

（一）徐志摩研究專著

1. 胡建軍：《徐志摩與中西文化》，上海交通大學出版社，2013 年。
2. 廖玉萍：《徐志摩詩歌語言藝術》，北京：語文出版社，2010 年。
3. 王正：《詩人氣質研究》，北京：中國社會科學出版社，2018 年。
4. 毛迅：《徐志摩論稿》，四川大學出版社，1991 年。
5. 劉介民：《類同研究的再發現：徐志摩在中西文化之間》，北京：中國社會科學出版社，2003 年。
6. 謝冕主編：《徐志摩名作欣賞》，北京：中國和平出版社，2010 年。
7. 陳從周：《徐志摩：年譜與評述》，上海書店出版社，2008 年。
8. 曾慶瑞編修：《新編徐志摩年譜》，趙遐秋、曾慶瑞、潘百生編：《徐志摩全集》（第 5 卷)，廣西民族出版社，1991 年。

9. 〔美〕張邦梅：《小腳與西服——張幼儀與徐志摩的家變》，譚佳瑜譯，合肥：黃山書社，2011 年。

10. 吳希華、宋玉華：《獨步的文學人——解讀徐志摩》，中國文聯出版社，2006 年。

11. 陳子善：《說徐志摩》，上海書店出版社，2019 年。

12. 黃立安：《草青人遠 一流冷澗：徐志摩論》，武漢大學出版社，2017 年。

13. 韓石山、伍漁編：《徐志摩評說八十年》，北京，文化藝術出版社，2008 年。

14. 舒玲娥編選：《雲遊：朋友心中的徐志摩》，武漢：長江文藝出版社，2005 年。

15. 上海理工大學檔案館編：《1916：徐志摩在滬江大學》，上海交通大學出版社，2014 年。

16. 巴戈編：《徐悲鴻 PK 徐志摩——「惑」與「不惑」：1929 年去全國美術展覽會始末》，湖南美術出版社，2010 年。

17. 王任編：《哭摩》，北京：金城出版社，2012 年。

18. 林徽因：《情願：林徽因回憶徐志摩》，南昌：江西教育出版社，2017 年。

19. 金庸等：《舊夢：表弟眼中的徐志摩》，南昌：江西教育出版社，2017 年。

（二）徐志摩傳記

1. 梁錫華：《徐志摩新傳》，臺灣聯經出版事業公司，1979 年。

2. 趙遐秋：《徐志摩傳》，北京：中國人民大學出版社，1999 年。

3. 〔美〕徐善曾：《志在摩登：我的祖父徐志摩》，楊世祥，周思思譯，北京：中信出版社，2018 年。

（三）徐志摩評述文章

1. 張文剛：《徐志摩：永遠的「風花雪月」》，《詩路花雨：中國新詩意象探論》，北京：社會科學文獻出版社，2019 年。

2. 張奚若：《我所認識的志摩》，舒玲娥編：《雲遊：朋友心中的徐志摩》，武漢：長江文藝出版社，2005 年。

3. 王亞民：《海棠花下尋志摩》，王亞民主編：《徐志摩散文全編》，花山文藝出版社，1992 年。

4. 王川：《〈我不知道風是在哪一個方向吹〉賞析》，謝冕主編：《徐志摩名

作欣賞》，北京：中國和平出版社，2010 年。

5. 劉海粟：《回憶老友徐志摩與陸小曼》，韓石山、伍漁編：《徐志摩評說八
十年》，北京：文化藝術出版社，2008 年。

6. 李披平：《徐志摩研究綜述》，《中國現代文學研究叢刊》1998 年 03 期。

7. 李忠陽：《徐志摩散文的詩與思》，張秀楓主編：《徐志摩散文精選》，北
京：北京工業大學出版社，2012 年。

8. 李忠陽：《〈濃得化不開之二（香港）〉導讀》，張秀楓主編：《徐志摩散文
精選》，北京：北京工業大學出版社，2012 年。

9. 李怡：《徐志摩的詩歌》，《中國新詩講稿》，北京：中國人民大學出版社，
2014 年。

10. 李怡：《徐志摩：古典理想的現代重構》，《中國現代新詩與古典詩歌傳統》
（增訂版），北京：北京大學出版社，2008 年。

11. 李慶西：《從徐志摩與鄭孝胥說到徐申如》，《話語之徑》，復旦大學出版
社，2011 年。

12. 陳旭光：《〈翡冷翠山居閒話〉賞析》，謝冕主編：《徐志摩名作欣賞》，北
京：中國和平出版社，2010 年。

13. 陳從周：《徐志摩白話詞手稿》，《新文學史料》1985 年第 4 期。

14. 陳學勇：《徐志摩的一段佚文》，《中國現代文學研究叢刊》1998 年第 2
期。

15. 于賡虞：《志摩的詩》，解志熙、王文金編校：《于賡虞詩文輯存》（下），
開封：河南大學出版社，2004 年。

16. 江弱水：《一種天教歌唱的鳥——徐志摩片論》，《文本的肉身》，北京：
新星出版社，2013 年。

17. 孫紹振：《〈再別康橋〉：無聲獨享的記憶是最美好的音樂》，《審美閱讀十
五講》，北京大學出版社，2013 年。

18. 蘇雪林：《我所認識的詩人徐志摩》，舒玲娥編：《雲遊：朋友心中的徐志
摩》，武漢：長江文藝出版社，2005 年。

19. 蘇雪林：《論徐志摩的詩》，韓石山、伍漁編：《徐志摩評說八十年》，北
京：文化藝術出版社，2008 年。

20. 蘇雪林：《徐志摩的散文》，http://fanwen.geren-jianli.org/601936.html。

21. 卞之琳：《徐志摩選集‧序》，《人與詩：憶舊說新》，三聯書店，1984 年。

22. 朱湘：《評徐君志摩的詩》，韓石山、伍漁編：《徐志摩評說八十年》，北京：文化藝術出版社，2008 年。

23. 餘光中：《徐志摩詩小論》，《餘光中集》（第 7 卷），百花文藝出版社，2003 年。

24. 梁實秋：《徐志摩與新月》，舒玲娥編：《雲遊：朋友心中的徐志摩》，武漢：長江文藝出版社，2005 年。

25. 梁實秋：《致世莊信》（1931 年 11 月 29 日），《北晨學園‧哀悼志摩專號》。

26. 楊振聲：《與志摩最後的一別》，舒玲娥編：《雲遊：朋友心中的徐志摩》，武漢：長江文藝出版社，2005 年。

27. 葉功超：《志摩的風趣》，舒玲娥編：《雲遊：朋友心中的徐志摩》，武漢：長江文藝出版社，2005 年。

28. 趙家璧：《寫給飛去了的志摩》，趙遐秋、曾慶瑞、潘柏生編：《徐志摩全集》（第 3 卷），廣西民族出版社，1991 年。

29. 謝晃：《短暫的久遠》，《徐志摩名作欣賞》，北京：中國和平出版社，2010 年。

30. 阿英：《徐志摩小品‧序》，韓石山、伍漁編：《徐志摩評說八十年》，北京文化藝術出版社，2008 年。

31. 沈從文：《論徐志摩的詩》，《抽象的抒情》，上海，復旦大學出版社，2004 年。

32. 許君遠：《懷志摩先生》，舒玲娥編：《雲遊：朋友心中的徐志摩》，武漢：長江文藝出版社，2005 年。

33. 郁達夫：《懷念四十歲的志摩》，舒玲娥編：《雲遊：朋友心中的徐志摩》，武漢：長江文藝出版社，2005 年。

34. 梁遇春：《Kissing the Fire（吻火）》，辛犖編：《吻著人生之火──梁遇春勵志文選》，中華工商聯合出版社，2014 年。

35. 倪婷婷：《「濃得化不開」──談徐志摩的散文創作》，《洗眼觀潮：中國現代文學論集》，南京：南京大學出版社，2020 年。

36. 蔣復璁：《徐志摩小傳》，金庸等：《舊夢：表弟眼中的徐志摩》，南昌：

江西教育出版社，2017 年。

37. 沈從文：《從徐志摩作品中學習抒情》，《沈從文全集》（第 16 卷），北嶽文藝出版社，2009 年。

38. 金傳勝：《詩心一顆歸何處——關於徐志摩的兩篇佚文》，陳建軍、徐志東編：《遠山：徐志摩佚作集》，北京：商務印書館，2018 年。

39. 余婷婷：《徐志摩詩歌的宗教文化內涵》，張桃洲主編：《中國現代詩人的思想文化闡釋》，北京：中國畫報出版社，2020 年。

40. 宋炳輝：《徐志摩接受西方文學錯位現象的辨析》，《中國比較文學》1999年第 3 期。

41. 方令孺：《志摩是人人的朋友》，舒玲娥編：《雲遊：朋友心中的徐志摩》，武漢：長江文藝出版社，2005 年。

42. 林徽因：《悼志摩》，王任編：《哭摩》，北京：金城出版社，2012 年。

43. 溫源寧：《徐志摩——一個孩子》，張自疑譯自英文《中國評論週報》，舒玲娥編：《雲遊：朋友心中的徐志摩》，武漢：長江文藝出版社，2005 年。

44. 周作人：《志摩紀念》，舒玲娥編：《雲遊：朋友心中的徐志摩》，武漢：長江文藝出版社，2005 年。

45. 胡適：《追悼志摩》，舒玲娥編：《雲遊：朋友心中的徐志摩》，武漢：長江文藝出版社，2005 年。

46. 茅盾：《徐志摩論》，韓石山、伍漁編：《徐志摩評說八十年》，北京：文化藝術出版社，2008 年。

47. 穆木天：《徐志摩論——他的思想與藝術》，韓石山、伍漁編：《徐志摩評說八十年》，北京：文化藝術出版社，2008 年。

48. 陶孟和：《我們所愛的朋友》，舒玲娥編：《雲遊：朋友心中的徐志摩》，武漢：長江文藝出版社，2005 年。

49. 孟澤：《徐志摩 這世界彷彿常在等候著它的詩人》，《何所從來：早期新詩的自我詮釋》，北京九州出版社，2011 年。

50. 文心、劉秀秀：《愛——關於徐林情詩的詠歎沉思》，楊國良主編：《古典與現代》（第七卷），桂林：灘江出版社，2015 年。

51. 梁錫華：《說人・話文・道情》，《今夜月圓》，人民日報出版社，1997 年。

52. 徐炎：《《獨步的文學人——解讀徐志摩》・序》，吳希華、宋玉華：《獨步

的文學人──解讀徐志摩》，中國文聯出版社，2006 年。

53. 徐迅雷：《徐志摩的詩文與遠方》，《文學自由談》2022 年第 2 期。

54. 廖鍾慶：《人生自是有情癡──談徐志摩的〈我不知道風是在哪一個方向吹〉與林徽因的〈展緩〉二詩〉，http://www.360doc.com/content/10/0715/12/191190_39155088.shtml。

（四）徐志摩研究期刊論文

1. 安穎：《浪漫到古典：徐志摩美學思想的嬗變》，揚州大學 2008 年碩士論文。

2. 俞兆平：《徐志摩後期美學思想中的古典主義傾向》，《廈門大學學報（哲學社會科學版）》2005 年 05 期。

3. 曹夜景：《徐志摩詩歌藝術歌曲的藝術特徵及演唱研究》，蘭州大學 2018 年碩士論文。

4. 陳歷明：《音樂化：徐志摩的詩歌美學》，《文藝理論研究》2018 年 06 期。

5. 繆惠蓮、張強：《徐志摩詩歌音樂性構成的顯性與隱性因素》，《江漢學術》2020 年 02 期。

6. 諸雨辰：《融成古韻賦新詩：試論徐志摩詩歌的「音樂性」》，《現代中文學刊》2017 年 01 期。

7. 李勇、孫思邈：《徐志摩詩學思想的中國底蘊──兼論中西文論跨文化融合的基本方式》，《蘇州大學學報（哲學社會科學版）》2017 年第 6 期。

8. 楊校園：《從徐志摩性靈化書寫到新性靈主義詩學》，《名作欣賞》2020 年第六期。

9. 龔剛：《中國現代詩學中的性靈派──論徐志摩的詩學思想與詩論風格》，《現代中文學刊》2017 年 01 期。

10. 李徵昭：《徐志摩美術思想論》，《淮陰師範學院學報（哲學社會科學版）》2019 年 04 期。

11. 黃曉珍、余亞梅：《詩化人生：傳統文化精神品格的架構──試論徐志摩的情詩對中國傳統詩歌文化的繼承》，《上海大學學報（社會科學版）》2003 年第 1 期。

12. 田豐：《詩與畫的聯姻──徐志摩與西方後印象派繪畫》，《嘉興學院學報》2012 年第 2 期。

13. 蘇明：《質疑與消解：從〈歐遊漫錄〉看徐志摩蘇俄觀之轉變》，《南京大學學報（哲學‧人文科學‧社會科學)》2008 年 05 期。

14. 王東東：《重評徐志摩：民主詩學的可能與限度》，《中國現代文學研究叢刊》2017 年第 5 期。

三、古籍

1. 〔先秦〕《詩經》。

2. 〔先秦〕《論語》。

3. 〔先秦〕《老子》。

4. 〔先秦〕《文子》。

5. 〔先秦〕《莊子》。

6. 〔先秦〕《楚辭》。

7. 〔先秦‧西漢〕《中庸》。

8. 〔西漢〕戴聖編：《禮記》。

9. 〔南朝梁〕鍾嶸：《詩品》。

10. 〔南朝梁〕劉勰：《文心雕龍》。

11. 〔東晉〕僧肇：《肇論》。

12. 〔西晉〕陸機：《文賦》。

13. 〔西晉〕郭象：《莊子注》。

14. 〔三國魏〕阮籍：《樂論》。

15. 〔唐〕孔穎達編：《禮記正義》。

16. 〔唐〕王昌齡：《詩格》。

17. 〔唐〕遍照金剛：《文鏡秘府論》。

18. 〔唐〕趙崇祚編：《花間詞》。

19. 〔宋〕朱熹：《朱子語類》。

20. 〔宋〕郭熙：《林泉高致‧山水訓》。

21. 〔宋〕陸游：《渭南文集》。

22. 〔明〕湯祖顯：《牡丹亭》。

23. 〔明〕陸時雍：《詩鏡總論》。

24. 〔明〕胡應麟：《詩藪》。

25.〔清〕顧炎武:《日照錄》。

26.〔清〕沈德潛:《說詩晬語》。

27.〔清〕郭慶藩:《莊子集釋》。

28.〔清〕葉燮:《原詩》。

29.〔清〕曹雪芹、高鶚:《紅樓夢》。

四、國外著述

1.〔德〕康德:《歷史理性批判文集》,何兆武譯,商務印書館,1990 年。

2.〔德〕馬爾庫塞:《現代文明與人的困境——馬爾庫塞文集》,上海三聯書店,1989 年。

3.〔德〕馬爾庫塞:《審美之維》,李小兵譯,廣西師範大學出版社,2011 年。

4.〔德〕海德格爾:《存在與時間》,陳嘉映、王慶節譯,商務印書館,2020 年。

5.〔德〕黑格爾:《美學》(第 3 卷下冊),朱光潛譯,商務印書館,1981 年。

6.〔德〕尼采:《悲劇的誕生——尼采美學文選》,周國平譯,三聯書店,1986 年。

7.〔日〕鈴木大拙等:《禪與生活》,劉大悲譯,光明日報出版社,1988 年。

8.〔日〕鈴木大拙等:《禪與藝術》,北方文藝出版社,1988 年。

9.〔日〕大西克禮:《幽玄·物哀·寂:日本美學三大關鍵詞研究》,王向遠譯,上海譯文出版社,2017 年。

10.〔瑞典〕沃爾夫甘·凱塞爾:《語言的藝術作品》,陳銓譯,上海:上海譯文出版社,1984 年。

11.〔英〕羅素:《中國問題》,秦悅譯,上海學林出版社,1996 年。

12.〔英〕哈耶克:《個人主義與經濟秩序》,鄧正來譯,生活·讀書·新知三聯書店,2003 年。

13.〔英〕哈耶克:《通往奴役之路》,北京:中國社會科學出版社,1997 年。

14.〔美〕王德威:《史詩時代的抒情聲音:二十世紀中期的中國知識分子與藝術家》,北京:生活·讀書·新知三聯書店,2019 年。

15.〔美〕格里德:《胡適與中國的文藝復興》,魯奇譯,南京江蘇人民出版社,2010 年。

五、今人著述

1. 張大為：《東方傳統：文化思維與文明政治》，上海：上海三聯書店，2015年。

2. 張大為：《元文論——基本理念與基本問題》，天津：天津社會科學院出版社，2017年。

3. 張大為：《文明詩學》，天津：天津社會科學院出版社，2019年。

4. 張太原：《從思想發現歷史：重尋「五四」以後的中國》，北京：中華書局，2016年。

5. 張潔宇：《歷史的詩意——中國現代文學與詩學論稿》，北京：人民文學出版社，2021年。

6. 張潔宇：《民國時期新詩論稿》，廣州：花城出版社，2019年。

7. 張富貴等：《中國現代詩歌史論》，吉林教育出版社，1995年。

8. 張震：《個體的探尋——郁達夫獨創性問題研究》，浙江工商大學出版社，2013年。

9. 張世英：《天人之際——中西哲學的困惑與選擇》，人民出版社，2007年。

10. 張鳳陽：《現代性的譜系》，南京：江蘇人民出版社，2012年。

11. 張寶明：《啟蒙與革命——五四激進派的兩難》，上海學林出版社，1998年。

12. 張曙光等：《價值與秩序的重建》，北京：人民出版社，2016年。

13. 張千帆：《為了人的尊嚴：中國古典政治哲學批判與重構》，北京：中國民主法制出版社，2012年。

14. 張光芒、魏建編選：《朱德發學術精選集》，濟南：山東人民出版社，2019年。

15. 張灝：《幽暗意識與民主傳統》，北京新星出版社，2010年。

16. 張城：《社會與國家：梁漱溟的政治哲學》，北京人民出版社，2017年。

17. 張君勱：《中西印哲學文集》，程文熙編，臺北：學生書局，1981年。

18. 張志偉：《西方哲學十五講》，北京大學出版社，2004年。

19. 張旭東：《批判的文學史：現代性與形式自覺》，上海：上海人民出版社，2020年。

20. 王國維：《人間詞話》，彭玉平譯注，中華書局，2016年。

21. 王光明：《現代漢詩的百年演變》，石家莊：河北人民出版社，2003 年。

22. 王江松：《郭象個體主義哲學的現代闡釋》，北京：中國社會科學出版社，2008 年。

23. 王晶晶：《客廳內外——林徽因的情感與道路》，北京：東方出版社，2011 年。

24. 王秀莉編：《陸小曼詩・文・畫》，南京：譯林出版社，2016 年。

25. 王元驤：《文學理論與當今時代》，浙江大學出版社，2002 年。

26. 王力：《詩詞聲律啟蒙》，北京：中華書局，2021 年。

27. 王本朝：《中國現代文學觀念與知識譜系》，北京：人民出版社，2013 年。

28. 劉朝謙：《技術與詩：中國古人在世維度的天堂性與泥濘性》，北京：華齡出版社，2013 年。

29. 劉聰：《現代新儒學文化視野中的梁實秋》，濟南：齊魯書社，2010 年。

30. 劉納：《嬗變——辛亥革命時期至五四時期的中國文學》，中國人民大學出版社，2010 年。

31. 劉群：《新月社的文化策略》，北京：人民出版社，2018 年。

32. 劉增傑、關愛和主編：《中國近現代文學思潮史》（上），上海：上海文藝出版社，2008 年。

33. 劉川鄂：《中國自由主義文學論稿》，武漢出版社，2000 年。

34. 劉方喜：《「漢語文化共享體」與中國新詩論爭》，濟南：山東教育出版社，2009 年。

35. 劉濤：《百年漢詩形式的理論探求：20 世紀現代格律詩學研究》，北京：人民出版社，2013 年。

36. 劉笑敢：《莊子哲學及其演變》，北京：中國人民大學出版社，2010 年。

37. 劉士林：《苦難哲學》，武漢：湖北人民出版社，2004 年。

38. 劉士林：《中國詩性文化》，江蘇人民出版社，1999 年。

39. 劉士林：《中國詩學精神》，海口：海南出版社，2006 年。

40. 劉士林：《闡釋與批判：當代文化危機中的異化與危機》，濟南：山東文藝出版社，1999 年。

41. 劉成紀：《青山道場——莊禪與中國詩學精神》，北京東方出版社，2005 年。

42. 劉成紀:《自然美的哲學基礎》,武漢:武漢大學出版社,2008 年。

43. 劉培育編,王路等譯:《道·自然與人——金岳霖英文論著全譯》,生活·讀書·新知三聯書店,2005 年。

44. 劉禾:《語際書寫:現代思想史寫作批判綱要》,廣西師範大學出版社,2017 年。

45. 劉小楓:《拯救與逍遙》,上海:華東師範大學出版社,2011 年。

46. 劉小楓:《詩化哲學》,上海:華東師範大學出版社,2011 年。

47. 劉好運:《魏晉經學與詩學·中編·魏晉詩學論》,北京:中華書局,2018 年。

48. 李德臻:《回鄉之路:尋覓審美生存的家園意境》,杭州:浙江大學出版社,2011 年。

49. 李詠吟:《詩學解釋學》,上海人民出版社,2003 年。

50. 李振聲:《重溯新文學精神之源:中國新文學建構中的晚清思想學術因素》,上海:上海人民出版社,2020 年。

51. 李怡:《中國現代新詩與古典詩歌傳統》(增訂版),北京大學出版社,2008 年。

52. 李怡:《作為方法的「民國」》,濟南:山東文藝出版社,2015 年。

53. 李怡、教鶴然、李樂樂等:《「文」的傳統與現代中國文學》,廣州:廣東高等教育出版社,2018 年。

54. 李小貝:《明代「性靈」詩情觀研究》,北京:中國社會科學出版社,2016 年。

55. 李小茜:《郭象哲學與中古的自然審美》,天津:天津社會科學院出版社,2016 年。

56. 李劼:《紅樓十五章》,北京:新星出版社,2010 年。

57. 李明建:《生活的「革命」:道德建設的範式和路向轉移——「新生活運動」的倫理研究》,上海三聯書店,2017 年。

58. 李天道:《老子美學思想的當代意義》,北京:中國書籍出版社,2019 年。

59. 李天道:《中國傳統文藝美學的現代轉化》,北京:中國書籍出版社,2018 年。

60. 李若暉:《道論九章:新道家的「道德」與「行動」》,上海:上海人民出

版社，2017 年。

61. 李淵庭、閻秉華編著：《梁漱溟年譜》，北京：商務印書館，2018 年。

62. 李澤厚：《中國現代思想史論》，北京：生活·讀書·新知三聯書店，2008年。

63. 李澤厚：《華夏美學·美學四講》，北京：生活·讀書·新知三聯書店，2008 年。

64. 李澤厚：《美的歷程》，北京：生活·讀書·新知三聯書店，2009 年。

65. 李澤厚：《中國古代思想史論》，人民出版社，1985 年。

66. 李澤厚、劉綱紀：《中國美學史》（魏晉南北朝編·下），合肥，安徽文藝出版社，1999 年。

67. 陳師曾著譯：《中國文人畫之研究》，杭州：浙江人民美術出版社，2016 年。

68. 陳寅恪：《寒柳堂集》，上海古籍出版社，1980 年。

69. 陳伯海：《中國詩學之現代觀》，上海古籍出版社，2019 年。

70. 陳伯海：《回歸生命本原》，北京：商務印書館，2012 年。

71. 陳伯海：《中國文化研究》，上海社會科學院出版社，2015 年。

72. 陳建華：《陸小曼·1927·上海》，商務印書館，2017 年。

73. 陳贇：《困境中的中國現代性意識》，上海：華東師範大學出版社，2005年。

74. 陳贇：《中庸的思想》，浙江大學出版社，2017 年。

75. 陳贇：《自由之思：〈莊子·逍遙遊〉的闡釋》，杭州：杭州大學出版社，2020 年。

76. 陳贇：《天下或天地之間：中國思想的古典視域》，上海書店出版社，2007年。

77. 陳彩林：《沈從文與中國現代文學的形而上維度》，桂林：廣西師範大學出版社，2017 年。

78. 陳歷明：《新詩的生成——作為翻譯的現代性》，北京：商務印書館，2014年。

79. 孫梅：《四六叢話》，人民文學出版社，2010 年。

80. 魯迅：《魯迅全集》（18 卷本），人民文學出版社，2005 年。

81. 魯樞元：《陶淵明的幽靈》，上海：上海文藝出版社，2012 年。

82. 胡適：《胡適文存》，亞東圖書館，1921 年。

83. 胡懷琛：《白話詩談》，上海廣益書局，1921 年。

84. 鍾叔河編：《周作人文類編》（第一卷），湖南文藝出版社，1998 年。

85. 周作人：《中國新文學的源流》，鍾叔河編，嶽麓書社，2019 年。

86. 周作人：《知堂回想錄》，香港三育圖書公司，1980 年。

87. 周作人：《藥堂雜文》，北京十月文藝出版社，2012 年。

88. 梁實秋：《梁實秋文集》，鷺江出版社，2002 年。

89. 梁宗岱：《詩與真》，上海商務印書館，1935 年。

90. 梁啟超：《清代學術概論》，成都：四川人民出版社，2018 年。

91. 程國君：《新月詩派研究》，武漢：長江文藝出版社，2003 年。

92. 程金城：《中國現當代文學思潮重要問題研究》，北京：人民出版社，2020 年。

93. 方仁念編：《新月派評論資料選》，華東師範大學出版社，1993 年。

94. 方東美：《方東美集》，黃克劍等編，北京群言出版社，1993 年。

95. 方天立：《中國佛教哲學要義》（下卷），中國人民大學出版社，2002 年。

96. 方聞：《兩種文化之間：近現代中國繪畫》，趙佳譯，上海：上海書畫出版社，2020 年。

97. 許霆：《聞一多新詩藝術》，上海：上海社會科學院出版社，2010 年。

98. 許霆：《中國新詩韻律節奏論》，北京師範大學出版社，2016 年。

99. 趙彬：《中國現代新詩的語言與形式》，北京，中央編譯出版社，2020 年。

100. 趙黎明：《古典詩學資源與中國新詩理論建構》，北京：人民出版社，2015 年。

101. 趙凌河、張立群、李明明：《中國新文學現代性啟蒙實踐研究》，社會科學文獻出版社，2018 年。

102. 趙小琪等：《中國現代詩學導論》，上海古籍出版社，2018 年。

103. 謝君蘭：《古今流變與中國新詩白話傳統的生成》，廣州：羊城晚報出版社，2017 年。

104. 金雅：《人生藝術化與當代生活》，北京：商務印書館，2013 年。

105. 汝信、王德勝主編：《美學的歷史：20 世紀中國美學學術進程》，安徽教育出版社，2016 年。

106. 毛峰：《神秘主義詩學》，生活・讀書・新知三聯書店，1998 年。

107. 沈亞丹：《寂靜之音——漢語詩歌的音樂形式及其歷史變遷》，上海人民出版社，2007 年。

108. 江弱水：《古典詩的現代性》，北京：生活・讀書・新知三聯書店，2010 年。

109. 章怡主編：《曼廬墨戲——陸小曼的藝術世界》，上海：東方出版社，2020 年。

110. 胡繼華：《中國文化精神的審美維度：宗白華美學思想簡論》，北京大學出版社，2009 年。

111. 胡繼華：《思想的製序：中國現代文論的多元取向》，北京：師範大學出版社，2019 年。

112. 胡繼華：《浪漫的靈知》，北京：北京大學出版社，2016 年。

113. 楊經建：《20 世紀存在主義文學史論》，人民文學出版社，2014 年。

114. 解志熙：《生的執著——存在主義與中國現代文學》，人民出版社，1999 年。

115. 譚桂林：《現代中國佛教文學史稿》，合肥：安徽教育出版社，2015 年。

116. 譚桂林：《百年文學與宗教》，長沙：湖南教育出版社，2002 年。

117. 王昉：《面對失落的文明：中國現代文學轉型中的人文主義傾向》，南京：南京大學出版社，2018 年。

118. 鍾誠：《進化、革命與復仇：「政治魯迅」的誕生》，北京大學出版社，2018 年。

119. 鄭煥釗：《「詩教」傳統的歷史中介——梁啟超與中國現代文學啟蒙話語的發生》，社會科學文獻出版社，2017 年。

120. 宋劍華：《「娜拉現象」的中國言說》，北京：人民文學出版社，2016 年。

121. 俞兆平：《中國現代作家論科學與人文》，廣西師範大學出版社，2013 年。

122. 白春超：《再生與流變：中國現代文學中的古典主義》，開封：河南大學出版社，2006 年。

123. 武新軍：《現代性與古典傳統：論中國現代文學中的「古典傾向」》，河南大學出版社，2005 年。

124. 哈迎飛：《「五四」作家與佛教文化》，上海：上海三聯書店，2002 年。

125. 馬新亞:《沈從文的文學觀》,鄭州:河南文藝出版社,2019 年。

126. 何亦聰:《周作人與儒家思想的現代困境》,上海人民出版社,2018 年。

127. 原小平:《中國現代文學圖像論》,北京:新華出版社,2016 年。

128. 廖咸浩:《〈紅樓夢〉的補天之恨──國族寓言與遺民情懷》,臺北聯經出版事業股份有限公司,2017 年。

129. 馬力:《中國現代風景散文史》(上),北京:中國社會科學出版社,2011 年。

130. 楊春時主編:《中國現代文學思潮史》,南京:南京大學出版社,2011 年。

131. 楊春時:《現代性與中國文學思潮》,北京:生活·讀書·新知三聯書店,2009 年。

132. 楊春時:《作為第一哲學的美學──存在、現象與審美》,北京:人民出版社,2015 年。

133. 錢理群、黃子平、陳平原:《二十世紀中國文學三人談·漫說文化》(增訂本),北京大學出版社,2019 年。

134. 錢中文,劉方喜,吳子林:《自律與他律:中國現當代文學論爭中的一些理論問題》,北京:北京大學出版社,2005 年。

135. 錢理群、溫儒敏、吳福輝:《中國現代文學三十年》(修訂本),北京:北京大學出版社,1998 年。

136. 錢穆:《莊老通辨》,三聯書店,2002 年。

137. 司馬長風:《中國新文學史》(上卷),香港昭明出版社,1980 年。

138. 金雅:《人生藝術化與當代生活》,北京:商務印書館,2013 年。

139. 王焱:《得道的幸福──莊子審美體驗研究》,廣州:暨南大學出版社,2012 年。

140. 楊國榮:《莊子的思想世界》,北京:北京大學出版社,2006 年。

141. 曲經緯:《莊禪擺渡:〈莊子注〉與玄學美學》,東南大學出版社,2018 年。

142. 馬奔騰:《禪境與詩境》,北京:中華書局,2010 年。

143. 吳言生:《禪宗詩歌境界》,北京:中華書局,2001 年。

144. 吳曾祺:《涵芬樓文談》,金城出版社,2011 年。

145. 湯凌雲:《中國美學中的「幻」問題研究》,安徽教育出版社,2015 年。

146. 馮契:《人的自由和真善美》,上海:華東師範大學出版社,2016 年。

147. 成復旺:《走向自然生命──中國文化精神的再生》,北京:人民大學出

版社，2004 年。

148. 顧彬：《二十世紀文學史》，范勁等譯，華東師範大學出版社，2008 年。

149. 欒棟：《文學通化論》，北京：商務印書館，2017 年。

150. 龔剛：《錢鍾書與文藝的西潮》，天津：南開大學出版社，2014 年。

151. 蕭公權：《中國政治思想史》（上冊），北京：商務印書館，2001 年。

152. 金觀濤、劉青峰：《中國現代思想的起源——超穩定結構與中國政治文化的演變》（第一卷），法律出版社，2011 年。

153. 尤西林：《人文精神與現代性》，陝西人民出版社，2006 年。

154. 尤西林：《心體與時間——二十世紀中國美學與現代性》，北京：人民出版社，2009 年。

155. 啟良：《20 世紀中國思想史》，廣州：花城出版社，2009 年。

156. 啟良：《神聖之間：中西政治哲學比較研究》，湘潭大學出版社，2010 年。

157. 高瑞泉：《動力與秩序：中國哲學的現代追尋與轉向：1895～1995》，廣西師範大學出版社，2019 年。

158. 牟宗三：《道德的理想主義》，長春：吉林出版集團有限責任公司，2010 年。

159. 郭齊勇：《現當代新儒學思潮研究》，北京：人民出版社，2017 年。

160. 楊柏嶺：《唐宋詞的藝術特徵及美學史地位》，北京：中華書局，2020 年。

161. 傅剛：《魏晉南北朝詩歌史論》，北京：商務印書館，2017 年。

162. 田淑晶：《文心與禪心：中國詩學中的空思維與空觀念》，北京：中華書局，2021 年。

163. 唐小林：《看不見的簽名——現代漢語詩學與基督教》，北京：華齡出版社，2013 年。

164. 俞兆平：《中國現代作家論科學與人文》，廣西師範大學出版社，2013 年。

165. 鄒曉東：《性善與治教》，上海：華東師範大學出版社，2020 年。

166. 蒲震元：《中國藝術意境論》，北京大學出版社，1995 年。

167. 東方朔：《差等秩序與公道世界——荀子思想研究》，上海人民出版社，2016 年。

168. 蔡元培：《蔡元培全集》（第三卷），中華書局，1984 年。

169. 蔡元培：《蔡元培美學文選》，北京大學出版社，1983 年。

170. 周國文：《公民觀的復蘇：地球生命的倫理思想》，上海三聯書店，2016 年。

171. 汪湧豪：《中國文學批評範疇及體系》，上海復旦大學出版社，2007 年。

172. 梁漱溟：《東西文化及其哲學》，北京：中華書局，2018 年。

173. 葉維廉：《中國詩學》，北京：人民文學出版社，2006 年。

174. 鄧曉芒、易中天：《黃與藍的交響：中西美學比較論》，北京：作家出版社，2019 年。

175. 許志偉：《發現另一個「鄉土中國」——勾連中國現代文學史與思想史的一種考察》，北京：人民出版社，2019 年。

176. 許蘇民：《人文精神論》，北京：人民出版社，2011 年。

177. 徐建勇：《現代性與新儒家》，人民出版社，2019 年。

178. 童慶炳：《中國古代文論的現代意義》，北京師範大學出版社，2001 年。

179. 汪暉：《世紀的誕生》，北京：生活・讀書・新知三聯書店，2020 年。

180. 汪暉：《現代中國思想的興起》（下卷第二部），北京：生活・讀書・新知三聯書店，2008 年。

181. 丁來先：《信仰的詩意及存在的復歸》，北京：中國社會科學出版社，2019 年。

182. 丁來先：《天人合一及心心美學》，北京：中譯出版社，2020 年。

183. 方愛武等：《浙江現代散文發展史：浙籍文人與中國散文的現代化》，杭州出版社，2011 年。

184. 千家駒、李紫翔：《中國鄉村建設批判》，新知書店 1935 年。

185. 方東美：《生生之美》，北京大學出版社，2009 年。

186. 宗白華：《美學散步》，上海人民出版社，1981 年。

187. 宗白華：《藝境》，北京大學出版社，1987 年。

188. 朱光潛：《詩論》（增訂本），北京：中華書局，2012 年。

189. 朱光潛：《西方美學史》（上冊），人民文學出版社，1963 年。

190. 朱光潛：《談美・文藝心理學》（增訂本），北京：中華書局，2012 年。

191. 朱良志：《中國藝術的生命精神》，安徽教育出版社，2006 年。

192. 朱立元主編：《美學大辭典》（修訂本），上海辭書出版社，2014 年。

193. 朱德發：《朱德發文集》（第七卷），濟南：山東人民出版社，2014 年。

194. 朱自清：《標準與尺度》，文光書店，1948 年。

195. 宛小平：《美的爭論：朱光潛美學及其與美學的爭鳴》，北京：生活・讀

書・新知三聯書店，2017年。

196. 徐復觀：《中國藝術精神》，北京：商務印書館，2010年。

197. 余敦康：《魏晉玄學史》，北京大學出版社，2016年。

198. 楊國榮：《中國哲學二十講》，北京：中華書局，2015年。

199. 韓經太：《中國審美文化焦點問題研究》，北京：人民文學出版社，2015年。

200. 卞之琳：《人與詩：憶舊說新》，生活・讀書・新知三聯書店，1984年。

201. 汪裕雄：《意象探源》，北京：人民出版社，2013年。

202. 勞承萬：《中國詩學道器論》，安徽教育出版社，2010年。

203. 趙鑫珊：《哲學與當代世界》，人民出版社，1990年。

204. 傅庚生：《中國文學欣賞發凡》，北京：生活・讀書・新知三聯書店，2017年。

205. 施蟄存：《唐詩百話》，上海古籍出版社，1987年。

206. 莫道才：《駢文學探微》，廣西師範大學出版社，2017年。

207. 鄧嗣明：《中國詞美學》，深圳：海天出版社，2011年。

208. 馮勝利、王麗娟：《漢語韻律語法教程》，北京：北京大學出版社，2018年。

209. 湯用彤：《魏晉玄學論稿》，上海：上海古籍出版社，2019年。

210. 湯一介：《郭象與魏晉玄學》（增訂本），北京：中國人民大學出版社，2016年。

211. 周志強：《寓言論批判：當代中國文學與文化研究論綱》，北京大學出版社，2020年。

212. 羅崇宏：《近代以來中國「大眾」話語的生成與流變》，北京：社會科學文獻出版社，2019年。

213. 楊立華：《一本與生生：理一元論綱要》，三聯書店，2018年。

214. 范伯群、朱棟霖主編：《1898～1949中外文學比較史》（修訂本），南京：江蘇教育出版社，2007年。

215. 曹成竹：《歌謠與中國文學的審美革新：以20世紀早期「歌謠運動」為中心》，北京：人民出版社，2019年。

216. 雷文學：《老莊與中國現代文學》，北京：人民出版社，2015年。

217. 毛澤東：《毛澤東選集》（第1卷），北京：人民出版社，1991年。

218. 中國史學會編：《中國近代史資料叢刊・第四冊・戊戌變法》，上海人民
出版社，1957 年。

六、期刊、專著中析出的文獻

1. 張寶明：《儒家傳統與自由主義的前景——從「中庸」的視角出發》，《原
道》（第 7 輯），貴州人民出版社，2002 年。

2. 張大為：《「成性存存，道義之門」——東方文化思維與肯定性價值情態》，
《東方傳統：文化思維與文明政治》，上海三聯書店，2015 年。

3. 張旭東：《中國現代主義起源的「名」「言」之辨：重讀〈阿 Q 正傳〉》，
《批判的文學史：現代性與形式自覺》，上海：上海人民出版社，2020 年。

4. 張汝倫：《近代中國危機的根本診斷——論嚴復與自由主義》，《我們需要
什麼樣的文明》，北京：商務印書館，2017 年。

5. 張汝倫：《中國現代思想史上的張君勱》，《現代中國思想研究》，上海人
民出版社，2014 年。

6. 張汝倫：《在現實與理想之間——現代中國的社會主義思潮》，《中國現代
思想史研究》，上海人民出版社，2014 年。

7. 張法：《「線的藝術」說：質疑與反思》，《文藝爭鳴》2018 年 9 期。

8. 王孟圖：《薪盡火傳：中國現代浪漫文學的傳統情結》，《時間的轉角》，
上海：上海三聯書店，2017 年。

9. 王孟圖：《從古典到現代：中國浪漫主義文學之關係形態考察》，《時間的
轉角》，上海三聯書店，2017 年。

10. 王桂妹：《重讀「娜拉」的兩個中國文本》，周海波主編：《中國現代文體
理論論集》，中國海洋大學出版社，2019 年。

11. 王瑤：《中國現代文學研究的現狀和前景——在「現代文學研究創新座談
會」上的講話》，《現代文學研究》1985 年第 4 期。

12. 王瑤：《論現代文學與中國古典文學的歷史聯繫》，《中國現代文學史論
集》，北京大學出版社，1998 年。

13. 李健吾：《〈魚目集〉——卞之琳先生作》，郭宏安編：《李健吾批評文集》，
珠海：珠海出版社，1998 年。

14. 李澤厚：《啟蒙與救亡的雙重變奏》，《中國現代思想史論》，北京：生活・
讀書・新知三聯出版社，2008 年。

15. 李澤厚：《莊玄禪宗漫述》，《中國古代思想史論》，北京：生活·讀書·新知三聯書店，2008 年。

16. 李歐梵：《現代中國文學中的浪漫主義個人》，《中國現代文學與現代性十講》，上海：復旦大學出版社，2008 年。

17. 李天道：《論中國文藝美學之「幾」範疇與「知幾」說》，《中國古代美學之自由精神》，北京：中央編譯出版社，2013 年。

18. 李聖傳：《情感啟蒙與「詩教」功能的審美建設——蔡元培「以美育代宗教說」新解》，馬奔騰主編：《詩教與詩學》，北京：人民出版社，2018 年。

19. 陳冰：《老子「復歸於嬰兒」觀念與華茲華斯「童年主題」比較》，《淮陰師專學報》1996 年第 4 期。

20. 陳國恩：《新保守主義與中國現代性問題》，《現代性與中國現代文學》，北京：中國社會科學出版社，2019 年。

21. 陳贇：《晚年熊十力的本體論轉變》，《儒家思想與中國之道》，杭州：浙江大學出版社，2016 年。

22. 陳平原：《現代中國的「魏晉風度」與「六朝散文」》，《中國現代學術之建立：以章太炎、胡適之為中心》，北京：北京大學出版社，2020 年。

23. 鄧曉芒：《繼承五四，超越五四》，《批判與啟蒙》，武漢：崇文書局，2019 年。

24. 高瑞泉：《新文化運動與中國哲學的現代開展》，葉祝弟主編：《現代化與化現代：新文化運動百年價值重估》（第 1 卷），上海三聯書店，2019 年。

25. 余英時：《從價值系統看中國文化的現代意義》，何俊編：《余英時學術思想文選》，上海古籍出版社，2010 年。

26. 俞兆平：《中國現代文學中古典主義思潮的歷史定位》，《南華文存——俞兆平學術論文精選》，福建人民出版社，2017 年。

27. 謝文郁：《康德的「善人」與儒家的「君子」》，《雲南大學學報·社會科學版》2011 年第 3 期。

28. 莫山洪：《論劉麟生「美文」視野下的駢文研究》，莫道才主編：《駢文研究》（第 2 輯），桂林：廣西師範大學出版社，2018 年。

29. 南懷瑾：《禪宗與中國文學》，《南懷瑾選集》（第 5 卷），上海：復旦大學出版社，2013 年。

30. 章太炎:《齊物論釋》,《章太炎全集》(六),上海人民出版社,1986 年。

31. 林語堂:《論小品文筆調》,萬平近編:《林語堂選集》(上冊),海峽文藝出版社,1988 年。

32. 林語堂:《從丘吉爾的英文說起》,《人生的盛宴》,江蘇文藝出版社,2009 年。

33. 林毓生:《魯迅思想的特質及其政治觀的困境》,許紀霖、宋宏編:《現代中國思想的核心觀念》,上海人民出版社,2011 年。

34. 林毓生:《「五四」時代的激烈反傳統思想與中國自由主義的前途》,《中國傳統的創造性轉化》,北京:生活・讀書・新知三聯書店,2011 年。

35. 林安梧:《中國政治傳統之過去與未來——論「道的錯置」之消解及其創造之可能》,范瑞平、貝淡寧、洪秀平主編:《儒家憲政與中國未來》,上海:華東師範大學出版社,2012 年。

36. 賀麟:《儒家思想的新開展》,《文化與人生》,北京:商務印書館,2015 年。

37. 高力克:《「五四」後的社會文化思潮》,許紀霖、陳達凱主編:《中國現代化史:第 1 卷 1800~1949》,上海三聯書店,1995 年。

38. 高力克:《自由與權力:張君勱的「立國之道」》,《自由與國家:現代中國政治思想史論》,浙江大學出版社,2016 年。

39. 呂新雨:《農業資本主義與民族國家的現代化道路》,《鄉村與革命——中國新自由主義批判三書》,上海華東師範大學出版社,2013 年。

40. 梁漱溟:《鄉村建設是什麼?》,《梁漱溟全集》(第五卷),山東人民出版社,1992 年。

41. 梁漱溟:《鄉村建設理論》,《梁漱溟全集》(第二卷),山東人民出版社,1990 年。

42. 梁漱溟:《兩年來我有了哪些變化》,《梁漱溟全集》(第六卷),山東人民出版社,2005 年。

43. 梁漱溟:《我治理與鄉村運動的回憶和反省》,《梁漱溟全集》(第七卷),山東人民出版社,2005 年。

44. 方東美:《哲學三慧》,侯敏編:《現代新儒家文論點評》,廣州:暨南大學出版社,2016 年。

45. 向天淵：《新詩之「變」與「常」的若干闡釋維度》，《中國新詩：現象與反思》，北京：人民出版社，2016 年。

46. 肖鷹：《中西音樂的哲學差異》，《肖鷹文集初編‧美學卷》，北京：清華大學出版社，2019 年。

47. 余虹：《革命‧審美‧解構——20 世紀中國文學理論的現代性與後現代性》，《文學知識學——余虹文存》，北京：北京大學出版社，2009 年。

48. 劉進才：《中國現代文學的審美現代性探尋——以京派作家沈從文、廢名的小說創作為個案》，《河南大學學報（社會科學版）》，2006 年第 3 期。

49. 胡適：《談新詩》，陳子善編：《胡適說新文學》，北京：商務印書館，2019 年。

50. 胡適：《非個人主義的新生活》，《胡適文集》（第 2 卷），北京大學出版社，1998 年。

51. 胡適：《從思想上看中國問題》，《胡適文集》（第 11 卷），北京大學出版社，1998 年。

52. 胡適：《不朽：我的宗教》，《新青年》第六卷第二號。

53. 胡曉明：《真詩的現代性：七十年前朱光潛與魯迅關於「曲終人不見」的爭論及其餘響》，《江海學刊》2006 年 03 期。

54. 魯迅：《小品文的危機》，《魯迅全集》（第 4 卷），人民文學出版社，2005 年。

55. 周作人：《理想的國語》，鍾叔河編：《夜讀的境界》，湖南文藝出版社，1998 年。

56. 周作人：《我的雜學》，《苦口甘口》，河北教育出版社，2003 年。

57. 梁實秋：《新詩的格調及其他》，《梁實秋文集》（第 6 卷），鷺江出版社，2002 年。

58. 梁宗岱：《論詩》，《詩刊》第 2 期。

59. 梁宗岱：《談詩》，《人間世》第 15 期，1934 年 11 月 5 日。

60. 徐悲鴻：《中國畫改良論》，肖偉：《現實功利與審美認同——論民國「二徐之爭」語境下的西畫接受》，《南京藝術學院學報》2016 年 06 期。

61. 徐悲鴻：《當前中國之藝術問題》，天津《益世報》，1947 年 11 月 28 日。

62. 徐悲鴻：《美的解剖——在上海開洛公司講演辭》，肖偉：《現實功利與審

美認同——論民國「二徐之爭」語境下的西畫接受〉,《南京藝術學院學報》2016 年 06 期。

63. 徐悲鴻:〈新藝術運動之回顧與前瞻〉,徐伯陽、金山編:《徐悲鴻藝術文集》,臺北:藝術家出版社,1987 年。

64. 梁遇春:〈天真與經驗〉,《淚與笑》,三辰影庫音像出版有限公司,2017年。

65. 豐子愷:〈告母性〉,豐陳寶、豐一吟、豐元草編:《豐子愷文集》(第 1卷),杭州文藝出版社、浙江教育出版社,1990 年。

66. 豐子愷:〈繪畫與文學〉,豐陳寶、豐一吟、豐元草編:《豐子愷文集》(第 2 卷),浙江文藝出版社、浙江教育出版社,1990 年。

67. 朱湘:〈《草莽集》的音調與形式〉,《文學週報》第 7 卷第 20 期,1928 年 11 月 25 日。

68. 朱光潛:〈中國詩的節奏與聲韻的分析(上):論聲〉,《詩論》(增訂版),北京:中華書局,2012 年。

69. 朱光潛:〈中國詩的節奏與聲韻的分析(中):論頓〉,《詩論》(增訂版),北京:中華書局,2012 年。

70. 朱光潛:〈從研究歌謠後我對於詩的形式問題意見的變遷〉,《朱光潛全集》(第 8 卷),安徽教育出版社,1993 年。

71. 朱光潛:〈替詩的音律辯護——讀胡適的〈白話文學史〉後的意見〉,《詩論》(增訂版),北京:中華書局,2012 年。

72. 朱光潛:〈答羅念生先生論節奏〉,《新詩》第 5 期,1937 年 2 月 10 日。

73. 朱自清:〈論現代中國的小品散文〉,《文學週報》第 345 期。

74. 朱德發:〈中國文學:由古典走向現代〉,張光芒,魏建編選:《朱德發學術精選集》,濟南:山東人民出版社,2019 年。

75. 朱良志:〈禪宗「新工具觀」和唐代詩歌「境界」論〉,《大音希聲——妙悟的審美考察》,南昌:百花洲文藝出版社,2009 年。

76. 羅念生:〈與朱光潛先生論節奏〉,《新詩》第 4 期,1937 年 1 月 10 日。

77. 羅念生:〈節律與拍子〉,天津《大公報·文藝》第 75 期:「詩特刊」,1936 年 1 月 10 日。

78. 宗白華:〈歡欣的回憶和祝賀〉,《時事新報》,1941 年。

79. 宗白華：《論中西畫法的淵源與基礎》，《美學散步》，上海人民出版社，1981 年。

80. 郭沫若：《論詩三札》，《郭沫若全集》（第 15 卷），北京：人民文學出版社，1982 年。

81. 聞一多：《詩的格律》，《晨報・詩鐫》1926 年第 7 期。

82. 聞一多：《〈冬夜〉評論》，《聞一多全集》（第 2 卷），湖北人民教育出版社，1993 年。

83. 聞一多：《莊子》，《聞一多全集》（第 9 卷），湖北人民教育出版社，1993 年。

84. 于賡虞：《詩辯（上）》，解志熙、王文金編校：《于賡虞詩文輯存（下）》，開封：河南大學出版社，2004 年。

85. 吳宓：《論詩之創作》，《吳宓詩集》卷末，附錄六《大公報・文學副刊論文選錄》，中華書局，1935 年。

86. 吳宓：《詩學總論》，《吳宓詩話》，商務印書館，2005 年。

87. 沈從文：《談朗誦詩》，《沈從文全集》（第 17 卷），北嶽文藝出版社，2002 年。

88. 沈從文：《由廢名到冰心》，《沈從文全集》（第 16 卷），北嶽文藝出版社，2002 年。

89. 葉功超：《論新詩》，《新月懷舊──葉功超文藝雜談》，學林出版社，1997 年。

90. 何其芳：《關於現代格律詩》，《何其芳全集》（第 4 卷），河北人民出版社，2000 年。

91. 何其芳：《論夢中道路》，《大公報・文藝》第 182 期，1936 年 7 月 19 日。

92. 卞之琳：《奇偶音節組的必要性和參差均衡律的可行性》，《卞之琳文集》（中卷），安徽教育出版社，2002 年。

93. 林庚：《〈問路集〉序》，《新詩格律與語言的詩化》，經濟日報出版社，2000 年。

94. 葉維廉：《東西方文學中「模子」的應用》，《尋求跨中西方文化的共同文學規律》，北京大學出版社，1986 年。

95. 鄭敏：《新詩與傳統》，張炯、吳子林主編：《文化・語言・詩學──鄭敏

文論選》，福州：福建人民出版社，2017 年。

96. 鄭敏：《關於中國新詩能向古典詩歌學習什麼》，張炯、吳子林主編：《文化‧語言‧詩學──鄭敏文論選》，福州：福建人民出版社，2017 年。

97. 鄭敏：《我們的新詩遇到了什麼問題？》，張炯、吳子林主編：《文化‧語言‧詩學──鄭敏文論選》，福州：福建人民出版社，2017 年。

98. 孫玉石：《新詩：現代與傳統的對話──兼釋 20 世紀 30 年代的「晚唐詩熱」》，《中國現代詩學叢論》，北京大學出版社，2010 年。

99. 龔鵬程：《釋「學詩如參禪」──兼論宋代詩學之理論結構》，《龔鵬程講佛》，北京：東方出版社，2015 年。

100. 江弱水：《現代性視野中的駢文與律詩的語言形式》，《文本的肉身》，北京：新星出版社，2013 年。

101. 江弱水：《胡適的語文觀與三十年代的反撥》，《文本的肉身》，北京：新星出版社，2013 年。

102. 童慶炳：《作家的童年經驗及其對創作的影響》，《審美及其生成機制新探》，福州：福建人民出版社，2015 年。

103. 程國君：《「以生命的眼光看藝術」──「新月」詩派的生命哲學》，《文學評論》2005 年第 4 期。

104. 余杰：《向死而生──幾位天才文人傳奇之死》，《火與冰》，北京：經濟日報出版社，1998 年。

105. 顏廷頌：《論「惑」與「不惑」──1929 年關於西方現代藝術的一場戰爭》，戈巴編：《徐悲鴻 PK 徐志摩──「惑」與「不惑」：1929 年去全國美術展覽會始末》，湖南美術出版社，2010 年。

106. 楊義：《魯迅諸子觀的複合形態還原》，《魯迅文化血脈還原》，合肥：安徽大學出版社，2013 年。

107. 楊聯芬：《「歸隱派」與名士風度──廢名、沈從文、汪曾祺論》，《邊緣與前沿》，北京新星出版社，2018 年。

108. 路文彬：《現代性幻象》，《視覺文化與中國文學的現代性失聰》，合肥：安徽教育出版社，2008 年。

109. 路文彬：《凝視與傾聽──試論中國當代文學中的視聽審美範式問題》，《海南師範學院學報（社會科學版）》2003 年 01 期。

110. 牛宏寶：《中國與西方——1949 年前中國對西方美學的接受》，汝信、王德勝主編：《美學的歷史：20 世紀中國美學學術進程》（增訂本），安徽教育出版社，2017 年。

111. 徐復觀：《為生民立命》，蕭欣義編：《儒家政治思想與民主自由人權》，臺灣學生書局，1988 年。

112. 徐復觀：《儒家政治思想的構造及其轉進》，《學術與政治之間》，九州出版社，2014 年。

113. 許江：《魯迅與朱光潛「靜穆」觀分歧中的政治文化內涵》，《中國現代文學研究叢刊》2015 年第 9 期。

114. 徐豔：《試論散文語言意義層面的音樂美——以中國散文語言音樂美的古今演變為依據》，梅新林、黃霖、胡明、章培恒主編：《中國文學古今演變研究論集三編》，上海古籍出版社，2010 年。

115. 方立天：《禪宗詩歌境界·序言》，吳言生：《禪宗詩歌境界》，北京：中華書局，2001 年。

116. 於明：《空王之道助而意境成——談佛教禪宗對意境認識生成的作用》，《文藝研究》1990 年第 1 期。

117. 許紀霖：《林同濟的三種境界——〈天地之間：林同濟文集〉代序》，許紀霖、李瓊編：《天地之間：林同濟文集》，復旦大學出版社，2004 年。

118. 趙牧：《「新啟蒙」及其限度——「八十年代」話語的來源、建構及革命重述》，葉祝弟、杜運泉主編：《現代化與化現代——新文化運動百年價值重估》，上海：上海三聯書店，2019 年。

119. 毛丹：《文化變遷與價值重建運動》，許紀霖、陳凱達主編：《中國現代化史：第 1 卷 1800～1949》，上海三聯書店，1995 年。

120. 狄晨霞：《劉師培與章太炎的文質之爭》，李振聲：《重溯新文學精神之源：中國新文學建構中的晚清思想學術因素》，上海：上海人民出版社，2020 年。

121. 駱冬青：《當下的審美脈搏》，《文藝之敵》，北京：商務印書館，2017 年。

122. 陶東風：《莊子人生哲學的內在矛盾及其向美學的會通》，《陶東風古代文學與美學論著三種》，北京：社會科學文獻出版社，2015 年。

123. 戴建業：《論莊子「逍遙遊」的心靈歷程及其歸宿》，《文本闡釋的內與外》，

上海文藝出版社，2019 年。

124. 鄧聯合：《個體的出走與莊子哲學精神的生成》，《莊子哲學精神的淵源與釀生》，北京光明日報出版社，2011 年。

125. 藍棣之：《作為修辭的抒情——林徽因的文學成就與文學史地位》，《清華大學學報（哲社版）》2005 年第 2 期。

126. 鮑遠福：《中國文人畫論的正確打開方式——評朱利安〈大象無形——或論繪畫之非客體〉》，王邦維、陳明主編：《文學與圖像》，北京：北京大學出版社，2019 年。

127. 《梁從誡與文藝報記者的對話》，2000 年 5 月 6 日《文藝報》第 4 期。

128. 《徐志摩、張幼儀離婚通告》，《新浙江》副刊「新朋友」離婚號，1922 年 11 月 8 日。

129. 陳世強：《玉顏空自惜 冷意無人識——陸小曼及其清逸雲山中的人文底蘊》，《南京藝術學報（美術與設計版）》2007 年第 2 期。

130. 羅德豔：《陸小曼繪畫研究》，江蘇大學碩士學位論文。

131. 何其芳：《論夢中道路》，《大公報‧文藝》第 182 期。

132. 何向陽：《文學：人格的投影》，《文學評論》1993 年第 1 期。

133. 傅雷：《觀畫答客問》，《新文學史料》1987 年第 3 期。

134. 蔣介石：《建國運動》，張其昀主編：《先總統蔣公全集》（第一冊），臺北：臺灣中國文化大學出版社，1984 年。

135. 〔美〕格里芬：《後現代精神與社會》，成復旺：《走向自然生命——中國文化精神的再生》，北京：人民大學出版社，2004 年。

七、其他電子文獻

1. 沈語冰：《塞尚與中國畫》，
   https://www.sohu.com/a/339982720_100087519。

2. 歐寧：《烏托邦田野｜達廷頓實驗》，
   http://www.sohu.com/a/310919496_563941。

3. 孫則鳴：《論新詩格律引進平仄的可行性》
   https://bbs.yzs.com/thread-636365-1-1.html。

跋——「拓荒的碑，或引玉的磚」

　　「中國文學有兩個光榮『傳統』，一個是數千年的古典文學傳統：《詩經》、楚辭、樂府古詩、辭賦文章，陶謝韓柳、李杜蘇黃、關漢卿、王實甫、曹雪芹、吳敬梓、梁啟超、王國維等」；另一個則是「五四」以來綿延了一個世紀的現代文學傳統：「胡適、陳獨秀、魯迅、郭沫若、茅盾、周揚、胡風、徐志摩、林語堂……其實，這兩個傳統的精神血脈原本是連貫一體的，只是在源與流、出發點與目的地、方法論與判斷力、語言形式與文字體格、思想內容與工具技術等處發生出歧異，辨析兩者的內質體氣，條貫兩者的精魂血脈，闡明兩者的內在發動力與深層關係，正是研究者當行本色的研究工作。」（胡明：《貫通古今　尋索真知》，《河北學刊》2006 年 05 期）——可以說，筆者擇取徐志摩作為個案而試圖「闡明」其與中國傳統文化的「內在發動力與深層關係」的研究動力也正基於此，但要想尋繹傳統文化斑斕浩瀚的背景，深入抉發詩人置身於中國文化由古典到現代這一變遷過程中的內在脈絡與聯通因子，釐清「兩者的先天稟賦在神志心靈上的影響與血脈胎息上的繼承」，又談何容易？朱德發先生嘗有言：「現代中國文學是生成於中外古今文化縱橫交錯的座標系上，不論文學運動、理論思潮或者文學流派、作家作品無不與中外古今文化形成的深廣語境與生態心態有著千絲萬縷的聯繫。如果說中外古今文化通過不同層次的衝撞、交匯、對話結成了一張立體型的深不可測、廣不見邊的大網，那你選擇的或大或小的現代文學研究對象就是大網上的一根『繩子』或一個『結』，無論是解開一根『繩』或者要剖析一個『結』都要觸動這張大網，這就把我們的宏觀、中觀或微觀的所有文學研究納入一個錯綜複雜、宏闊深邃的文化背景之中。」（《朱德發文集》第 1 卷，第 7 頁。）

──當筆者擇取徐志摩作為個體研究對象而將其置身於「錯綜複雜、宏闊深邃」的傳統文化背景時，面臨的正是一種「心有餘而力不足」之感。一方面是置身於中西文化交流漩渦中而以複雜著稱的徐氏本人，一方面是作為背景與方法論意義存在的一張「深不可測、廣不見邊」的傳統文化大網，猝然面臨，不免目眩神迷，手足無措；只能在逐漸回復清醒後，再來按圖索驥，在錯綜複雜中屏息凝神，勉力勾勒彼此在顯隱明滅中存在的關聯。多年來，勉勵筆者在瑣事纏身的浮生碌碌中以尺蠖求伸之志作駑馬踐步之行的，只是一種將自己心中對徐志摩的理解付諸筆端的強烈衝動。

某種意義上，還原志摩的精神肖像，就是「我心目中的志摩」精神肖像的還原。「我」所有的詮釋，無非是讓這心象的外在投射怎樣變得更為清晰與精準。當然，中國傳統作為一種方法，並非一個先定的解釋框架，而是將「作者」的心靈文本放置於其中加以檢驗的雙向互詮式話語建構過程。它有別於以「西方中心觀」為參照的「衝擊─回應」和「傳統─近代」兩種模式，而是力圖凸顯中西文化碰撞交匯中一個以我為主、以人為本的主動對話者（有別於被動接納者與抗拒者）的思考與探索。

這部幾乎耗費了筆者十餘年來全部業餘時間的書稿，於筆者個人的學術生涯而言，是一塊拓荒的碑，也是一塊引玉的磚，諸多地方有待進一步的深化和展開。但任何闡釋如果不設置應有的邏輯邊框，就永遠處在通向事物真相的途中，所以拙著實質上只是為徐志摩與中國傳統文化的淵源及其精神譜系勾勒了一個大致清晰的輪廓：儒、道、騷、玄、禪等詩性文化濡染下一個賈寶玉式的情癡情種，同時兼具魏晉的風骨與晚唐的風流。這種以現代之眼觀照傳統後探求志摩本真文化肖像的「靈根再植」，當然是經過了「提純」和「過濾」的，因為在「三千年未有之變局」的中西交融中，其兼收並蓄的豐富性與複雜性遠不是這樣簡潔明瞭，但為了避免鉅細不分的漫漶，不得不有所調整和側重──確定主從，由點及面，抓住幾個能凸顯詩人精神主體面貌的思潮範疇以及個體典範──這也正如徐氏本人所言：「領略藝術與看山景一樣，只要你地位站得恰當，你這一望一眼便吸收了全景的精神；要你『遠視』的看，不是近視的看；如其你捧住了樹才能見樹，那時即使你不惜工夫一株一株的審查過去，你還是看不到全林的景子。所以分析的看藝術，多少是殺風景的：綜合的看法才對。」（徐志摩：《濟慈的夜鶯歌》）──如果筆者勉力推開的一扇扇氣窗，能夠多少廓清一些成見與迷謬，提供給喜愛徐氏的人們一些觀察

的視角與致思的方向，或循此去探尋更深幽的去處，發現更獨特的風景，也就不失為本書寫作的一種意義了。

在本書寫作過程中，江蘇徐州的徐志東兄憑藉他多年對徐氏的研究瞭解與豐富的資料儲備，為筆者糾正了不少史識上的錯誤；珠海暨南大學語言詩學研究所的趙黎明老師則提供了現代詩學上的諸多教益；四川大學文學與新聞學院院長李怡老師不僅作了部分指導，還欣然為拙著作序推薦──這些師友的學術支持與熱情鼓勵，均讓筆者深深銘感。此外，內子張豔女士這些年承擔了幾乎全部的家務（包括照料孩子），沒有她對筆者長期「不務正業」的默默支持，這部近五十萬字著作的「完成」實是不可想像的，無疑，這裡面也凝聚著她無私付出的心血。

興之所致，或放言蹈虛；爬羅剔抉，亦疏謬必有，期讀者方家，不吝教正為幸。最後，謹以隨謁的兩首誌感，代為全書的收束：

一

曉來蠟炬夜不收，暗換流年幾度秋。
寂寞江湖寧曳尾，深耕故紙懶抬頭。
清風未解因詩瘦，明月難猜面壁愁。
費盡青春編一卷，著書豈為稻粱謀？

二

書成今日意如何？應慰韶華未蹉跎。
竭慮憚精經已久，高辭雅意愧無多。
清風隱約花中影，新月熹微柳下波。
擱筆自知存淺薄，流年空擲負志摩。

寧飛翔

2022 年 6 月 10 日

識於深圳